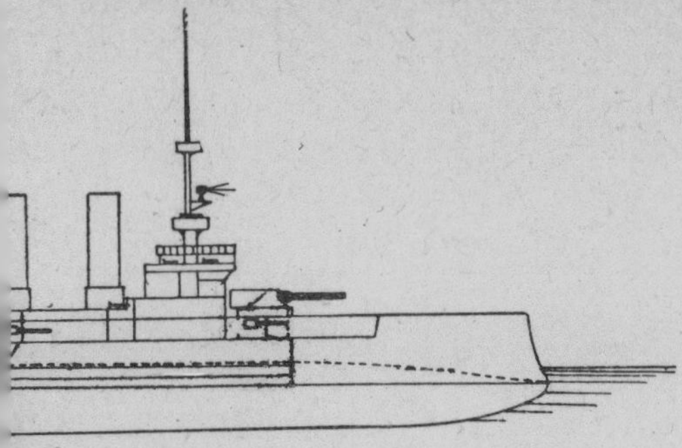
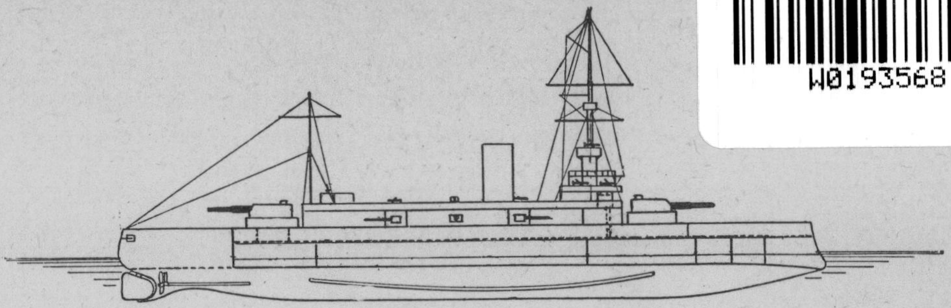
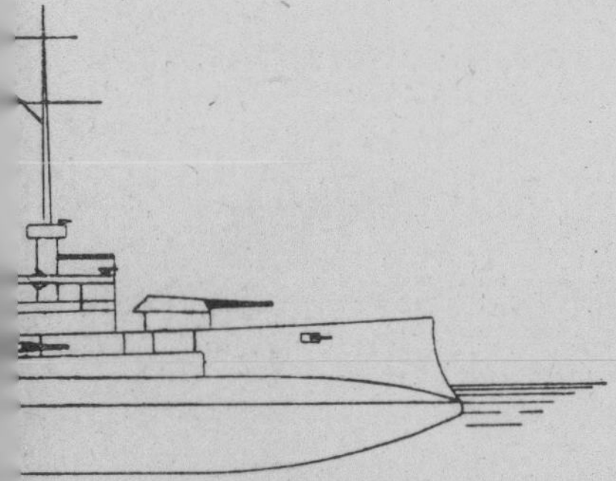
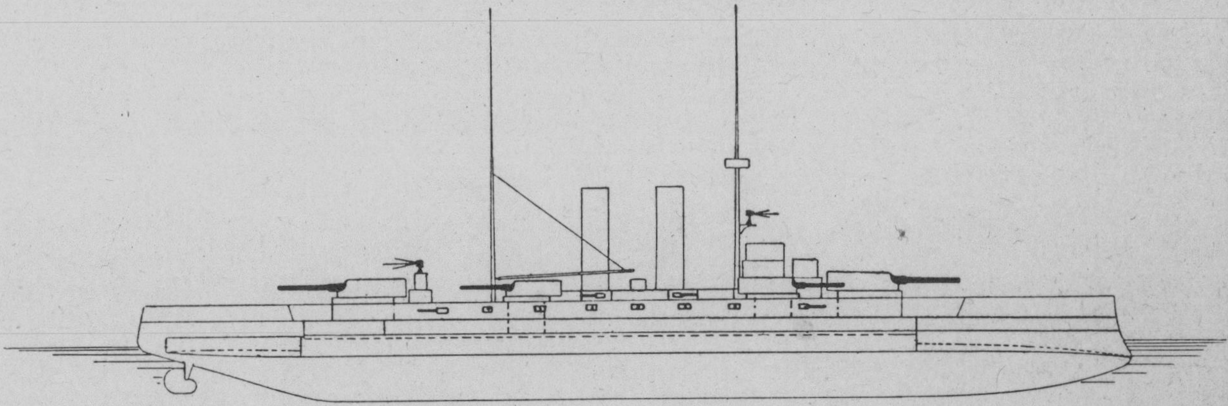
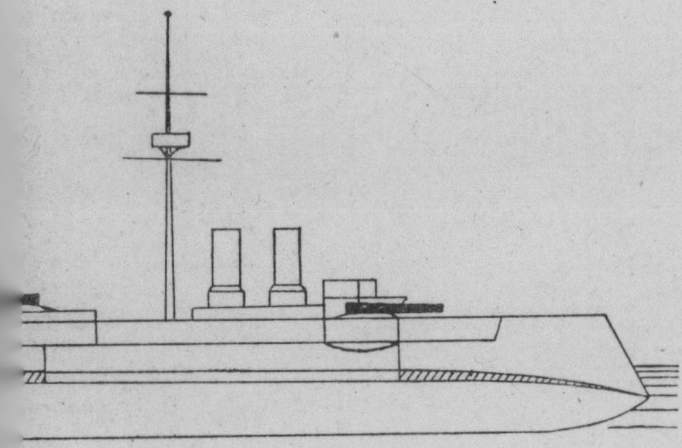
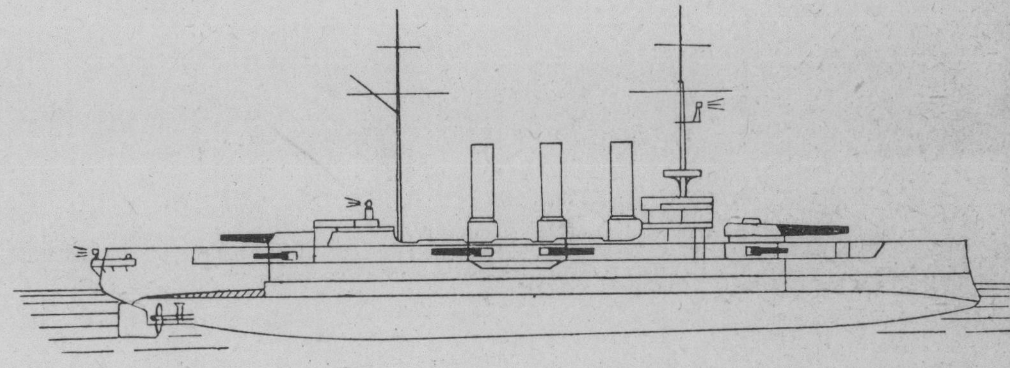
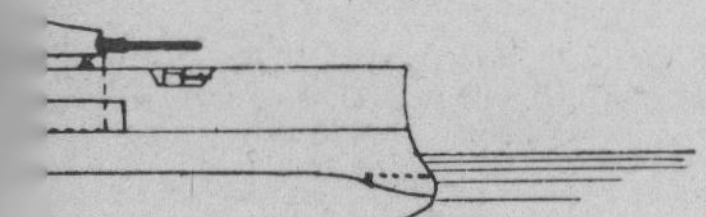
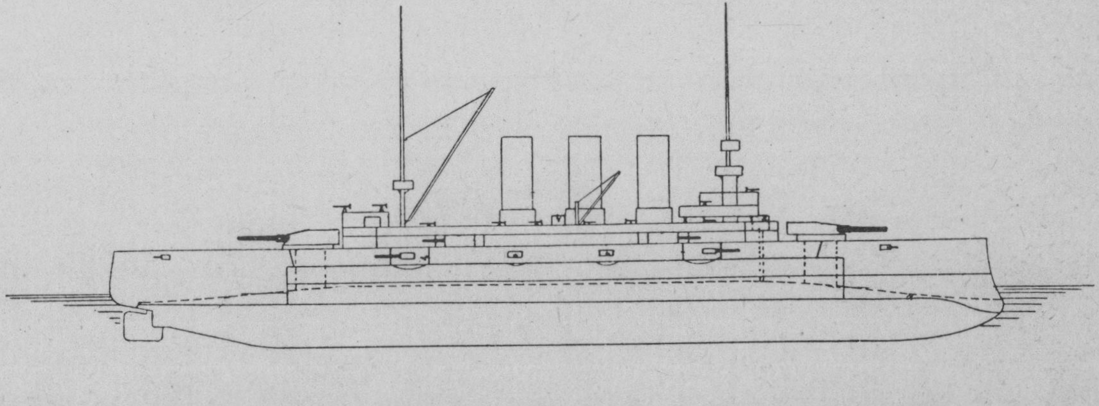

VERLAG
FRITZ
MOLDEN

A. E. Sokol

SEEMACHT ÖSTERREICH

Die Kaiserliche und Königliche Kriegsmarine 1382 – 1918

VERLAG FRITZ MOLDEN · WIEN-MÜNCHEN-ZÜRICH

Umschlagbild nach einem Originalgemälde von August von Ramberg
Heeresgeschichtliches Museum, Wien
(Fotografie: Angerer & Göschl, Wien)

1. Auflage

Bearbeitet von
HANS H. SOKOL

Titel der beim US Naval Institute, Annapolis,
erschienenen amerikanischen Ausgabe
THE IMPERIAL AND ROYAL AUSTRO-HUNGARIAN NAVY

Schutzumschlag und Ausstattung: Hans Schaumberger, Wien
Lektor: Günter Treffer
Technischer Betreuer: Herbert Tossenberger
Schrift: Cicero Garamond-Antiqua
Satz: Filmsatzzentrum Deutsch-Wagram
Druck: Carl Ueberreuter, Wien
Bindearbeit: A. Popek, Wien
ISBN: 3-217-00472-8

Inhalt

Vorwort

NUR WENIGE HABEN JEMALS VON DER ÖSTERREICHISCHEN oder der österreichisch-ungarischen Kriegsmarine gehört. Außer in deutschen oder österreichischen Geschichtsbüchern findet sich in der welthistorischen Literatur über sie kein Bericht, ja selbst in der Marinefachliteratur fließen die Quellen nur spärlich.

Und doch hat diese Kriegsmarine eine jahrhundertealte Tradition und war in den letzten Jahrzehnten ihres Bestehens eine der großen Flottenmächte der Welt.

Im Frieden wie im Krieg konnte sie auf Taten hinweisen, die selbst bis auf die Gegenwart zurückwirken: der Torpedo ist die Erfindung eines Österreichers; in der Schlacht von Lissa, 1866, standen einander zum ersten Male Flotten von Panzerschiffen gegenüber, und Tegetthoffs bei Lissa so erfolgreiche Rammtaktik hatte zur Folge, daß bis zum Zweiten Weltkrieg alle Kriegsflotten die großen Einheiten mit einem wenn auch nur angedeuteten Rammsporn versahen.

Viele unter ihren Offizieren und Beamten waren nicht nur brave und tapfere Soldaten, sondern auch weit über den Rahmen ihres Berufes hinaus gebildet. Nicht wenige unter den Männern, die unter der rotweißroten Kriegsflagge gedient haben, schufen mit ihren Erfindungen und Forschungen, ihren Werken der Kunst und Wissenschaft, wie mit ihrem besonderen beruflichen Wirken für die gesamte Menschheit bleibende Werte.

Die meisten, die für ihre große Heimat als Soldaten zur See fuhren, entstammten Kronländern, die keine Küste besaßen. Denn das Habsburgerreich trug von Natur aus den Stempel eines Binnenlandes, wenn es auch die staatenverbindenden Vorteile eines großen Stromes, der Donau, genießen durfte. Aber die historischen Umstände, die dieses Herzstück Europas zu einer Brücke zwischen der westlichen und der östlichen Welt dieses Erdteils werden ließen, zum Schnittpunkt der Hauptverkehrswege aus Nord und Süd, formten es zwangsweise, wenn auch nur mit kleinen Schritten, mit dem Gewinn eines Zugangs zum Meer zu einer Seemacht.

Trotz all dieser Vorzüge war die seestrategische Lage der Habsburgermonarchie jedoch keineswegs günstig. Das Meer, zu dem sie Zutritt hatte, war nur eine verhältnismäßig kleine Einbuchtung des Mittelländischen Meeres, die im Kriegsfall von überlegenen Gegnern leicht verriegelt werden konnte. Die Donau, der Lebensstrom des weiten Reiches, hat ihren Ursprung auf fremdem Staatgebiet und führt auch nur in einen Binnensee, das Schwarze Meer.

Diese eigenartigen Verhältnisse zwangen die Seemacht des Kaiserreiches vom Anfang an in die Defensive. Nur wenn es der Außenpolitik des Donaustaates gelungen wäre, Häfen mit freier Verbindung zum Mittelmeer zu erwerben, wäre ein seestrategisches Hochseekonzept möglich gewesen. Da ein solcher Besitzerwerb aber nicht stattfand, blieb bis in das zwanzigste Jahrhundert hinein für den Sinn und Ausbau der habsburgischen Kriegsflotte der Leitgedanke maßgebend, daß sie nur für den Küstenschutz bestimmt sei. Erst ab 1906 blies frische Hochseeluft in die Lungen der nun rasch erstarkenden habsburgischen Seemacht. Zugleich wuchs auch das Verständnis dafür, daß es ohne eine wirkliche Seemacht auch keine echte Großmachtstellung geben könne.

Im letzten Krieg, den diese Flotte durchzukämpfen hatte, waren ihr die Gegner materiell weitaus überlegen. Trotzdem blieb die österreichisch-ungarische Kriegsmarine unbesiegt und verteidigte ihre Küsten erfolgreich bis zum letzten Flaggenschuß. Die rotweißrote Kriegsflagge, Symbol eines großen Reiches, verschwand von den Meeren erst, als das Reich, dem diese Flotte diente, selbst unterging.

Palo Alto, Calif./Wien, im Sommer 1972

A. E. SOKOL

Die Admiralsflagge Wilhelm von Tegetthoffs
in der Seeschlacht von Lissa, 1866
(Original im Heeresgesch. Museum, Wien)

I.

Start mit Hindernissen 1382 – 1797

ZUGANG ZUM MEER – DIE DONAUFLOTTILLE – LEPANTO – WALLENSTEIN – KARL VI. – DIE OSTENDER COMPAGNIE – JOSEF II. – DIE OSTINDISCHE COMPAGNIE – DIE TRIESTER MARINE

Die Voraussetzungen für eine habsburgische Kriegsmarine wurden im Jahre 1382 geschaffen, als der Adriahafen Triest sich freiwillig unter die Schutzherrschaft Leopolds III., Herzogs von Österreich, begab. Allmählich verwandelte sich dieses Schirmverhältnis in den festen Besitz dieses Hafens durch das Haus Habsburg, das solcherart Zugang zum offenen Meer gefunden hatte. Auf diesem jedoch herrschte damals noch unumschränkt die Republik Venedig. Es sollten noch fast drei Jahrhunderte vergehen, bis Österreich in der Lage war, seegehende Kriegsschiffe auszurüsten.

Die ersten Ansätze zu einer österreichischen Marine gab es auf der Donau. Schon 1440 wurde in Wien ein Arsenal zum Bau von Flußschiffen errichtet, und in den ersten Jahrzehnten des 16. Jahrhunderts kämpfte eine österreichische Donauflottille mit wechselndem Erfolg gegen die türkischen Eindringlinge. Um 1550 umfaßte sie an die 150 Einheiten, denn man hatte eingesehen, daß nur durch die Beherrschung des Donauweges die Türken wirksam bekämpft werden konnten. Auch in den Türkenkriegen des 17. Jahrhunderts spielte diese Flottille eine bedeutende Rolle. So führte sie z. B. im Jahre 1696 an der Theißmündung ein siegreiches Gefecht

Die Seeschlacht von Lepanto im Jahre 1571, in der die vereinigte Flotte der christlichen Mächte – Spanien, Venedig, der Papst und der souveräne Johanniter-(Malteser-)Orden – unter dem Oberbefehl des Don Juan d'Austria die türkische Flotte besiegte.

gegen weit überlegene feindliche Streitkräfte. Prinz Eugen benutzte sie des öfteren in seinen Kämpfen gegen die Türken, um feindliche Donauübergänge zu verhindern und die eigenen zu unterstützen. Bei der Einnahme der Festung Belgrad im Jahre 1717 leistete die Flußarmada tatkräftige und entscheidende Hilfe.

Die Führung der Donauflottille lag damals zumeist in Händen von holländischen und englischen Seeleuten; die Mannschaft kam hauptsächlich aus den österreichischen Küstenländern. Die größeren Einheiten der Donauflottille waren den herkömmlichen Seefahrzeugen nachgebaut und in der Regel für die Verwendung auf dem Fluß viel zu schwer. Daneben gab es allerdings auch kleinere Flußschiffe, die sich hervorragend bewährten. Im ganzen gesehen, wäre ohne die wirksame Tätigkeit der Donauflottille die Befreiung Ungarns von der türkischen Oberherrschaft viel langsamer und mit größeren Schwierigkeiten vor sich gegangen.

Das erste Mal, daß der Name Österreich in bedeutender Beziehung zur See erscheint, hat tatsächlich mit Österreich selbst wenig zu tun. In der Seeschlacht von Lepanto, im Jahre 1571, die die Oberherrschaft der Türken im Mittelmeer brach, war der kommandierende Admiral der siegreichen Christlichen Flotte Don Juan d'Austria, der natürliche Sohn Karls V. und Halbbruder König Philips II. von Spanien. Als Sprößling des Hauses Habsburg trug er den Namen „von Österreich", war aber kein Österreicher im eigentlichen Sinne des Wortes, war nie in Österreich gewesen und befehligte eine aus spanischen, venezianischen, päpstlichen und maltesischen Schiffen zusammengesetzte Flotte. Sein Sieg kann daher auch nicht für Österreich oder die österreichische Kriegsmarine in Anspruch genommen werden.

Albrecht von Wallenstein, Herzog von Friedland, kaiserlicher Generalissimus und General des ozeanischen und baltischen Meeres.

Es ist aber bezeichnend für die Mission des „Hauses Österreich", daß es Habsburger waren, die zu Lande wie auch zur See den Türkenansturm aufhielten und so Mittel- und Westeuropa vor Invasion, Drangsal und Tyrannei bewahrten.

Eigentümlicherweise wurde eine seegehende kaiserliche Kriegsflotte nicht zuerst in der Adria gegründet und eingesetzt, sondern in der Ostsee. Als der kaiserliche Feldherr Albrecht von Wallenstein im Dreißigjährigen Kriege das Baltikum erreichte, wurde er zum „General des ozeanischen und baltischen Meeres" ernannt und kommandierte als „Generalkapitän" eine Armada von 24 Einheiten. Er wählte Wismar als seinen Kriegshafen, ließ Schiffe ankaufen und chartern, um damit die Schweden zu bekämpfen. Er hatte damit aber wenig Erfolg; seine Flotte wurde von den Schweden in Wismar blockiert, und sein Flaggschiff „König David" wurde bei einer Unternehmung gegen die feindliche Küste zur Flucht in das neutrale Lübeck gezwungen. Das bedeutete aber nichts weniger als das Ende des ehrgeizigen Flottenkonzepts.

Die Begründung einer seegehenden österreichischen Kriegsmarine erfolgte erst durch Kaiser Karl VI. Der unmittelbare Anlaß dazu war die Erwerbung der Spanischen Niederlande (das heutige Belgien und Luxemburg) wie auch von Neapel und Sizilien sowie Mailand, die 1714 am Ende des Spanischen Erbfolgekrieges an die österreichischen Habsburger fielen. Dadurch gewann Österreich eine wichtige Stellung in der Nordsee sowie auch im Mittelländischen Meer außerhalb der Adria.

Als ehemaliger König von Spanien war Karl mit maritimen Fragen wohlvertraut, und insbesondere hatte ihm der Krieg, der sich fast auf allen Weltmeeren abspielte, die Bedeutung der Seemacht eindringlich vor Augen geführt. Dazu kam noch, daß die damals herrschende Wirtschaftstheorie, der Merkantilismus, die Wichtigkeit des Handels besonders betonte. Die Gründung von Handelsgesellschaften, von Kolonien und Kriegsmarinen lag damals sozusagen in der Luft.

Karl VI. ging daran, eine österreichische Seemacht mit Handelsflotte, Kriegsmarine und Basishäfen zu schaffen. Er verband Wien mit Triest durch eine Straße, die über den Semmeringpaß führte und rund 370 km lang war, und erhob Triest wie auch Fiume, das seit 1466 zu Österreich gehörte, zu Freihäfen. Daraufhin begann der erbländische Seehandel aufzublühen, begünstigt auch durch den Rückgang Venedigs, das seit der Entdeckung des direkten Seeweges nach Indien durch die Portugiesen, gegen Ende des 15. Jahrhunderts, wirtschaftlich schwer getroffen und durch die territorialen Verluste an die Türkei auch politisch sehr geschwächt war, aber immer noch die Adria beherrschte. Um den jungen österreichischen Seehandel gegen die alternde Königin der Adria und das immer mehr um sich greifende Seeräuberunwesen zu schützen, entschloß sich der Kaiser auch zur Gründung einer Kriegsmarine.

Im Jahre 1713 legte ihm ein Baron St. Hilaire einen Flottenbauplan vor, der den Bau von 20 Linienschiffen und Fregatten zu je 40 bis 50 Geschützen vorsah. Diese Vorschläge gingen aber weit über die zur Verfügung stehenden Geldmittel hinaus und blieben daher auf dem Papier. Nur wenige Jahre später aber wurde der englische Vizeadmiral Lord George Forbes mit der Aufstellung eines Planes für eine kleinere, trotzdem aber zweckentsprechende Kriegsflotte betraut. 1726 liefen ihre ersten Linienschiffe – „Kaiser Karl VI." und „Trieste" – in Triest vom Stapel. Im Polnischen Erbfolgekrieg (1733 bis 1735) beschossen Einheiten dieser Armada Barcelona.

Im Laufe der Zeit traten zum Flottenkern noch zahlreiche Galeeren und andere Schiffe hinzu, so daß die erbländische Kriegsmarine schließlich einen Stand von 8000 Mann mit 500 Geschützen aufwies. Bezeichnenderweise besaß sie auch eine aus türkischen Sklaven zusammengesetzte „Musikbanda".

Kommandant dieser Flotte war zuerst der englische Vizeadmiral Deigham; ihm folgte im Jahre 1733 der Genuese Johann Lukas Graf Pallavicini mit dem Titel eines „Generals der Galeeren und der übrigen Marina". Mit seinen Galeeren schlug Pallavicini die Spanier bei Neapel. Während des Türkenkrieges von 1737 bis 1739 ging er an den Neuaufbau einer Donauflottille, die in der Schlacht bei Grocka mit ihren 13 Einheiten die Flußflanke des österreichischen Heeres schützte, die türkische Armee zurückhielt und damit den kaiserlichen Truppen den Übergang über die Donau sicherte.

Links: Die österreichische Kriegsflagge zur Zeit Kaiser Karls VI., um 1730.
Rechts: Zur Zeit Maria Theresias, um 1750.

Kaiser Karls VI. Bestreben, den österreichischen Seehandel zu fördern, beschränkte sich aber nicht auf die Adria. 1722 erfolgte die Gründung einer „k. k. Indischen Gesellschaft" für den Handel mit Ostindien und China, die in Ostende in den Österreichischen Niederlanden basiert war und daher kurz die Ostender Compagnie genannt wurde. Im selben Jahre wurde die „Stadt Wien" ausgesandt und legte an der Gangesmündung eine Faktorei an, die bis 1744 bestand, sowie andere Niederlassungen in Indien und Kanton. Die Gesellschaft bekam eine Charter auf 30 Jahre und führte einen lebhaften und profitablen Handel. Aber die Engländer und Holländer fühlten sich durch diese Konkurrenz geschädigt und taten ihr Möglichstes, um der Compagnie das Leben zu erschweren. Schließlich mußte der Kaiser dem Drängen der Seemächte nachgeben. Er verfügte über keinerlei Kriegsschiffe in der Nordsee, um seine Compagnie zu schützen, und außerdem verwandte er gerade seine ganze Energie auf die Sicherung seiner Erbfolge. Als Gegenleistung für die Anerkennung der Pragmatischen Sanktion verlangten England und die Niederlande die Liquidierung des unerwünschten Nebenbuhlers. 1731 wurde die Handelsgesellschaft in ein Kreditinstitut umgewandelt und 1745 ganz aufgelöst.

Mit dem Ende der Handelsgesellschaft erlosch das Interesse an der kostspieligen maritimen Wehrmacht. Die immer wiederkehrende Ebbe in den Staatskassen und die Sorge des Monarchen um die Sicherung der Erbfolge für seine Tochter Maria Theresia veranlaßten Karl VI. schließlich zur Aufgabe all seiner maritimen Vorhaben. Ein Ausschuß, den er im Jahre 1738 einsetzte und der sich mit dem Zustand und der Zukunft der jungen Kriegsmarine zu befassen hatte, berichtete, daß „diese Flotte wenig nützlich sei, große Ausgaben verursache und im Falle eines Angriffs in Gefahr stehe, besiegt zu werden". Dieser düstere Befund hatte die Auflösung der erbländischen Armada in der Adria, den Verkauf der Schiffe an Venedig (1739) und die Überstellung ihrer Besatzungen zur Donauflottille zur Folge. So endete Österreichs erster Versuch zum Aufbau einer Kriegsmarine.

Als unter Maria Theresia (1740–1780), der Nachfolgerin Karls VI., sich das Interesse für maritime Angelegenheiten schüchtern wieder zu regen begann, ergab sich die Notwendigkeit, dem Seehandel durch Kriegsschiffe jene Sicherheit zu bieten, deren er für sein Wachstum bedurfte. Englische Seeräuber, die während des Siebenjährigen Krieges (1756–1763) unter preußischer Flagge segelten, um Englands Seehandel mit den österreichischen Erblanden nicht zu gefährden, suchten sich unter den erbländischen Kauffahrteischiffen ihre Beute. Auch die Piraten der nordafrikanischen Barbareskenstaaten – Marokko, Algier, Tunis und Tripolis – wurden zu einer wahren Geißel der österreichischen Handelsschiffahrt. Im Jahre 1764 verstieg sich Algier sogar zu einer regelrechten Kriegserklärung an Österreich, um die Handelsschiffe der Triestiner legal plündern zu können.

Da entschloß man sich in Wien, zwei Fregatten auf Stapel zu legen, während zwei bewaffnete Handelsfahrzeuge mit einer Militärabteilung an Bord den Kauffahrern Schutz gewähren sollten. Im Bericht über die Tätigkeit dieser beiden „Beschützer" hieß es jedoch, daß „diese Schiffe das Glück gehabt hatten, auf ihren Kreuzungen den Barbaresken nicht zu begegnen, weil sie ansonsten mit der darauf befindlichen Militärmannschaft und Munition verlorengegangen wären".

Als dann die beiden neuen Fregatten in Dienst gestellt wurden, ging den zuständigen Behörden das Geld aus, und die Schiffe wurden in das Ausland verkauft.

Um diese Zeit wurden dem Mitregenten Maria Theresias, dem Kaiser Josef II., von einem gewissen Wilhelm Bolts, einem früheren Angestellten der Britisch-Ostindischen Kompanie, Vorschläge überreicht, mit denen die Errichtung einer neuen Handelskompanie für Ostindien angeregt wurde. Im besonderen wurde darauf aufmerksam gemacht, daß sich im südwestlichen Indien unweit von Goa noch von England und den Niederlanden unabhängige Gebiete befänden. Bolts und der ehemalige Bankier Graf Proli erhielten die allerhöchste Genehmigung, in Triest eine „Ostindische Compagnie" zu gründen, die mit besonderen Privilegien ausgestattet wurde. Bemerkenswert war allerdings, daß der Monarch auf die Gründungsurkunde schrieb: „Dem Bolts, so weng als ich auf sein gantzes Unternehmen halte, ist dennoch der Obristlieutenantstitel zu ertheilen ..."

Im September 1776 segelte die „Theresia und Joseph" mit 155 Mann, darunter 25 Soldaten, von Triest ab, erreichte im März 1777 die Delagoa-Bai in Ostafrika, wo Bolts von den eingeborenen Häuptlingen die Besitzrechte an dem Hafen erwarb, und setzte ihre Reise an die Malabar- und Pfefferküste im südwestlichen Indien fort. Dort trat Haidar Ali, der Sultan von Mysore, dem Oberstleutnant das Küstengebiet von Kanara ab. Anfang 1778 nahm Bolts auch die herrenlosen Nikobaren-Inseln in Besitz.

An der Malabarküste wurden drei Niederlassungen gegründet, die, einem „Chefresidenten" unterstellt, bald einen Personalstand von 1000 Mann erreichten. Nach einem Besuch Chinas kehrte das Schiff in die Heimat zurück.

Aber Josef, dem das Unternehmen als „sehr verworren" erschien, entzog ihm sein Wohlwollen, wodurch die Gesellschaft in Schwierigkeiten geriet und 1785 schließlich zusammenbrach. Die Faktoreien (Niederlassungen) lösten sich auf, und die so aussichtsreich begonnene Episode eines „österreichischen Kolonialbesitzes" war zu Ende. Das Habsburgerreich war für eine maritime Entwicklung größeren Stils oder gar für koloniale Unternehmungen weder reif noch hinreichend gerüstet.

Kaiser Josef II. verschloß sich jedoch nicht der Notwendigkeit einer wenn auch kleinen Seemacht. Er ließ einen neuen Flottengründungsplan ausarbeiten, diesmal aber mit der Beschränkung auf die Adria. 1786 wurden zwei Kriegskutter von je 20 Kanonen in Ostende angekauft und nach Triest überführt.

Diesen Ankauf kann man als die wirkliche Begründung der österreichischen Kriegsmarine bezeichnen, die von dann an bis 1918, mit nur einer kurzen Unterbrechung, als eine langsam, aber stetig anwachsende Macht zur See bestand. Kaiser Josef ist für die Marine auch insofern von Bedeutung, als er 1787 die bis dahin gebräuchliche schwarzgelbe Kriegsflagge mit dem Doppeladler durch die rotweißrote Kriegsflagge mit dem österreichischen Erzherzogshut und dem Wappen ersetzte, die bis zum Ende der Monarchie bestehen blieb. In den nächsten Jahren wurden einige Handelsschiffe armiert und mehrere Kanonenboote gebaut. Im Krieg gegen die Türkei unterstützte wieder eine Donauflottille das Heer Feldmarschall Laudons bei der neuerlichen Eroberung Belgrads im Jahre 1789.

Während der kurzen Regierung von Josefs Nachfolger Leopold II. (1790–1792) wurde die österreichische Kriegsflotte der Hafenverwaltung von Triest unterstellt – daher auch der Name „Triester Marine".

LINIENSCHIFF

(Nach einem Gemälde von Alexander Kircher)

II.

Die Segelschiff-Marine 1797–1848

DIE „ÖSTERREICHISCH-VENEZIANISCHE MARINE“ –
ERZHERZOG FRIEDRICH

IM FRIEDEN VON CAMPO FORMIO ZWISCHEN ÖSTERREICH UND Frankreich, 1797, fiel Venedig samt Istrien und Dalmatien an Österreich. Unversehens war das Habsburgerreich zur einzigen Seemacht in der Adria geworden. Die reale Bedeutung dieser Seemacht war allerdings recht gering. Die österreichische Flotte bestand nach wie vor im wesentlichen aus der „Triester Marine“ mit den beiden 1786 gekauften Kuttern sowie einigen Kanonenbooten und bewaffneten Handelsschiffen. Österreich war zwar im Besitz des Hafens von Venedig mit seinen Werften, Reeden und modernen Anlagen, nicht aber von dessen Flotte, die von den Franzosen rücksichtslos geplündert worden war. Zurück blieben nur einige havarierte Fahrzeuge und ein paar Schaluppen und Galeeren. Immerhin trat nun zu der „Triester Marine“ die sogenannte „Österreichisch-venezianische Marine“, der die Aufgabe oblag, das weitgestreckte Küstengebiet der Adria, das nun dem österreichischen Doppeladler unterstand, zu schützen. Die mißliche politische Lage und finanzielle Schwierigkeiten ließen es nicht zu, die Seestreitkräfte in notwendigem Maße zu verstärken, wenn auch die neue Konstellation eine erweiterte maritime Tätigkeit zur Folge hatte und das bescheidene Interesse des

Schiffsoffizier (links) und Matrose (rechts) der österreichisch-venezianischen Marine, 1804.

Habsburgerreiches an der See etwas belebte. Man entschloß sich in Wien, ein übriges zu tun und die Triester Marine wie die Venezianische Marine unter einen einheitlichen Oberbefehl zu stellen, während ihre Verwaltungen vorläufig noch getrennt blieben.

Als Österreich 1799 im Bündnis mit England, Rußland, Portugal, Neapel und der Türkei den Zweiten Koalitionskrieg gegen Napoleon führte, bestanden die beiden österreichischen Flotten aus zumeist kleinen Einheiten für den Küstenschutz – insgesamt 37 Schiffen mit 111 Geschützen und 787 Mann, was einem Durchschnitt von 3 Geschützen und 21 Mann je Einheit entspricht. In gemeinsamem Vorgehen mit der Armee konnte diese kleine Streitmacht zur See immerhin einige Erfolge erzielen, so bei den Kämpfen in Norditalien, an der Pomündung und bei der Verteidigung Venedigs. Aber diese Miniflotte war noch nicht stark genug, um den Seehandel vor dem räuberischen Zugriff der französischen und nordafrikanischen Piraten zu schützen.

Die neuen Uniformen der k. k. Kriegsmarine, 1815: Marine-Matrosen-Corps en parade.

Bei der Eroberung von Ancona im Jahre 1799 fielen der österreichischen Armee drei französische (ehemals venezianische) Linienschiffe in die Hände. Man hätte sie als Herzstück einer neu aufzubauenden Flotte verwenden können, doch das mangelnde Verständnis der maßgeblichen Stellen im Verein mit den wie immer gähnend leeren Staatskassen ließen die Gelegenheit ungenützt verstreichen: die Schiffe wurden abgewrackt – obwohl es im Vergleich zu den Schäden, die die Piraten verursachten, billiger gekommen wäre, sie in Dienst zu stellen.

Bei der Gründung der „Venezianischen Marine" hatte man deren Leitung in venezianische Hände gegeben, was zwar unter den gegebenen Umständen der vernünftigste Schritt schien, sich aber dennoch nicht allzusehr bewährte. 1801 wurde Erzherzog Karl, der nachmalige Sieger von Aspern, zum Kriegs- und Marineminister ernannt und die Reorganisation der Kriegsmarine in Angriff genommen.

Eine Marinekadettenschule und ein Schiffsbauinstitut wurden ins Leben gerufen, Statuten, Reglements und Dienstvorschriften ausgearbeitet. In diesen war das Leben an Bord bis ins kleinste geregelt. So war z. B. den Offizieren verboten, bei den Segelmanövern laut zu schreien; die Kommandanten wurden ermahnt, nicht auf eigene Rechnung Geschäfte zu betreiben, die Schiffskaplane, lange Predigten zu unterlassen; den Bordärzten wurde vorgeschrieben, beim Ausbruch einer Seuche das Schiff mehrere Male am Tag auszuräuchern... Ein Beweis für die bürokratische Gründlichkeit, mit der die Reform betrieben wurde, ist der Personalstand der Marine im Jahre 1804: 48 Seeoffiziere, dafür aber 80 Verwaltungsbeamte!

Bezeichnenderweise waren diese Dienstordnungen in italienischer Sprache abgefaßt – denn die Venezianische Marine, die sich ja auch in ihrem Namen als Nachfolgerin der Seemacht der Inselrepublik deklarierte, führte zwar die österreichische Flagge, war aber ihrer Tradition, ihrem Geist und ihrer Sprache nach italienisch. Die Seeoffiziere waren fast durchwegs Venetianer, die Mannschaft wurde meist aus dem ehemals venezianischen Küstengebiet Dalmatiens rekrutiert und sprach verballhornten venezianischen Dialekt – die „lingua di bordo". Im Zuge der Reorganisation wurde zwar versucht, in Angleichung an die Armee das Deutsche als Dienst- und Kommandosprache einzuführen, und die jungen Seeoffiziere, die einen höheren Dienstgrad anstrebten, wurden angewiesen, deutsch zu lernen. (Den älteren Offizieren wurde dies bezeichnenderweise gar nicht zugemutet.) Doch trotz dieser Sprachregelung blieb bis 1848 das Italienische absolut vorherrschend, und auch die Schiffe führten italienische Namen. Nur im Verkehr mit den Wiener Dienststellen bediente man sich der deutschen Sprache.

Als Kaiser Franz II. im Jahre 1804 alle Länder der Habsburgischen Krone zu einem „Kaisertum Österreich" zusammenfaßte, wurde diese Flotte zur kaiserlich-königlichen Kriegsmarine und blieb es für die nächsten achtzig Jahre.

Nach der Niederlage bei Austerlitz mußte Österreich 1805 im Frieden von Preßburg Venetien an das von Napoleon geschaffene Königreich Italien abtreten, einschließlich der Marineanstalten in Dalmatien und dem Arsenal in Venedig sowie dem größten Teil des schwimmenden Flottenmaterials. Österreich behielt nur das Gebiet von Triest, einen kleinen Teil Istriens, Fiume und das kroatische Litorale. Das Kaisertum besaß nur noch einen einzigen Zugang zur See; beide Küsten der Adria befanden sich zum allergrößten Teil in Feindeshand. Wieder war die österreichische Überseeschiffahrt der Willkür französischer Freibeuter preisgegeben und der transozeanische Handel lahmgelegt.

Der österreichisch-französische Krieg des Jahres 1809 endete wieder mit dem Siege Napoleons, dem der Frieden von Schönbrunn folgte, in dem das Habsburgerreich den restlichen Teil des ihm verbliebenen adriatischen Küstengebiets verlor. Österreich war von der See abgeschnitten; die spärlichen Reste der Kriegsflotte mußten den Franzosen ausgeliefert werden.

Bis zum Ende der Napoleonischen Kriege gab es keine kaiserlich-königliche Kriegsmarine. Durch die Schlußakte des Wiener Kongresses (9. Juni 1815) wurden aber die „Illyrischen Provinzen“ wieder an Österreich zurückgegeben. Auch Venedig kam wieder an das Haus Habsburg, und mit ihm die gesamte Flotte des unter französischer Oberhoheit gestandenen Königreiches Italien: fünf Linienschiffe, zwei Fregatten, eine Korvette, eine Anzahl kleiner Einheiten und die noch unfertigen Neubauten auf den Werften. Doch wieder wußte man die Gunst der Stunde nicht zu nutzen: die meisten dieser Schiffe wurden abgewrackt, zerlegt und als Brennholz verkauft. Die Finanzkraft der Monarchie war nach den langen Kriegsjahren derart geschwächt, daß man sich den „Luxus“ einer größeren Kriegsflotte nicht leisten zu können glaubte.

Doch bald hatte man Gelegenheit, sich der Binsenweisheit zu erinnern, daß zur Sicherung der Handelswege und zum Schutz der Handelsflotte eine Kriegsmarine vonnöten ist. In den zwanziger Jahren des 19. Jahrhunderts nahm Österreichs Handel mit der Levante sprunghaft zu. Triest wurde Hauptumschlagsplatz für den Warenverkehr mit dem östlichen Mittelmeer. Im griechischen Unabhängigkeitskrieg (1821–1829) gegen die Türkei wahrte Österreich seine Neutralität, sandte jedoch zum Schutz der eigenen Handelsschiffahrt eine Eskader in die türkischen Gewässer. Diese auf Smyrna, dem damals wichtigsten Levantehafen, basierte Flottenabteilung wurde mehrmals in Kampfhandlungen mit Schiffen der griechischen Freiheitskämpfer verwickelt, denn die Aufständischen gegen das türkische Joch waren in ihren Methoden nicht zimperlich und versuchten mehr als einmal, durch Kaperung der österreichischen Levantesegler ihre Kriegskassen aufzufüllen.

Im westlichen Mittelmeer und im Atlantik wieder wurden die österreichischen Handelsschiffe noch immer von den Korsaren der Barbareskenstaaten bedrängt. 1829 segelten zwei Korvetten und zwei kleinere Einheiten unter Korvettenkapitän Bandiera an die afrikanische Atlantikküste, um einen österreichischen Frachtensegler und dessen Bemannung aus der marokkanischen Gefangenschaft zu befreien. Dem Korvettenkapitän gelang es, auf dem Verhandlungswege die Freilassung der Gefangenen zu erreichen, aber das Schiff selbst blieb in den Händen der Seeräuber. Daraufhin bombardierte die k. k. Flottenabteilung den befestigten Hafen von El Araisch (Larache). Nach der Vernichtung zweier Piratensegler in diesem Hafen und der Beschießung mehrerer anderer marokkanischer Hafenstädte zwang Bandiera den Bey, auch den Frachtensegler freizugeben und Schadenersatz zu leisten. Seither blieb die österreichische Handelsschiffahrt von den Übergriffen der Barbaresken verschont.

In diesen Jahren hatte die kaiserlich-königliche Kriegsmarine aber auch eine Reihe friedlicher Aufgaben: sie unterhielt bis 1833 den Postdienst auf der Adria, und von 1819 an führte sie die systematische kartographische Aufnahme der Adria und ihrer Küsten durch.

Die Beschießung von El Araisch durch ein österreichisches Flottendetachement, 1830.

Im Jahre 1837 wurden die Blicke der Österreicher im besonderen Maße auf die See gelenkt: der erst 16 Jahre alte Sohn des Erzherzogs Karl, des Helden der Napoleonischen Kriege, wählte den Seemannsberuf. Dies war für die österreichische Aristokratie ein Anlaß, seinem Beispiel zu folgen. Von dieser Zeit an betrachteten sowohl die binnenländischen als auch die aus dem Küstengebiete stammenden Untertanen Seiner Majestät den Dienst in der Kriegsmarine als eine erstrebenswerte Laufbahn. Dieser Umstand bewahrte im Revolutionsjahr 1848 die k. k. Flotte vor der völligen Auflösung.

Die Marinelaufbahn des Erzherzogs Friedrich dauerte zwar nur wenige Jahre, aber der kaiserliche Prinz erwies sich bald seines großen Vaters würdig. Im Jahre 1839 erhob sich Mehmed Ali, der Vizekönig von Ägypten, wieder einmal gegen seinen türkischen Oberherrn. Er eroberte Syrien und blieb in mehreren Schlachten gegen die osmanischen Heere siegreich; das Reich des Sultans schien dem Untergang geweiht. England, Rußland und Preußen traten zusammen mit Österreich auf den Plan, um das türkische Imperium zu retten. England, um die Dardanellen und den Bosporus vor dem begehrlichen Zugriff der Russen zu schützen; Rußland, um die Meerengen nicht in britische Hände fallen zu lassen.

Erzherzog Friedrich bei der Erstürmung von Saida, 1839.

Eine verbündete Flotte von englischen, österreichischen und türkischen Kriegsschiffen unter einem britischen Admiral sollte 1840 Syrien für den Sultan zurückgewinnen. Erzherzog Friedrich, der nun schon zwei Jahre zur See diente, war Kommandant der Fregatte „Guerriera". Bei der Erstürmung der befestigten Hafenstadt Saida (im heutigen Libanon) zeichnete er sich an der Spitze seiner Matrosen und Marineinfanteristen besonders aus. Später nahm er am Angriff der alliierten Streitkräfte auf die palästinensische Hafenfestung St. Jean d'Acre (Akkon) teil, ging mit seinen Truppen an Land und zwang die Festung Akkon, mutig vorwärtsstürmend, zur Übergabe.

Mit diesem Feldzug hatte Österreich seine führende Stellung zur See in der Levante bekräftigt, und seine kleine Kriegsmarine erfreute sich allgemeiner Achtung. Es war das goldene Zeitalter der Segelflotte des Kaiserreiches. Erzherzog Friedrich wurde 1844 zum Marineoberkommandanten ernannt und begann sogleich den Schiffspark zu verstärken und zu erneuern. Zum Schaden für die Sache blieb ihm dafür nicht viel Zeit: drei Jahre später starb er, erst 26 Jahre alt. Wieder war die maritime Wehrmacht Österreichs ohne starken Führer, und dies leider nicht zum letzten Mal.

DIE JACHT „FANTASIE“ UND DAS LINIENSCHIFF „KAISER“

(Nach einem Gemälde von Alexander Kircher)

III.

Das Aufkommen des Dampfschiffes

DONAUDAMPFSCHIFFAHRTSGESELLSCHAFT
UND ÖSTERREICHISCHER LLOYD –
JOSEF RESSEL UND DIE SCHIFFSSCHRAUBE

Mit dem Beginn des 19. Jahrhunderts zeichnete sich eine neue Entwicklung auf dem Gebiet der Schiffahrt ab: die Verwendung von Dampf als Antriebskraft. Die richtungsweisenden Impulse kamen von Amerika, wo John Fitch schon 1786 ein Dampfboot gebaut und gefahren hatte. 1807 eröffnete Robert Fulton den ersten Passagierdampferdienst auf dem Hudson-Fluß, und auf dem Flußverkehr in Amerika und bald auch in Europa wurden die Dampfschiffe schnell populär. Für die Hochseeschiffahrt wurden vorerst Segler mit einem Dampfhilfsmotor ausgerüstet. Einem solchen Schiff gelang 1819 die erste Überquerung des Atlantik, aber erst im Jahre 1838 wurde diese Strecke erstmals ausschließlich unter Dampf bewältigt.

Einige Jahre vorher schon, 1834, verkehrte das erste Dampfschiff im Mittelmeer. Es gereicht Österreich zur Ehre, daß dieses Schiff, die „Marie Dorothee", zur Flotte der „Ersten privilegierten Donau-Dampfschiffahrtsgesellschaft" (DDSG) gehörte, die bereits im Jahre 1829 zur Förderung der Schiffahrt auf der Donau gegründet wurde, deren Schiffe sich aber in der Folge nicht mit der Flußschiffahrt begnügten, sondern bis ins Schwarze Meer und in die Adria vorstießen. Die „Marie Dorothee"

„Arciduca Lodovico", das erste Dampfschiff des Österreichischen Lloyd, 1836.

betrieb Liniendienst zwischen Triest und Konstantinopel. Die DDSG entwickelte sich zu einem bedeutenden Wirtschaftsfaktor Österreichs und hatte bis zum Ende des Ersten Weltkriegs praktisch das Monopol des Personen- und Warentransports auf der Donau. Nach dem Zweiten Weltkrieg mußte sie nochmals von vorne beginnen, weil die Russen den gesamten Schiffspark wie auch die Einrichtungen als „Deutsches Eigentum" beschlagnahmten.

1836 wurde in Triest der „Österreichische Lloyd" gegründet, ein privates Unternehmen für den fahrplanmäßigen Schiffsverkehr mit der Levante. Er übernahm die Hochseedampfer der DDSG, die diesen Verkehr bislang aufrechterhalten hatten. In diesem Zusammenhang ist es von Interesse, sich die Gründungsjahre anderer bedeutender Schiffahrtsunternehmen ins Gedächtnis zu rufen: die Cunard-Linie 1841, die Hamburg-Amerika-Linie (Hapag) 1845, als Dampfschiffgesellschaft 1856, der Norddeutsche Lloyd 1857, die Compagnie Générale Transatlantique 1864. Auch hier also leistete die österreichische Schiffahrt Bahnbrechendes! Nach der Eröffnung des Suez-Kanals im Jahre 1869 unterhielt der Österreichische Lloyd regelmäßigen Liniendienst nach Indien, dem Fernen Osten und Südamerika. Die Gesellschaft erfreute sich eines vorzüglichen Rufes und entwickelte sich in den Jahren vor dem Ersten Weltkrieg zu einer der großen internationalen Schiffahrtsunternehmen. Sie besteht auch heute noch unter italienischer Flagge und dem Namen „Lloyd Triestino".

Die ersten Dampfschiffe waren mit Schaufelrädern ausgerüstet, die normalerweise seitlich angebracht waren. Bis weit über die Mitte des Jahrhunderts hinaus

Der erste Dampfer der österreichischen Kriegsmarine: „Maria Anna", Seitenrad, 500 t. Ursprünglicher Name „Ferdinando", erbaut 1836 auf der Werft von Porto Rè bei Fiume. 1852 in einem Sturm untergegangen.

waren die Hochseedampfer mit voller Takelung ausgestattet, und anfangs nahm man – vielfach aus Sparsamkeitsgründen – bei jeder sich bietenden Gelegenheit die Hilfe der Segel in Anspruch.

Bereits Mitte der dreißiger Jahre des 19. Jahrhunderts wurden von der österreichischen Regierung Mittel bereitgestellt, um durch den Erwerb von Dampfschiffen die Kriegsmarine den Anforderungen der Neuzeit anzupassen. Das erste derartige Fahrzeug der kaiserlich-königlichen Flotte war der Raddampfer „Maria Anna" (550 t). Er wurde ursprünglich auf den Namen „Ferdinando" getauft, auf der Werft von Porto Rè bei Fiume gebaut und im Jahre 1836 in Dienst gestellt, sieben Jahre nach der Fahrt des ersten mit Dampf betriebenen Kriegsschiffes in Frankreich. Allerdings erwiesen sich Raddampfer für kriegerische Einsätze als unzweckmäßig, da ihre großen Schaufelräder allzu verwundbar waren und auch die übliche Bestückung der Breitseite des Schiffes mit Kanonen hinderten.

Den entscheidenden Fortschritt auf dem Gebiet der Dampfschiffahrt brachte die Erfindung der Schiffsschraube. Einem Forstmann im Dienste der österreichischen Marine, Josef Ressel, gelang die Konstruktion des ersten brauchbaren Modells. Nach Jahren des Experimentierens erhielt er 1827 das österreichische Patent. Bald darauf konnte er den Bau des kleinen Schraubendampfers „Civetta" in Auftrag geben – mit französischer Finanzhilfe, da Ressel in seiner Heimat keine

Unterstützung finden konnte. 1829 wurde in Triest eine Probefahrt mit 40 Passagieren an Bord durchgeführt, die zufriedenstellend verlief. Doch ein Dampfrohr platzte, und die Fahrt mußte wegen Gefährdung der Passagiere abgebrochen werden. Obwohl bei dem Zwischenfall niemand verletzt wurde, verbot die Polizei dem Erfinder die Durchführung weiterer Experimente. Ressel, mittellos, konnte seine bahnbrechende Erfindung nie auswerten; er war sogar gezwungen, sein Patent zu verkaufen – um sage und schreibe ein Pfund Sterling. Andere, wie John Ericson in den USA und Francis Pettit Smith in England, trugen einige Jahre später den Ruhm davon, während der Name Ressel in der Geschichte der Dampfschiffahrt kaum erwähnt wird.

1856 wurde die Dampffregatte „Radetzky" in England angekauft und diente als Vorbild für den Bau solcher Schiffe in Österreich, wobei im Habsburgerreiche eine eigene Schiffbauindustrie entstand. Von dieser Zeit an wurden die meisten österreichischen Kriegsschiffe auf heimischen Werften vom Stapel gelassen.

Im Jahre 1858 lief das letzte hölzerne Linienschiff Österreichs, der „Kaiser" (5194 t), vom Stapel. Acht Jahre später nahm dieses Schiff an der Seeschlacht von Lissa teil – das letzte Mal, daß eine Einheit dieses Typs in kriegerische Aktion trat.

Von England und den Vereinigten Staaten ausgehend, fand die Schiffsschraube in den vierziger Jahren des 19. Jahrhunderts bei allen seefahrenden Nationen Verwendung. Erst mit ihrer Hilfe setzte sich in der Kriegsmarine der Dampfantrieb endgültig durch. Sie war weniger der Feindeinwirkung ausgesetzt als das Schaufelrad und ließ das ganze Deck wieder zur Aufstellung von Geschützen frei.

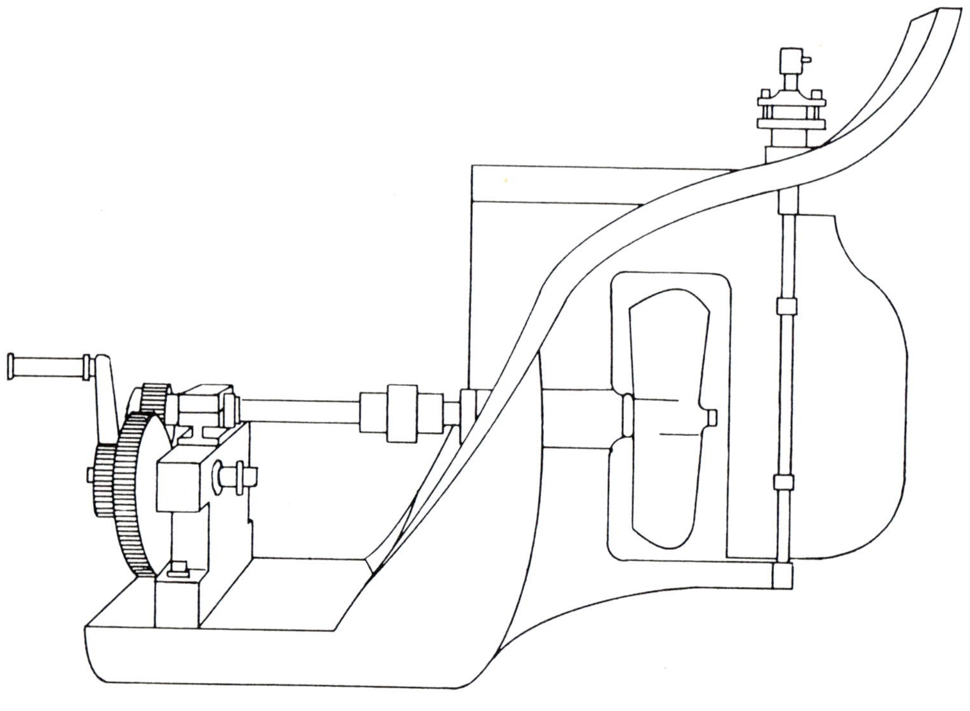

Modell der Schiffsschraube von Josef Ressel, 1827.

S. M. S. „Seemöwe“, das erste Schraubenschiff der österreichischen Kriegsmarine, 187 t.
In England gebaut („Waterlily“), 1849 als Admiralsjacht erworben, 1855 demoliert.

Es ist an dieser Stelle vielleicht angebracht, sich nochmals der herausragenden Leistungen der österreichischen Seefahrt in jenen Pioniertagen des Dampfschiffwesens zu erinnern:

1826/27 Erfindung der Schiffsschraube durch Josef Ressel;
1834 Das österreichische Schiff „Marie Dorothee“ als erstes Dampfschiff im Mittelmeer;
1836 Gründung des „Österreichischen Lloyd“, der ersten der großen internationalen Dampfschiffsunternehmen.

Das sind Leistungen, erbracht mit einem Minimum an Mitteln und Ressourcen, auf die selbst große seefahrende Nationen Grund hätten stolz zu sein.

IV.

Von der Revolution zum Sieg 1848–1866

DIE REVOLUTION 1848 – AUFRUHR IN VENEDIG –
SCHWACH UND DOCH KAMPFESMUTIG – ADMIRAL DAHLERUP –
GEBURT UND TOD EINER DEUTSCHEN BUNDESFLOTTE –
ERZHERZOG FERDINAND MAX – KRIEG UM SCHLESWIG-HOLSTEIN –
WILHELM VON TEGETTHOFF – HELGOLAND

DIE UNZUFRIEDENHEIT MIT DER REAKTIONÄREN UND JEDE Freiheit unterdrückenden Art, mit der Staatskanzler Clemens Fürst Metternich die Regierungsgeschäfte führte, entlud sich im Jahre 1848 in einer offenen Revolution. In Nachahmung der Pariser Februar-Revolution dieses Jahres erhoben sich im März die Bürger von Wien gegen die Staatsgewalt. Bald griff der Aufstand auf andere Teile der Monarchie über und pflanzte sich auch auf die deutschen Staaten fort. Das alte System brach zusammen; Metternich mußte fliehen; Reformen und eine Konstitution wurden versprochen.

Die Revolution hatte eigentlich nur in Ungarn und Italien einen überwiegend nationalen Charakter. Die Magyaren verlangten die Errichtung eines von den Habsburgern und Österreich vollkommen unabhängigen Nationalstaates. Das Hauptziel der Italiener war die Vereinigung mit ihren Volksgenossen jenseits der Grenze, um gemeinsam mit ihnen ein vereintes Italien aufzubauen. Die „Irredenta“, die Bewegung zur Angliederung „unerlöster italienischer Volkstumsgebiete“, hatte vor allem die „Befreiung“ der Lombardei und Venetiens sowie des Trentino und Istriens (mit Triest) auf ihre Fahnen geschrieben.

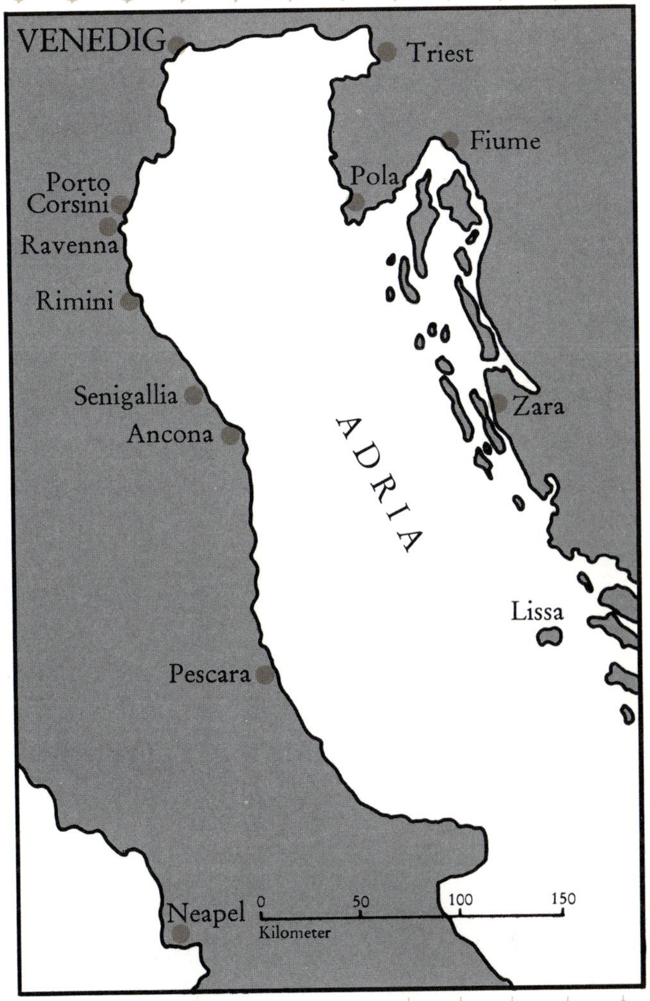

DIE ADRIA

Am Ende der Napoleonischen Kriege setzte sich Italien aus einer Anzahl von unabhängigen Kleinstaaten zusammen, von denen die wichtigsten die Königreiche von Sardinien-Piemont und Neapel waren. Der Nordteil der Apenninenhalbinsel, das Königreich Lombardei-Venetien, war durch den Wiener Kongreß 1815 neuerlich der Donaumonarchie zugesprochen worden.

Während der ersten Jahrzehnte des 19. Jahrhunderts erlebten auch die Italiener den Aufbruch von liberalen und nationalen Strömungen, die sich über ganz Europa verbreitet hatten. In den meisten der italienischen Staaten verlangte das Volk konstitutionelle Reformen, und die nationale Vereinigung „Giovane Italia“ (Junges Italien), die für die Freiheit und Einigung Italiens eintrat, fand in allen Bevölkerungsteilen Unterstützung. Schließlich wurden die Herrschenden in einigen italienischen

Staaten gezwungen, einer konstitutionellen Regierungsform zuzustimmen, und die Bewegung der „Giovane Italia“ wurde in zunehmendem Maße nationalistisch. Das Königreich Sardinien und sein Herrscherhaus stellten sich an die Spitze der nationalistischen Welle, die nun ihren ganzen Haß gegen die einzige ausländische Macht richtete, die noch über einen Teil Italiens gebot – und das war Österreich.

Die Nachrichten von der Revolution in Wien lösten in Mailand und einige Tage später auch in Venedig den Aufruhr aus. Die Aufständischen in Mailand erbaten und erhielten Hilfe von Sardinien und Neapel. Andererseits blieb die österreichische Armee in diesem Gebiete ohne die Verstärkungen, die der Oberkommandierende Josef Graf Radetzky von Wien angefordert hatte. Der Feldherr sah sich genötigt, seine Truppen aus Mailand in das Festungsviereck Verona–Legnano–Mantua–Peschiera zurückzuziehen.

In Venedig, dem Hauptliegehafen der k. k. Kriegsmarine, wurde der unbeliebte Kommandant, Linienschiffskapitän von Marinovich, von meuternden Arsenalarbeitern erschlagen, während der zu seiner Unterstützung herbeigeeilte Major der Marineinfanterie von Budaj von seinen eigenen Leuten schwer verletzt wurde. Als der Marineoberkommandant, Vizeadmiral von Martini – ein früherer General, der wegen des Mangels an höheren Marineoffizieren auf diesen Posten bestellt worden war –, die aufrührerischen Arbeiter zur Übergabe veranlassen wollte, wurde er von seinen überwiegend venezianischen Offizieren in Stich gelassen und von den Revolutionären gefangengenommen. Am 22. März 1848 marschierte die österreichische Besatzung aus der Stadt ab, die unabhängige Republik Venedig wurde ausgerufen.

Die drei Korvetten und die über hundert kleineren Einheiten, die sich zu diesem Zeitpunkt in der Lagunenstadt befanden, wurden, ebenso wie das Arsenal und die Depots, von den Venezianern übernommen. Vom Gefühl durchdrungen, daß die Marine eben in erster Linie eine „venezianische“ und nicht eine „österreichische“ sei, sandte die provisorische Regierung der Lagunenstadt auch an die auswärts stationierten Flotteneinheiten die Order aus, nach Venedig zurückzukehren, ein Befehl, der von einigen Booten auch befolgt wurde.

Die Lage der österreichischen Kriegsmarine war prekär: das Gros der Flotte in feindlicher Hand, die restlichen Küsteneinheiten zum Teil über viele Häfen verstreut, die Besatzung offen mit dem Gegner sympathisierend. Hier muß eingefügt werden, daß die Marine sich stets als zu Venedig gehörig betrachtete; nur der Umstand, daß Venedig selbst Teil des Habsburgerreiches war, brachte sie mit Österreich in Beziehung. Nun, nach der Unabhängigkeitserklärung der Lagunenstadt, war dieses Band gerissen. Noch aber bestand der militärische Treueeid auf den Monarchen und die Flagge Rot-Weiß-Rot, wenn auch die Herzen dieser Männer naturgemäß für ihre Landsleute schlugen. Dieser Zwiespalt wurde von Wien aus behoben, indem die Marineangehörigen italienischer Volkszugehörigkeit ihrer Treueverpflichtung enthoben wurden. Auch wurde ihnen gestattet, in die Heimat zurück-

DAS SEEGEFECHT
VON HELGOLAND, 1864
(Gemälde von Chalaupka, Heeresgesch. Museum, Wien)

zukehren, da sie ja für den Dienst unter der rotweißroten Kriegsflagge kaum mehr von Nutzen sein konnten. Der Ausfall an italienischen Bemannungen hatte auf der österreichischen Seite einen solchen Mangel an Offizieren und Mannschaften zur Folge, daß selbst die wenigen im Kaiserreich noch verbliebenen Schiffe kaum einsatzfähig waren. Von dem Gesamtstand an 5000 Marineangehörigen blieben nur 72 Offiziere und 665 Mann dem Kaiser treu, so daß Seeleute von der Handelsmarine, Soldaten des Landheeres und ungeschulte Freiwillige in Dienst gestellt werden mußten. Zudem waren seit den wenigen Monaten nach dem Ableben des Erzherzogs Friedrich nicht weniger als vier Oberkommandanten an der Spitze der Kriegsmarine gestanden, und nun, da Vizeadmiral von Martini sich in der Gefangenschaft der venezianischen Aufständischen befand, hatte die Flotte keinen Führer und bedurfte seiner doch so sehr. General Franz Graf Gyulai, der Militärkommandant von Triest, übernahm den provisorischen Oberbefehl über die Flotte und berief alle Einheiten, die sich zu diesem Zeitpunkt in der Levante oder in anderen Teilen des Mittelmeeres befanden, in die Heimat zurück.

Tatsächlich aber hatte die Katastrophe von Mailand und Venedig für die kaiserlich-königliche Flotte ein Gutes. Bisher war sie, wie bereits erwähnt, fast eine Privatangelegenheit von Venedig gewesen, von Italienern bemannt, mit italienischer Kommandosprache, mit italienischen Schiffsnamen (wie z. B. „Lipsia“ statt „Leipzig“), mit italienischer Tradition und Wesensart. Der Verlust des Großteils des Schiffspersonals leitete das Ende dieser Epoche ein. Nun erst war es möglich, an die Aufgabe zu gehen, die kaiserlich-königliche Flotte zum Gemeingut aller Nationalitäten des weiten Reiches zu machen.

SCHWACH UND DOCH KAMPFESMUTIG

Schritte wurden unternommen, um die kleine Flotte, die Österreich verblieben war, einsatzfähig zu gestalten. In Anbetracht seines guten Hafens und der vor ihm liegenden Reede von Fasana, und da es überdies leichter war, diese natürliche Einbuchtung der Adria zu verteidigen als etwa den Hafen von Triest, wurde Pola zum Hauptliegehafen der sich nun bildenden neuen Flotte bestimmt. Gegen Ende April lief ein kleines Geschwader zur Blockade von Venedig aus, das von der Landseite allein nicht bezwungen werden konnte.

Sardinien und Neapel, die am 22. März, dem Tage, an dem die Österreicher aus Venedig abgezogen, dem Kaiserreich den Krieg erklärt hatten, entsandten eine Flottenabteilung in die Adria. Diese Eskader, verstärkt durch das aus den ehemals österreichischen Einheiten bestehende venezianische Aufgebot, stand unter dem Oberbefehl des sardischen Konteradmirals Gianbattista Albini. Insgesamt verfügte sie über fünf Fregatten und einige kleinere Einheiten.

Die österreichische Schiffsgruppe zählte 3 Fregatten (je 44–50 Geschütze), 2 Korvetten (18–20), 3 Briggs (6–16), 34 Kanonenschaluppen (3) und einen Dampfer (2). Dieses Aufgebot war zwar materiell kaum schwächer als das italienische, doch fehlte es den österreichischen Bemannungen an der notwendigen Ausbildung, und ihre Geschütze waren von kleinerem Kaliber. Die Österreicher gaben daher die Blockade auf und kehrten nach Pola zurück, noch bevor Albini Venedig erreicht hatte.

Am 22. Mai erschien die Flotte der Verbündeten vor Pola, und als er gefragt wurde, warum sie denn gekommen sei, antwortete Albini stolz: „Um zu kämpfen!" Der zu dieser Zeit rangälteste k. k. Seeoffizier, Linienschiffskapitän Ludwig von Kudriaffsky, wußte, daß er mit seinen Streitkräften in einem Waffengang mit den Italienern kaum siegreich bleiben würde. Er war ferner davon überzeugt, daß es für die österreichische Flotte wichtiger sei, den größten Handelshafen der Monarchie zu beschützen, als den noch nicht ausgebauten Hafen von Pola zu verteidigen. Daher befahl er seinen Schiffen, nach Triest zu segeln. Da aber der Wind zu schwach, das Auslaufen jedoch dringend war, ließ er seine Einheiten in der Nacht durch Dampfschiffe der Handelsmarine nach dem nur 60 Seemeilen entfernten Triest schleppen. Erst am nächsten Morgen erkannten die Italiener, was geschehen war, und folgten den Österreichern nach. Trotz seiner hochtrabenden Worte hegte Albini nicht die Absicht, die gegnerische Flotte oder Triest anzugreifen. Tatsächlich hatte er den Befehl erhalten, gegen Triest nicht vorzugehen, denn dieser Hafen gehörte zum Deutschen Bund, und mit diesem mächtigen Gegner wollten sich die Italiener nicht in einen Kampf einlassen. Da die österreichische Flotte für einen Angriff zu schwach war, kam es zu einem mehrere Monate dauernden Ruhen der Waffen.

Die Österreicher empfanden es als Demütigung, daß Flotten von Kleinstaaten wie Sardinien und Neapel stärker waren als die ihre. Sie trachteten, den Vorsprung der beiden Gegner möglichst rasch einzuholen, indem sie einige Handelsschiffe bewaffneten und versuchten, in England, Rußland, in der Türkei und in Ägypten Kriegsschiffe anzukaufen. Sollten diese Neuerwerbungen gelingen, bestand die Absicht, auch englische Offiziere für den Dienst in der kaiserlich-königlichen Kriegsmarine zu gewinnen. Da aber die Regierung der Seemächte es vermeiden wollten, in den adriatischen Waffengang hineingezogen zu werden, und da außerdem das Finanzministerium in Wien die ungenügende Stärke der Kriegsmarine aus Sparsamkeitsgründen keineswegs als bedrückend empfand, verfiel man schließlich auf den Ausweg, die österreichische Handelsschiffahrt dem Schutz durch England zu unterstellen. London aber wies dieses Ansinnen glatt zurück.

Bei General Gyulai liefen inzwischen zahlreiche Vorschläge ein, wie zwischen den einander feindlichen Flotten das Gleichgewicht herzustellen sei. Zwei dieser

Vorschläge waren bemerkenswert: ein gewisser Franz Pfeifer, Chemiker und Mechaniker, unterbreitete den Plan, eine Vorrichtung zu bauen, die aus zwei Zylindern mit konisch auslaufenden Begrenzungsflächen bestand. Einer dieser Zylinder enthielt Preßluft für den Antrieb eines Propellers, der zweite einen Sprengstoff, der bei der Berührung mit dem feindlichen Schiff detonieren sollte. Ein Magnet hatte bei einem etwaigen Abweichen der Vorrichtung von ihrem Kurs die Maschine in die gewünschte Richtung zurückzuführen. Aber die Technologie war zu jener Zeit noch nicht reif genug, und so blieb Pfeifers Vorschlag unbeachtet. 1864, 16 Jahre später, wurde der Gedanke des Mechano-Chemikers von dem k. k. Korvettenkapitän Johann Luppis wieder aufgegriffen, und diesmal fand die Erfindung die entsprechende Würdigung.

Die andere Anregung fußte auf früheren Vorbildern: es handelte sich um die Wiederverwendung von Branderschiffen. Man trat diesem Vorschlag aber nicht näher, weil man der Ansicht war, daß diese Art der Kriegführung unmenschlich sei. Tatsächlich aber dürfte der wahre Grund für die Ablehnung die Angst vor einer möglichen Vergeltung gewesen sein.

Keiner von den angeregten Vorschlägen wurde verwirklicht. Wie viele seiner Kameraden war auch der junge Linienschiffs-Fähnrich Wilhelm von Tegetthoff auf der Brigg „Trieste" über die Untätigkeit der Marineleitung empört. Seinem Vater schrieb er, daß er den Dienst in der Kriegsmarine aufgeben wolle, wenn der Stillstand in ihrer Tätigkeit weiter andauern sollte. Es war der gleiche Tegetthoff, der fast zwanzig Jahre später die österreichische Flotte zu einem überwältigenden Siege führte.

Im Juni wurde das neapolitanische Detachement aus der Adria zurückgezogen, was aber die Ungleichheit in den beiden Flottenstärken nicht wesentlich berührte. Erst der Sieg des Feldmarschalls Radetzky über die piemontesische Armee bei Custoza (24. Juli 1848), der die österreichische Oberhoheit über die Lombardei wiederherstellte, änderte die Lage beträchtlich, und in seiner Folge kam es zu einem Waffenstillstand zwischen den kriegführenden Parteien.

Auf Grund der Bedingungen der Waffenruhe hätte Albini die Adria verlassen sollen, doch der Admiral befolgte diesen Befehl nicht. Er segelte nach Ancona, 130 sm südlich von Venedig, und hinderte so die Österreicher an der Wiederaufnahme der Blockade der Lagunenstadt, die im Mai aufgegeben worden war. Österreichische Truppen belagerten Venedig von der Landseite her, aber die Hafenfestung konnte, so lange sie gegen See zu frei blieb, unbeschränkt lange durchhalten.

Im September trat Vizeadmiral von Martini, der im Juni im Wege eines Gefangenenaustausches freigelassen worden war, wieder an die Spitze der Flotte. Er hatte

Die Bombardierung Venedigs 1849. Dieser erste Luftangriff der westlichen Kriegsgeschichte wurde mit Hilfe von Ballons durchgeführt, die von den Schiffen der österreichischen Blockadeflotte aufstiegen.

die Absicht, Dampfschiffe anzukaufen, weil er sie für die Blockade von Venedig als unbedingt notwendig ansah. Dies aber brachte ihn in Gegensatz zu den Behörden in Wien, denen in allen solchen Dingen die letzte Entscheidung zukam, und diese fiel in den meisten Fällen negativ aus – so auch dieses Mal.

Die verlängerte Anwesenheit von Albinis Geschwader in der Adria hielt die großen österreichischen Kriegsschiffe davon ab, in See zu gehen. Aber eine Flottille kleinerer Einheiten – zumeist Ruderschaluppen und Fischerboote mit Marinebemannungen – standen ihren Kameraden an der Küste vor Venedig hilfreich zur Seite.

Am 12. März 1849 widerrief Sardinien den Waffenstillstand, den es sieben Monate zuvor mit Österreich geschlossen hatte, und die Feindseligkeiten brachen von neuem aus. In einem in seiner Kürze und Entschiedenheit einzig dastehenden Feldzug beendete Feldmarschall Radetzky den Krieg innerhalb von drei Tagen, indem er den Feind bei Mortara und Novara besiegte. Das Königreich sah sich gezwungen, um Frieden zu bitten. Venedig hielt zwar weiter durch, aber in allen anderen zu Österreich gehörenden Gebieten auf der Apenninenhalbinsel war die Revolution zu Ende.

Vizeadmiral Hans Birch von Dahlerup (1790–1872), der Reorganisator der österreichischen Kriegsmarine nach 1848.

Mit der Ernennung des dänischen Admirals Hans Birch von Dahlerup zum Flottenoberkommandanten im März 1849 kam frischer Wind in die österreichische Marine. Dahlerup ließ sogleich die Flotte auslaufen, bevor noch Albini mit seinem Geschwader die Adria verlassen hatte. Nun schritt man ernsthaft an die „aktive" Blockade Venedigs, d. h. die Zernierung der Lagunenstadt von der Seeseite her; um diese zu beschleunigen, holte man Vorschläge zur Effektivierung der Kampfhandlungen ein.

Die Hauptleute Josef und Franz Uchatius schlugen die Bombardierung der Stadt mit Hilfe von Ballons vor, die von den Schiffen aus gestartet und mit einer Art Zeitzünder versehen waren. Tatsächlich wurden einige dieser Bomben abgeworfen; da jedoch die eigenen Einheiten Gefahr liefen, bei wechselndem Wind selbst von den Bomben getroffen zu werden, wurden weitere Versuche dieser Art eingestellt.

Es gelang Dahlerup, mit den bescheidenen ihm zur Verfügung stehenden Mitteln das Maximum zu erreichen. Er sorgte für Disziplin und Manneszucht, und binnen kurzem wurde aus der durch den Abfall der Venezianer demoralisierten Rumpf-

Die österreichische Lagunenflottille vor San Giorgio, Venedig, 1864. In der Bildmitte das Schraubenkanonenboot „Ausluger", rechts dahinter der Raddampfer „Alnoch", außerdem fünf Radkanonenboote vom Typ I bis VI. Um 1864.

flotte wieder ein respekteinflößendes Machtmittel. Es gelang den Venezianern nicht, die Sperre zu durchbrechen. Von Land und See aus eingeschlossen, ohne Verbündete und von einer Hungersnot bedroht, ergab sich die Lagunenstandt am 22. August 1849.

Als die Österreicher in Venedig einrückten, fanden sie im dortigen Arsenal einige in Bau befindliche Fregatten, die vor ihrer Fertigung standen, drei große und zwei kleine Korvetten, einige Dampfer und eine Anzahl kleinerer Einheiten, alle in gutem Zustand, vor. Dies war mehr, als die Österreicher bei ihrem Abzug aus Venedig hatten zurücklassen müssen. Die besten dieser Schiffe wurden in die k. k. Kriegsmarine eingereiht, so daß diese nunmehr aus 4 Fregatten (1200 t, 32–40 Geschütze), 6 Korvetten (8–900 t/20), 7 Briggs (500 t/16) sowie 10 kleineren Segelschiffen und 4 Dampfern bestand.

GEBURT UND TOD EINER DEUTSCHEN BUNDESFLOTTE

Während Österreich die Revolution auf seinem gesamten Staatsgebiet niederschlug, kämpfte die Bevölkerung der deutschen Kleinstaaten um liberale politische Reformen und um die Gründung eines starken deutschen Nationalstaates. Von den regierenden Fürsten unabhängig trat eine Nationalversammlung, das Frankfurter Parlament, zusammen, um die Verfassung eines zukünftigen Deutschen Reiches auszuarbeiten. Während diese Volksversammlung tagte, tauchte die schleswig-holsteinische Frage auf und erregte die Gemüter.

Zwischen der Nord- und der Ostsee gelegen, wiesen die Herzogtümer Schleswig und Holstein eine vorwiegend deutsche Bevölkerung auf, hatten aber schon im Jahre 1460 Christian I. von Dänemark zu ihrem Herzog gewählt, unter der Bedingung, daß die beiden Gebiete auf ewig ungeteilt bleiben sollten. Schleswig war Mitglied des Deutschen Bundes. Als nun König Friedrich IV. von Dänemark am 22. März 1848 die Einverleibung des Herzogtums Schleswig in den dänischen Staatsverband aussprach, erhoben sich zwei Tage später die Schleswig-Holsteiner, bildeten eine provisorische Landesregierung und forderten die Lostrennung von Dänemark. Auf Veranlassung des Frankfurter Parlaments griff Preußen an ihrer Seite in den Konflikt ein.

Doch es war Preußen nicht möglich, den Schleswig-Holsteinern eine wirksame Hilfe zu bieten. Einerseits wünschten Großbritannien, Frankreich und Rußland keineswegs eine Schwächung Dänemarks, das ja der Wächter über den Zugang zur Ostsee ist, weshalb sie sich dem Anschluß der beiden Herzogtümer an den Deutschen Bund widersetzten. Andererseits war Preußen ohne Seemacht nicht imstande, den Operationen einer Landarmee durch eine Flotte den notwendigen maritimen Rückhalt zu bieten. Trotz mehrerer Siege der bundesdeutschen und der schleswig-holsteinischen Truppen über die Dänen gelang es diesen doch immer wieder, mit Hilfe ihrer Flotte aus strategisch günstigen Stellungen heraus dem Gegner einen erfolgreichen Widerstand entgegenzusetzen.

In Deutschland kamen Bestrebungen zur Schaffung einer Bundesflotte in Gang. Sie sollte stark genug sein, um einer kleinen Marine wie der dänischen zu verwehren, die deutschen Küsten zu blockieren sowie Seehandel und Überseeverkehr zu unterbinden. Prinz Adalbert von Preußen wurde beauftragt, einen Ausschuß zu bilden, der sich mit der Aufstellung einer deutschen Flotte zu befassen hatte.

In England wurden einige Handelsschiffe angekauft und bewaffnet, aber der Versuch, auch Kriegsschiffe zu erwerben, mißlang. Es gab nicht viele Deutsche mit seemännischer Erfahrung, weshalb die amerikanische Marine gebeten wurde, einigen ihrer jungen Seeoffiziere den zeitlich begrenzten Dienst in der werdenden deutschen Flotte zu gestatten. Auch dieser Ausweg erwies sich als nicht gangbar, aber ein ziviler Seemann, Karl Bromme, allgemein Brommy genannt, der in der nordamerikanischen Handelsmarine gedient und sich am griechischen Befreiungskampf beteiligt hatte, wurde der Oberkommandant der neugeborenen Marine.

Diese trat nur ein einziges Mal kriegerisch in Erscheinung. Ohne Rücksicht auf das vollkommen unzulängliche Material, über das Brommy verfügte, unternahm er einen tapferen Angriff auf eine dänische Fregatte und zog sich erst in den Hafen zurück, als das gesamte dänische Blockadegeschwader in Sicht kam. Zwei Monate später, im April 1849, kehrten die deutschen Fürsten zu ihrer früheren Macht zurück. Das Frankfurter Parlament wie auch die bundesdeutsche Flotte wurden aufgelöst. Einige ihrer Offiziere wechselten zur österreichischen Kriegsmarine über. Karl Bromme wurde Leiter der Marinetechnischen Abteilung.

Im Londoner Protokoll von 1850 bewahrten sowohl Preußen als auch Dänemark bezüglich der beiden Herzogtümer ihre Rechte. Schleswig und Holstein blieben untrennbar vereinigt, aber, wenn auch mit Sonderrechten ausgestattet, unter dänischer Oberhoheit.

1852 begann Preußen in einem sehr eingeschränkten Maße mit dem Aufbau einer eigenen Marine, doch die österreichische Flotte blieb die stärkste Seemacht, die dem Deutschen Bund zur Verfügung stand.

ERZHERZOG FERDINAND MAX

NACH DEM Fall Venedigs, der die 17 Monate dauernde Kriegführung in der Adria beendete, ging Dahlerup an die bitter nötige Reorganisation und Erneuerung der Marine. Die Ereignisse des Jahres 1848 hatten drastisch vor Augen geführt, wie wichtig es war, die Seestreitkräfte auf eine übernationale Basis zu stellen. Dahlerup brachte eine Anzahl nordischer Seeleute und Instruktoren nach Österreich; für den Dienst zur See wurden in zunehmendem Maße Leute aus den Binnenländern angeworben. So schwand allmählich das italienische Übergewicht. Dahlerups Dienstinstruktionen erschienen in Deutsch, doch dauerte es noch einige Zeit, bis sich Deutsch als Dienst- und Kommandosprache allgemein durchsetzte. Der „Husar“ war 1853 das erste Schiff der k. k. Kriegsmarine mit ausschließlich nichtitalienischer Besatzung, der Kommandant war Däne.

Dahlerup legte einen Plan zum Ausbau der Flotte vor, gründete eine Marineakademie und verfaßte ein Ausbildungsreglement für Unteroffiziere und Mannschaften. Er schuf die Grundlagen für eine moderne und leistungsfähige Flotte.

Doch wie so viele Seeoffiziere seiner Zeit brachte er den neuen technologischen Entwicklungen nicht allzuviel Verständnis entgegen (er war kein Freund des Dampfschiffes); außerdem waren seine in südlicheren Breiten ungewohnte Tatenlust und die Schärfe, mit der er seine Ziele verfolgte, mit der leichteren österreichischen Wesensart nicht recht vereinbar. Nachdem er zweieinhalb Jahre an der Spitze der kaiserlich-königlichen Wehrmacht zur See gestanden hatte, kehrte Dahlerup wieder in seine Heimat zurück.

Und wieder wurde die Kriegsmarine dem Oberbefehl eines Soldaten vom Landheer, dem Feldmarschalleutnant Franz Graf Wimpffen, unterstellt. In diese Zeitspanne fiel der Erwerb mehrerer Fregatten und einiger kleiner Einheiten. 1852 kreuzte ein Geschwader von 14 österreichischen Kriegsschiffen im Mittelmeer, das größte, das bisher unter der rotweißroten Kriegsflagge vereinigt gewesen war. Die Führung oblag dem zwanzigjährigen Erzherzog Ferdinand Max, einem Bruder des Monarchen. Zwei Jahre später wurde der kaiserliche Prinz Marineoberkommandant, nachdem er vier Jahre zur See gefahren war.

Als einer der fähigsten Habsburger setzte Ferdinand Max sein ganzes Ansehen, seine jugendliche Begeisterungsfähigkeit und die Liebe zum soldatischen Seemannsberuf zum Besten der ihm anvertrauten Kriegsmarine ein. Während seiner Tätigkeit an der Spitze der Flotte erhöhte sich die Anzahl der Kriegsschiffe, entscheidende Neuerungen wurden eingeführt. Pola, der von der Natur im Hinblick auf seine strategische Lage zum Schutz von Triest so sehr begünstigte Hafen, wurde ausgebaut. Vorher hatten das ungesunde Klima und der Mangel von Einrichtungen auf dem Lande eine solche Maßnahme verhindert. Nun aber wurden die Sümpfe entwässert; es entstand ein Arsenal mit einer Werft, und auch die für den Schutz des Kriegshafens notwendigen Verteidigungswerke auf dem Lande wurden errichtet. Für die maritimen Belange Österreichs wirkte sich ferner die Schaffung eines vom Kriegsministerium unabhängigen Marineministeriums, das auch für die Handelsschiffahrt zuständig war, günstig aus.

Wenn auch die k. k. Kriegsmarine in den zehn Jahren, seitdem das Kaiserreich seine italienischen Besitzungen wieder unterworfen hatte, beträchtlich gewachsen war, fühlte sie sich doch zu schwach, um der französischen Flotte entgegenzutreten, als Napoleon III. mit Sardinien gemeinsam im Jahre 1859 einen neuen Krieg gegen Österreich vom Zaune brach. Als ein großes französisches Geschwader in die Adria segelte, zogen sich die österreichischen Kriegsschiffe in ihre Häfen zurück. Abgesehen von der Blockade der istrianischen und der dalmatinischen Küsten, ließen es die Franzosen jedoch zu keiner größeren Kampfhandlung kommen, und die wenigen Begegnungen zwischen den Einheiten der beiden feindlichen Seestreitkräfte

Erzherzog Ferdinand Max (1832–1867). Der Bruder Kaiser Franz Josephs I. und nachmalige Kaiser von Mexiko war 1854–1862 Marineoberkommandant und wirkte bahnbrechend für den Ausbau der Kriegsflotte.

sind kaum erwähnenswert. Der Feldzug endete mit der Niederlage der österreichischen Armee bei Solferino. Österreich verlor die Lombardei, konnte aber Venetien behalten.

Da es sich nun wieder gezeigt hatte, wie hilflos die kleine Kriegsmarine der Monarchie einem starken Gegner gegenüberstand, und auf Grund des rastlosen Einsatzes ihres erzherzoglichen Führers für seine geliebte Waffe entschloß sich die Wiener Regierung endlich dazu, eine wirksame Flotte zu schaffen. Als Ersatz für einige kleinere Segler wurden zehn Dampfkriegsschiffe angekauft. 1861 hatte Italien die ersten Panzerschiffe in seine Flotte eingereiht; nun folgte auch Österreich diesem Beispiel, indem es zwei Vertreter dieser Type auf Stapel legte. In den nächsten Jahren wurden in die älteren Segelschiffe Maschinen eingebaut, auch liefen weitere Panzerschiffe vom Stapel, so daß im Jahre 1866 die österreichische Eskader über sieben Einheiten dieser Schiffsklasse verfügte.

Der schnelle Ausbau des Schiffsparks war vor allem den Bemühungen des Erzherzogs zu verdanken, doch spielten da auch andere Gründe mit.

Eine Eisenbahnlinie, die von Wien über den Semmering nach Triest führte, wurde 1854 dem Verkehr übergeben. Dies erleichterte den Überseehandel und gab der heimischen Industrie, dem Handel zu Land, dem Überseetransport und damit der gesamten Schiffahrt einen mächtigen Antrieb. Hiedurch verstärkte sich das Interesse des Parlaments für die Wirtschaft und damit auch für die Kriegsmarine, die jene zu schützen berufen war.

Auch die Fortschritte in der Technologie blieben auf den Ausbau der Flotte nicht ohne Einfluß. Die Einführung der Dampfmaschine, der Schiffsschraube, neuartiger Geschütze und nicht zuletzt die Verwendung von Panzerplatten verringerten den Wert von Schiffen, die solche Neuerungen nicht besaßen, ganz erheblich. Selbst die kleinen Flotten erkannten, daß sie, wenn sie auch viel weniger Einheiten zählten als die großen Seemächte, diesen doch nicht mehr hilflos ausgeliefert waren.

So war z. B. Italien 1866 die drittgrößte Seemacht der Welt, obwohl das Königreich nicht imstande war, das Material für seine Flotte selbst beizusteuern. Die Schiffe wurden in den Vereinigten Staaten und in England angekauft, die Panzerplatten kamen aus Frankreich, und die Bestückung bestand aus den modernsten und stärksten ausländischen Geschützen. Dagegen wurden die österreichischen Panzerschiffe auf heimischen Werften gebaut und mit steirischem Eisenpanzer geschützt. Nur die modernsten Geschütze mußten noch aus Deutschland bezogen werden.

Merkwürdigerweise zeitigten die technischen Fortschritte, durch welche die Schiffe von den Launen des Windes unabhängig wurden, die Wiedereinführung einer Waffe, die seit fast drei Jahrhunderten in der Seekriegführung nicht mehr gebräuchlich war: der Ramme. Zuletzt in der Seeschlacht von Lepanto, 1571, bei den Galeeren verwendet und im amerikanischen Sezessionskrieg wieder zu neuem Leben erweckt, sollte sie in der Seeschlacht von Lissa eine entscheidende Rolle spielen.

Es war für die österreichische Kriegsmarine ein großer Verlust, daß Erzherzog Ferdinand Max am 11. Juli 1863 Kaiser von Mexiko wurde. Er erlebte es aber noch, daß die Flotte, deren Wachstum und Stärke er so erfolgreich vorangetrieben hatte, sich ein Jahr später bei Helgoland tapfer schlug und 1866 bei Lissa siegte. Nachdem der Kaiser von Mexiko 1867 erschossen worden war, kehrte sein Leichnam mit der „Novara“, auf der der kaiserliche Prinz seinen ersten Seedienst geleistet hatte und mit der er über den Atlantik nach Mexiko gesegelt war, in die Heimat zurück.

Nach dem Abgang des Erzherzogs wurde das Marineministerium aufgelassen, und die Angelegenheiten der Kriegsmarine wurden fortan wieder im Kriegsministerium behandelt, während die Belange der Handelsschiffahrt getrennt wahrgenommen wurden.

Im Jahre 1863 versuchte der dänische König neuerlich, das Herzogtum Schleswig seinem Reiche einzuverleiben. Damit lebte die alte schleswig-holsteinische Frage wieder auf und führte in ganz Deutschland zu einem Sturm der Entrüstung. Der Deutsche Bundestag beschloß über preußischen Antrag die Bundesexekution gegen Dänemark, worauf Österreich und Preußen einen Vertrag schlossen und ihre Truppen unter dem Oberbefehl des preußischen Feldmarschalls Wrangel in Holstein einrücken ließen. Nach einer Reihe von Siegen besetzten die Verbündeten ganz Jütland. Aber die Dänen, die sich auf die Inseln zurückgezogen hatten, gaben den Kampf nicht auf. Sie erhofften sich die Hilfe der Großmächte, vor allem den Beistand der Briten, wenn sie nur genügend lange durchhalten würden. Bis dahin wären die Inseln vor dem Zugriff der Verbündeten sicher, da deren einzige Seestreitkräfte in Norddeutschland nur aus wenigen preußischen Kanonenbooten bestanden. Diese kleinen Einheiten genügten wohl zur Verteidigung der Häfen, aber sie waren nicht imstande, einen etwaigen Angriff der Preußen und der Österreicher auf die Inseln erfolgreich zu unterstützen. Die meisten dieser Kriegsschiffe lagen in der Ostsee, und so blieb die deutsche Nordseeküste mit ihren wichtigen Häfen Hamburg und Bremen so gut wie ungeschützt. Die dänische Flotte konnte daher dem deutschen Seehandel ungehindert schweren Schaden zufügen. Sie zählte 4 armierte Dampfer, 1 Linienschiff mit Dampfantrieb, 4 Dampffregatten, 3 Dampfkorvetten, viele kleine Dampfer und eine beträchtliche Anzahl von Segelschiffen.

Österreich war das einzige Mitglied des Deutschen Bundes, das eine vergleichbare Seemacht besaß, aber die k. k. Kriegsschiffe, die nicht aus Sparsamkeitsgründen außer Dienst gestellt waren, kreuzten 3000 Seemeilen entfernt im Mittelmeer. Weder Bemannung noch Material waren auf eine Verwendung in der Nordsee eingestellt. Trotzdem folgte die Donaumonarchie der bundesdeutschen Bitte und entsandte ein Geschwader in die Nordsee.

Diese Flottenabteilung stand unter dem Befehl des Kontreadmirals von Wüllerstorff-Urbair, der sieben Jahre vorher die „Novara“ um die Erde geführt hatte, und umfaßte das Linienschiff „Kaiser“, die Panzerfregatte „Don Juan d'Austria“, eine Korvette, zwei Kanonenboote und ein Depeschenboot.

Sie sollte sogleich nach der Bereitstellung der Schiffe für ihre weite Fahrt Pola verlassen, doch schien es infolge des engstirnigen Verhaltens der Finanzverwaltung eher fraglich, daß dies zeitgerecht möglich sein werde.

Zur gleichen Zeit kreuzten die Schraubenfregatte „Schwarzenberg“ (51 Geschütze) und das Kanonenboot „Seehund“ unter Kommodore Wilhelm von Tegetthoff in den levantinischen Gewässern. Es war ein Glück, daß diese einzige zu sofortigem Einsatz bereite Flottenabteilung von dem Manne befehligt wurde, der wohl der einzige war, der diese Mission erfolgreich durchführen konnte.

Wilhelm von Tegetthoff als Zögling der Marine-Kadettenanstalt in Venedig, um 1841.

Am 2. März erhielt Tegetthoff den Befehl, so bald und so schnell als möglich in die Nordsee abzugehen. Auf dem Wege dahin sollte sich ihm die Schraubenfregatte „Radetzky“ (37 Geschütze) anschließen, deren Ausrüstung fast beendet war. In Lissabon, so lautete die Order, war die Ankunft des Wüllerstorff-Geschwaders abzuwarten.

Hier ist nun ein Wort über Tegetthoff angebracht. 1827 in Marburg (damals in der österreichischen Steiermark, heute als Maribor in Jugoslawien gelegen) als Nachfahre einer westfälischen Familie und Sohn eines k. k. Oberstleutnants geboren, trat er mit 13 Jahren in das Kadettenkollegium der Kriegsmarine in Venedig ein – damals einer der wenigen deutschblütigen Zöglinge der Anstalt, deren Unterrichtssprache noch immer Italienisch war. Zum ersten Mal machte Tegetthoff von sich reden, als er im Gefolge des Krimkrieges 1856 mit dem Raddampfer „Taurus“ an die Sulinamündung der Donau detachiert wurde. Tapferkeit, Tatkraft und sein reger Verstand hoben ihn über seine Kameraden heraus und ließen ihn rasch die Stufenleiter der Dienstgrade emporklimmen. Daß ihm ein seinen

Die Schraubenfregatte „Schwarzenberg", Tegetthoffs Flaggenschiff bei Helgoland, 1864.

Fähigkeiten entsprechendes Avancement glückte, hatte er wohl auch dem Umstand zuzuschreiben, daß Erzherzog Ferdinand Max früh auf ihn aufmerksam wurde und in der Folge schützend seine Hand über ihn hielt. 1857 wurde er mit der Aufgabe betraut, Stützpunkte für die Kriegs- und Handelsflotte im Roten Meer zu erkunden. Er schlug den Kauf der Insel Sokotra vor, was jedoch von den Wiener Stellen abgelehnt wurde. Wahrscheinlich war es die Sorge, sich Schwierigkeiten mit England einzuhandeln, die die Behörden bewog, von ihrem ursprünglichen Plan abzusehen. Jedenfalls hatte sich Österreich damit eine günstige Gelegenheit entgehen lassen, einen Stützpunkt anzulegen, der spätestens nach der Eröffnung des Suez-Kanals für die österreichische Handelsschiffahrt von ganz wesentlicher Bedeutung hätte sein können. (Was Sokotra betrifft, so wurde die Insel dann von den Engländern erworben.)

Doch zurück zu Tegetthoff: 1861 wurde er zum Kommandanten der österreichischen Flottenabteilung in der Levante ernannt. Bei seinen Untergebenen war er sehr beliebt; man empfand es als eine Ehre und eine Auszeichnung, unter ihm zu

Das Schraubenkanonenboot „Seehund“ nach der Schlacht bei Helgoland.

dienen. Mit Willensstärke, Ausdauer, Klugheit und diplomatischem Takt hatte er bereits eine Reihe schwieriger Aufgaben gemeistert; man konnte füglich von ihm erwarten, daß er sich der ihm anvertrauten Aufgabe gewachsen zeigen werde.

Die Ausfahrt von Wüllerstorffs Geschwader verzögerte sich; andererseits litten die deutschen Nordseestädte, vor allem Hamburg, schwer unter der dänischen Blockade. An Tegetthoff erging daher die Order zum Aufbruch, ohne auf Wüllerstorff zu warten. Nachdem sich am 4. April die „Radetzky“ in Lissabon dem Kommodore angeschlossen hatte, stach die kleine Schiffsabteilung in See. In dem französischen Atlantikhafen Brest wartete auf sie bereits der Befehl, in die Nordsee abzugehen.

Sofort verließ der Kommodore Brest und ging zur Kohlenübernahme nach den Downs vor Deal. Hier bekam er zuerst die feindliche Einstellung der Engländer zu fühlen, die die österreichischen Schiffe nicht in der Nordsee sehen wollten. Ihre gehässige Haltung ging so weit, daß das Kanonenboot „Seehund“ beim Einlaufen in den Hafen von Ramsgate vom Lotsen absichtlich schwer havariert wurde. Langwierige Regierungsverhandlungen führten schließlich dazu, daß Österreich versprach, seine Schiffe nicht in die Ostsee vorgehen zu lassen. Vorher sah es aber

Die dänische Eskader, 1864.

sogar eine Zeitlang aus, als ob England bereit wäre, mit dem Kaiserreich deswegen in den Krieg zu treten. Die britische Kanalflotte lief für alle Fälle in die Downs ein, und ein britisches Übungsgeschwader wurde aus den portugiesischen Gewässern nach Falmouth zurückberufen. Man rechnete in England damit, daß Tegetthoff angesichts dieser Maßnahmen es nicht einmal wagen würde, in die Nordsee einzulaufen.

In der Erwartung, daß ihnen ein Seesieg erlauben werde, die auf dem Lande erlittenen Niederlagen – am 18. April waren die Düppeler Schanzen erstürmt worden – auszugleichen, schienen die Dänen das Erscheinen österreichischer Kriegsschiffe in der Nordsee zu begrüßen. Sie vertrauten auf ihre jahrhundertealte maritime Tradition und Erfahrung, während die österreichischen Schiffe noch nie im Kampf gestanden hatten. Obwohl der Großteil der dänischen Flotte zum Schutze der Inseln in der Ostsee kreuzte und sich in der Nordsee nur das Blockadegeschwader (die Schraubenfregatten „Niels Juel", 42 Geschütze, und „Jylland", 44 Geschütze, sowie die Schraubenkorvette „Heimdal", 16 Geschütze) unter Kommodore Suenson befand, fühlten sich die Dänen ihres Sieges sicher. Sie waren stärker bewaffnet (102 gegen 88 Geschütze) und hatten vor allem in den modernen Geschützen mit gezogenem Lauf (26 gegen 8) ein deutliches Übergewicht. Suenson wollte die kleine österreichische Flottenabteilung zur Schlacht stellen, bevor das Gros der Eskader unter Wüllerstorff-Urbair eingetroffen war.

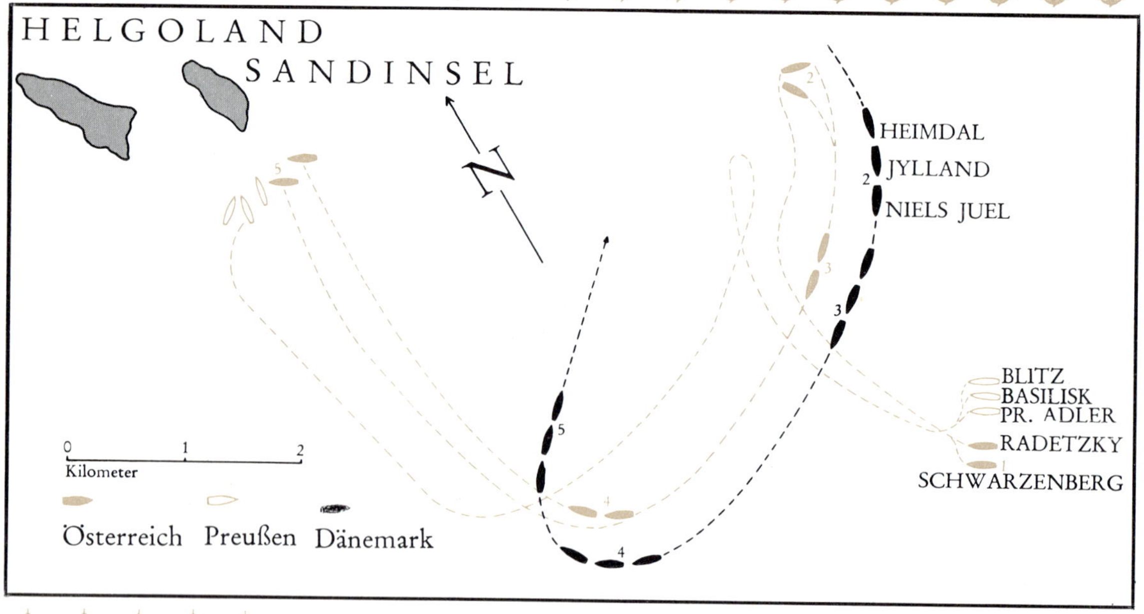

SEEGEFECHT VON HELGOLAND, 9. MAI 1864

Als Tegetthoff die deutsche Nordseeküste anlief, stießen zwei preußische Kanonenboote (je 350 t, 3 Geschütze) und der Raddampfer „Preußischer Adler" (4 Geschütze) zu ihm. Die nun vergrößerte Schiffsabteilung richtete ihren Kurs nach Cuxhaven, dem Vorhafen von Hamburg, und ankerte dort am 4. Mai. Am 9. Mai wieder in See, sichtete Tegetthoff die dänischen Schiffe. Trotz der augenscheinlichen Überlegenheit des Feindes zögerte Tegetthoff keinen Augenblick, den Gegner anzugreifen. Schnell näherten sich die Verbände, wobei die langsamen preußischen Kanonenboote zurückbleiben mußten. Die Österreicher steuerten mit nördlichem Kurs auf Helgoland zu, die Dänen im Gegenkurs gegen Sylt. Kurz vor dem Beginn des Gefechts ließ Tegetthoff das Signal hissen: „Unsere Armeen haben Siege erfochten, tun wir das Gleiche."

Auf 3700 Meter Entfernung eröffneten die Österreicher das Feuer, das die Dänen kurz darauf beantworteten. Während die Österreicher gut schossen, blieb das dänische Feuer vorerst wirkungslos. Gleich der erste Treffer jedoch richtete auf der „Schwarzenberg" schweren Schaden an. Suenson wollte die preußischen Kanonenboote von den Österreichern abschneiden, aber Tegetthoff verhinderte diese Absicht dadurch, daß er seine beiden Fregatten vorschob, was ihn bis auf 300 Meter an die Dänen heranführte. Die Dänen selbst mußten dieses Vorgehen bewundern, so daß sie, wie der dänische, also gewiß nicht österreichfreundliche Historiker Lütken berichtet, „... über dieses tollkühne Manöver ganz verblüfft waren. Es sah

Ohne Fockmast und Bugspriet läuft die „Schwarzenberg“ nach dem Gefecht bei Helgoland in Cuxhaven ein. Hinter ihr die nicht beschädigte „Radetzky“.

aus, als ob Tegetthoff sich nicht bloß ritterlich zur Unterstützung seiner preußischen Kameraden anschickte, sondern auch die Überlieferung früherer Zeiten auffrischen wollte. Dieses unerschrockene Drauflosgehen erinnerte an die Taktik Nelsons, der den Sieg so oft durch tollkühnen Durchbruch der gegnerischen Linie errang.“

Nach einem Gefecht von eineinhalb Stunden, das von beiden Seiten mit größter Erbitterung geführt wurde, trat die Überlegenheit der dänischen Geschütze zutage. Größerer Schaden noch als die einschlagenden Geschoße wurde durch die absplitternden Holzteile angerichtet, die schreckliche Verletzungen hervorriefen. (Um dem zu begegnen, wurden zwei Jahre später die österreichischen Schiffe bei Lissa mit Holz einer behelfsmäßigen „Panzerung“ aus Ketten und Eisenbahnschienen versehen.) Tegetthoffs Flaggenschiff, die „Schwarzenberg“, fing Feuer und brannte so stark, daß der Kommodore seine Einheiten in die neutralen Gewässer von Helgoland zurückführen mußte. Als der Brand wieder gelöscht war, kehrte Tegetthoff sofort wieder auf den Kampfplatz zurück, doch Suenson hatte ihn inzwischen bereits verlassen. Die dänischen Fregatten hatten unter dem Feuer der Österreicher so schwer gelitten, daß er mit ihnen zur Wiederinstandsetzung nach Norwegen segeln mußte.

Da der Gegner das Feld geräumt hatte, lief der Kommodore mit seinen Schiffen in Cuxhaven ein. Die „Schwarzenberg" hatte ihren Fockmast und das Bugspriet verloren; insgesamt waren auf österreichischer Seite 37 Tote und 93 Verwundete zu beklagen, während sich die dänischen Verluste auf 14 Tote und 54 Verwundete beliefen. Die preußischen Kanonenboote, die sich am Kampf nur mit ein paar Fernschüssen beteiligen konnten, wiesen weder Tote noch Verwundete auf.

Trotz der erlittenen Schäden hatten die Österreicher einen Sieg errungen – wenn auch keinen taktischen, so doch einen strategischen: mit dem Gefecht von Helgoland war die dänische Blockade der deutschen Nordseeküste gebrochen. Nun konnten die deutschen Handelsschiffe wieder ohne Gefahr in See gehen. Kurze Zeit später ankerte Tegetthoff in Hamburg, wo ihm und seinen Mannschaften ein begeisterter Empfang zuteil wurde. Der Ausgang des Seegefechtes und die Tapferkeit der österreichischen Seeleute fand höchste Anerkennung. Tegetthoff wurde zum Kontreadmiral befördert. In seiner Bescheidenheit erwähnte er das Treffen von Helgoland nur selten. An eine Freundin schrieb er: „Endlich graute der Morgen des 9. Mai, des Tages meiner und meiner Schiffe Feuertaufe; das Gefecht war bald vorüber, die Kugeln hörten auf zu fliegen, nur um einem Hagel von Papierbögen Platz zu machen."

Die Flottenabteilung des Freiherrn von Wüllerstorff-Urbair erreichte Cuxhaven erst am 2. Juli, neun Wochen nach dem Tag von Helgoland. Nach ihrer Ankunft wurden noch einige kleine Landungsoperationen gegen die Inseln an der jütischen Westküste unternommen. Die Dänen sahen nun die Nutzlosigkeit eines weiteren Widerstandes ein und verzichteten schließlich auf Schleswig-Holstein zu Gunsten von Preußen und Österreich.

Weder der Krieg von 1864 noch das Seegefecht von Helgoland dürfen eine besondere seegeschichtliche Bedeutung beanspruchen. In den Geschichtsbüchern werden diese beiden Ereignisse kaum erwähnt; höchstens wird darauf hingewiesen, daß sich bei Helgoland zum letzten Mal Flottenabteilungen hölzerner Kriegsschiffe gegenüberstanden. (Das letzte Gefecht zwischen einzelnen Holzschiffen fand sechs Wochen später, am 19. Juni 1864, zwischen der Union-Sloop „Kearsage" und der südstaatlichen „Alabama" statt.) Aber es waren die Berichte über das Treffen von Helgoland, aus denen die Welt zum ersten Mal von Tegetthoff erfuhr. Zwei Jahre später sollte sie von ihm und seiner kleinen Flotte noch mehr hören.

Kommodore Wilhelm von Tegetthoff inmitten seiner Mannschaft auf der „Schwarzenberg", 1864.

V.

Lissa 1866

DER KRIEG VON 1866 –
TEGETTHOFFS FEIND WEICHT AUS –
ENDLICH KOMMT ES ZUR SCHLACHT –
NACH DER SCHLACHT

OFT WIRD AUF DIE NEGATIVEN EINFLÜSSE HINGEWIESEN, DIE sich durch die Überschätzung der Ramme und der Unterbewertung der Artillerie in der Seeschlacht von Lissa auf die fernere Entwicklung der Kriegsflotten ergeben haben. Viele Marinefachleute glaubten, daß die von der siegreichen österreichischen Flotte angewendete Rammtaktik, weil sie einmal zum Erfolg geführt hatte, als Leitgedanke auch für die Seekriegführung der Zukunft Geltung besitze. So dachte auch der chinesische Admiral im chinesisch-japanischen Krieg und erlitt doch in der Seeschlacht am Jalu (1894) gegen den japanischen Gegner, der dieser zweifelhaften Lehrmeinung nicht vertraute, eine schwere Niederlage.

In Wirklichkeit sind die taktischen Erkenntnisse aus der Seeschlacht von Lissa irreführend und von geringer Bedeutung, wenn man sie mit den Erfahrungen vergleicht, die von Tegetthoff und den Bemannungen seiner Schiffe aufs Neue bestätigt wurden: daß Tapferkeit und Entschlossenheit auch über ungünstige Ausgangslagen obsiegen und daß ein großer Führer derart mitzureißen vermag, um das schier Unwahrscheinliche zu vollbringen, daß aber selbst gute Mannschaften versagen, wenn die Führung schlecht ist.

Kaum zwei Jahre nach dem Ende des preußisch-österreichisch-dänischen Krieges standen einander die ehemaligen Verbündeten Preußen und Österreich in Waffen gegenüber. Der Krieg dauerte nur sieben Wochen, vom Juni bis August 1866. Unmittelbare Ursache dieser Auseinandersetzung waren Unstimmigkeiten in der Verwaltung von Schleswig und Holstein, jener beiden Herzogtümer, um die schon im Jahre 1864 der Krieg entbrannt war. Der tiefere Grund aber war die Frage der Vorherrschaft, die einer Entscheidung zugeführt werden mußte. Österreich oder Preußen – in dem zu gründenden deutschen Nationalstaat war nur für eine der beiden Mächte Platz. Nominell war die Habsburgermonarchie nach wie vor die erste Macht im Deutschen Bund. Graf Otto von Bismarck, Preußens Ministerpräsident, war entschlossen, ihr diese Stellung streitig zu machen, notfalls auch mit Waffengewalt.

Den preußischen Absichten kam dabei gelegen, daß Italien – seit 1861 ein geeintes Königreich – mehr denn je danach strebte, nach der 1859 erfolgten „Befreiung" der Lombardei sich auch die restlichen noch unter österreichischer Herrschaft befindlichen Gebiete mit italienischer Bevölkerung einzuverleiben. Preußen und Italien schlossen ein Bündnis, doch einige der größeren deutschen Staaten, wie Bayern, Sachsen und Hannover, stellten sich auf die Seite der Donaumonarchie, weil sie die preußische Vorherrschaft ablehnten.

Der Krieg wurde an drei Fronten ausgetragen: in Deutschland, in Italien und in Böhmen, aber die österreichische Flotte trat nur auf dem italienischen Kriegsschauplatz in Erscheinung. Italien erklärte am 20. Juni Österreich den Krieg und begann drei Tage später mit den Feindseligkeiten auf dem Lande. Das Königreich rechnete mit einem sicheren militärischen Erfolg, denn seine Landarmee war viel stärker als die auf italienischem Boden stehenden österreichischen Truppen, und seine Flotte, die drittgrößte der Welt, mußte nach menschlichem Ermessen gegen die vergleichsweise kleine k. k. Flotte triumphieren.

Die italienische Flotte zählte elf Panzerschiffe, von denen zwei von amerikanischen Werften kamen. Der zwölfte Panzer, das Rammschiff „Affondatore", das damals stärkste armierte Schiff der Welt, befand sich noch in England, stand aber knapp vor der Auslieferung. Die Techniker, die dieses Schiff entworfen hatten, ließen sich in ihren Planungen von den Lehren aus dem amerikanischen Sezessionskrieg leiten, und die Londoner Zeitung „The Times" behauptete, daß dieses Rammschiff einen großartigen Eindruck erwecke und imstande sein müsse, die ganze österreichische Flotte im Alleingang zu versenken. Auf die große Anzahl ihrer modernen Einheiten gründeten sich die Hoffnungen der Italiener, die Seeherrschaft in der Adria zu erringen.

Oberbefehlshaber der königlichen Flotte war der 61jährige Admiral Carlo Pellion Conte di Persano, der sich zwar als Politiker einen guten Ruf erworben hatte, als Marineoffizier aber nie besonders hervorgetreten war.

Die österreichische Flotte bot ein ganz anderes Bild. Obwohl sie fünf Panzerschiffe besaß, und zwei Einheiten dieser Type in Triest ihrer Fertigstellung entgegensahen, war kein einziges dieser Schiffe in Dienst. Die meisten von ihnen waren nicht ausgerüstet, oder sie lagen im Arsenal. Vom Schraubenlinienschiff „Kaiser“ hieß es, daß es nicht mehr seefähig sei; die Schraubenfregatte „Novara“ hatte bei einem Brand schwere Schäden erlitten.

Die Bauart der österreichischen Schiffe war einfach und deren Geschütze von geringer Wirkung gegen Panzer, denn das Kaiserreich stand in der Erzeugung von gezogenen Geschützrohren weit hinter anderen Seemächten zurück, und selbst die neuesten Einheiten waren nur mit altmodischen glatten Rohren armiert. Zwar waren für die beiden in Triest gebauten Panzerschiffe die Kanonen bei Krupp in Deutschland bestellt worden, doch Preußen verzögerte die Fertigstellung und verbot noch vor Ausbruch des Krieges ihre Auslieferung.

Niemand erwartete, daß die österreichische Kriegsmarine im Krieg gegen Italien eine aktivere Rolle spielen werde als in den Jahren 1848 und 1859. Daher war auch keiner ihrer Admirale darauf erpicht, als Flottenkommandant in den Kampf zu ziehen, und niemand beneidete Tegetthoff um die zweifelhafte Ehre, als ihn der Kaiser im Mai 1866 an die Spitze der Eskader stellte. Der Kontreadmiral versammelte sofort alle nur halbwegs verfügbaren Einheiten an der Reede von Fasana, ohne auf ihren Bereitschaftszustand oder ihre Seefähigkeit Rücksicht zu nehmen. „Sendet sie mir, so wie sie sind“, schrieb er, „ich werde sie schon irgendwie zu verwenden wissen.“

Von Wien wiederholt ermahnt, keine unnützen Ausgaben zu verursachen und unter keinen Umständen den ihm gesetzten Budgetrahmen zu überschreiten, und belastet durch die Lethargie seiner militärischen Vorgesetzten, arbeitete er an der Vorbereitung seiner Schiffe und ihrer Bemannungen für den kriegerischen Einsatz. Für die zwei neuen Panzerschiffe beschaffte er sich alte glatte 48-Pfünder. Zur Panzerung der Holzschiffe verwendete er Ketten und Eisenbahnschienen. So brachte er es zuwege, daß der veraltete „Kaiser“ hinreichend gefechtstüchtig gemacht wurde und der Brandschaden auf der „Novara“ rasch behoben werden konnte.

Obwohl ihm dafür nur widerwillig Kohlenlieferungen zugestanden wurden, ließ er die Flotte täglich taktische und artilleristische Übungen durchführen. Er erfüllte die Offiziere mit seinem eigenen Geiste und flößte seinen Schiffskommandanten Selbstvertrauen ein, indem er sie über seine Absichten auf dem laufenden hielt. Zweifellos hatte der österreichische Historiker Friedjung recht, als er schrieb, daß nur wenige Kriege, sei es zu Lande oder zur See, so sehr durch das Wesen eines einzigen Mannes beeinflußt worden sind wie der Seekrieg des Jahres 1866.

Wie wenig man von Tegetthoff und seinen Schiffen hielt, wurde durch die sehr eingeschränkten Vollmachten und unbestimmten Weisungen, die man ihm erteilte,

TEGETTHOFF IN DER
SEESCHLACHT VON LISSA
(Gemälde von Anton Romako, Österr. Galerie, Wien)

Links: Admiral Carlo Pellion, Conte di Persano, Oberkommandierender der italienischen Flotte bei Lissa, 1866.
Rechts: Kontreadmiral Wilhelm von Tegetthoff.

noch unterstrichen. Er war dem Befehlshaber der Südarmee unterstellt und hatte nur die Aufgabe, die Südflanke der Armee zu sichern.

Admiral Persano hingegen, der italienische Flottenkommandant, erhielt klare Richtlinien und Befehle. Sie gipfelten in den Worten: „Die Adria ist ein italienisches Meer, und die österreichische Flagge muß von ihr verschwinden. Tun Sie, was Sie für das Beste halten, aber dieses Ziel muß erreicht werden." Der Verfasser dieser verpflichtenden Worte war der Marineminister Agostino Depretis, der unmittelbare Vorgesetzte des Admirals.

TEGETTHOFFS FEIND WEICHT AUS

Da alle Vorteile auf seiner Seite lagen, erwartete man von Persano, daß er sogleich in die nördliche Adria steuern und dort die Österreicher angreifen werde. Aber er fand dauernd Ausreden, warum er es vorziehe, im Hafen von Tarent vor Anker zu bleiben. Drei Tage nach der italienischen Kriegserklärung trafen die in die südliche Adria entsandten österreichischen Aufklärerschiffe auf keine einzige feindliche Einheit. Erst zwei Tage später segelte Persano nach Ancona, 75 sm südwestlich von Pola.

Am 24. Juni wurde die 120.000 Mann starke italienische Armee in der zweiten Schlacht von Custoza von den 75.000 Mann des Erzherzogs Albrecht entscheidend geschlagen. Um diese Schmach zu tilgen, verlangten sowohl der italienische König als auch der Ministerpräsident und der Marineminister von Persano, daß er sich nun endlich zur Tat aufraffe.

Tegetthoff versammelte sechs seiner Panzerfregatten, von deren Bereitschaft er sich inzwischen überzeugt hatte, und lief am 27. Juni gegen Ancona aus. Dort sichtete er elf feindliche Panzerschiffe und eine Anzahl kleinerer Einheiten der gegnerischen Flotte. Obwohl Tegetthoff den Feind am liebsten angegriffen hätte, hielt er es doch für klüger, in einer gewissen Entfernung vom Hafen zu bleiben, da er annehmen mußte, daß die Gewässer von Ancona vermint seien und die Italiener ihre Küsten stark befestigt hätten.

Er wartete einige Stunden, aber der italienische Admiral hatte viele Erklärungen zur Hand, warum er nicht die Anker lichten lasse. Sein Flaggschiff, der „Rè d'Italia", hatte einen Brand im Kohlenbunker; auf der „Terribile" war nur die Hälfte der Bemannung an Bord; die „Ancona" war noch nicht kampffähig; die „Varese" und die „Palestro" hatten Maschinenhavarien; auf der „Garignano" fehlten die schweren Geschütze, und das neueste Schiff, der „Affondatore", befand sich noch auf dem Wege von England nach Italien. Der Rest der Flotte war gerade mitten im Kohleneinschiffen.

An all diesen Verzögerungen und Unschlüssigkeiten trug die Eigenart des Admirals die Schuld. Ein schlechter Organisator und Taktiker, langsam im Denken und ein Wirrkopf, ließ sich Persano nicht davon überzeugen, daß er stark genug sei, den Kampf mit der österreichischen Flotte zu wagen.

Am 3. Juli wurden die Österreicher von der preußischen Armee in der Schlacht von Königgrätz besiegt. Unter dem Eindruck dieser Katastrophe mußte das Kaiserreich trotz des Sieges von Custoza die Masse der österreichischen Truppen vom südlichen Kriegsschauplatz abziehen, um Wien vor den anrückenden Preußen zu schützen. Dadurch wurden Südtirol, Triest, Istrien und Dalmatien, deren Übergabe von den Italienern gefordert wurde, fast ohne Deckung gelassen und waren von Besetzung durch den Feind bedroht.

Tegetthoff war vor eine schwierige Entscheidung gestellt. Auf seinen Schiffen dienten 800 Venezianer, und er erwog, ob es nicht besser wäre, sie auszuschiffen, als sie gegen ihre Überzeugung und gegen ihre Landsleute kämpfen zu lassen. Es war nicht das erste Mal, daß ein österreichischer Befehlshaber sich einem solchen Problem gegenübergestellt sah. Jedoch die Venezianer, nach wie vor rechtmäßige österreichische Untertanen, blieben auf den Schiffen und kämpften ebenso tapfer wie ihre Kameraden aus den übrigen Teilen Österreichs. Ein Augenzeuge berichtet, daß venezianische Schiffskanoniere beim Auftauchen der italienischen Flotte ausriefen: „Ecco gli nostri! Das sind die Unsrigen!" – was sie nicht hinderte, den Gegner heftig unter Feuer zu nehmen ...

Doch wir greifen den Ereignissen voraus. Admiral Persano gebrauchte nun neuerliche Entschuldigungen für seine Zurückhaltung: die Österreicher wichen ihm aus; Pola sei unangreifbar; seine eigenen Schiffe seien noch nicht voll ausgerüstet, ihre Bemannungen undiszipliniert und die Offiziere ungeschult. Die mächtige italienische Flotte hatte seit der Niederlage ihrer Kameraden vom Landheer bei Custoza nicht das geringste unternommen, und diese Untätigkeit wirkte sich auf die gesamte Bevölkerung Italiens sehr ungünstig aus. Persano erhielt von Depretis und vom Ministerpräsidenten Ricasoli die erbittertsten Depeschen. Der Marineminister, der sich mit einem etwaigen Versagen der Flotte nicht belasten wollte, schrieb: „Würden Sie der Bevölkerung, dem Volke, die in ihrer blinden Eitelkeit glauben, ihre Seeleute seien die besten der Welt, sagen, daß trotz der 12 Millionen (Pfund Sterling), die wir der Staatsschuld aufgebürdet haben, die von uns aufgestellte Flotte unfähig sei, dem Feinde die Stirne zu bieten? Wir würden gesteinigt werden. Und wer hat je von der österreichischen Kriegsmarine anders als mit Verachtung gesprochen?"

Ricasoli hinwieder erklärte dem Admiral, Italien werde bei den Friedensverhandlungen ernstlich benachteiligt sein, sollte die österreichische Flotte nicht vernichtet und Istrien nicht binnen einer Woche in Besitz genommen werden.

Am 8. Juli ging Persano endlich in See, wobei er stolz erklärte, er werde den Gegner zur Schlacht zwingen und vernichten. Fünf Tage lang kreuzte er inmitten der Adria südlich von Pola und kehrte dann nach Ancona zurück, ohne die Österreicher – die nicht wußten, daß die königliche Flotte ausgelaufen war – gesichtet zu haben oder von ihnen gesehen worden zu sein. Ein Mitglied der italienischen Deputiertenkammer, das sich an Bord des Flaggschiffes befunden hatte, schilderte in seinem Bericht die Tätigkeit des Geschwaders in den glühend-

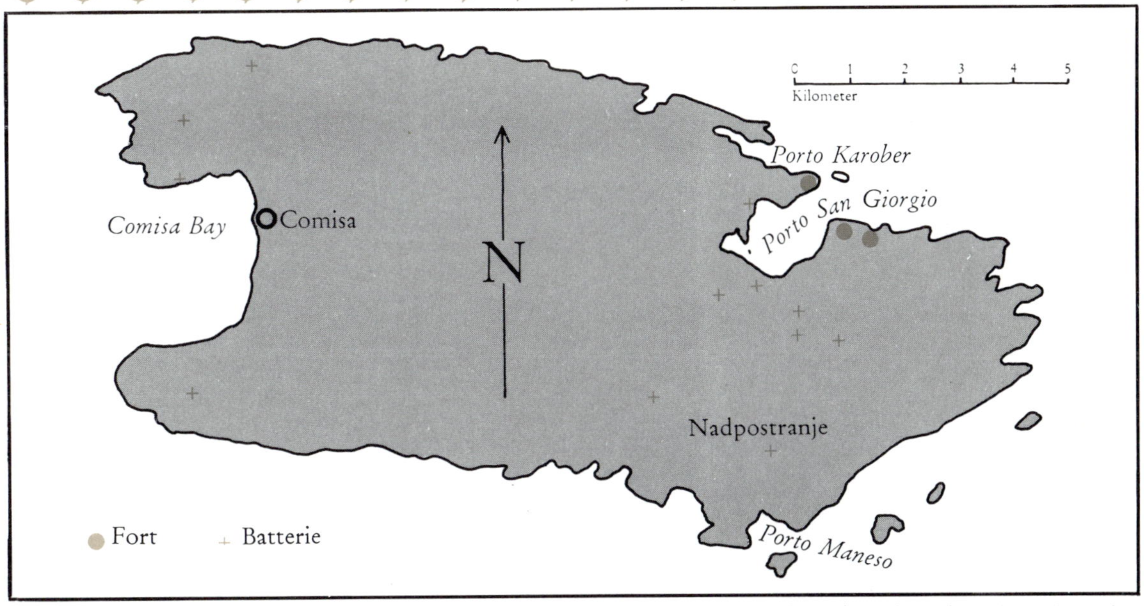

DIE INSEL LISSA 1866

sten Farben: „Wie feige doch die Österreicher sind! Sie geben uns keine Chance, denn sie fliehen vor uns!"

Da die italienische Regierung befürchtete, daß ein Waffenstillstand geschlossen werden könne, noch bevor das Königreich einen Sieg errungen haben würde, drängte sie noch eindringlicher als früher auf eine Entscheidung zur See. Dem Admiral wurde für den Fall, daß er sich nicht zu unverzüglichem Handeln entschlösse, die Entlassung angedroht. Es scheint Depretis gewesen zu sein, von dem die Anregung ausging, daß die Insel Lissa ohne Schwierigkeiten besetzt werden könne.

Obwohl dieses Eiland nur einen unbedeutenden Hafen besaß, war seine Lage für Italien von strategischer Bedeutung, weil es von dort aus möglich war, den österreichischen Seehandel zu unterbinden. Mitten in der Adria gelegen, 114 sm von Ancona entfernt, 143 sm von Pola, ist Lissa an die 18 km lang und 10 km breit. Seine Berge erheben sich bis zu einer Höhe von 600 m. Die Küstenbefestigungen stammten noch aus den Napoleonischen Kriegen, als die Engländer die Insel besetzt hielten. 1815 wurde Lissa von den Briten im Austausch gegen die Ionischen Inseln an Österreich abgetreten. 1866 zählte die Besatzung 1833 Mann und 88 Geschütze unter Oberst David Freiherrn Urs de Margina. Der Haupthafen San Giorgio war weder vermint noch durch Barrikaden versperrt.

Obwohl viele seiner Offiziere, die noch in der österreichischen Kriegsmarine gedient hatten, Dalmatien gut kennen mußten, wußte Persano über die Insel und ihre Verteidigungsanlagen nur wenig Bescheid, als er am 15. Juli den Hafen von Ancona verließ. Sein Plan scheint gewesen zu sein, durch ein gleichzeitiges Bombardement der Befestigungswerke an zwei Stellen die österreichischen Streitkräfte zu zersplittern, während an zwei anderen Stellen Landungstruppen ausgeschifft werden sollten. Er forderte dafür eine Mindestzahl von 5000 Infanteristen an, doch mußte er sich schließlich mit 600 Mann begnügen, die auf die Holzschiffe des Vizeadmirals Albini verteilt wurden – jenes Offiziers, der 1848 die sardinisch-neapolitanische Flotte kommandiert hatte.

ENDLICH KOMMT ES ZUR SCHLACHT

Die Verteidiger von Lissa rechneten damit, daß sich die italienische Flotte bald zeigen werde; sie hatten ein Aufklärungsschiff gesichtet, das von Persano unter britischer Flagge in die Gewässer der Insel entsandt worden war. Tatsächlich erschien denn auch das königliche Geschwader nach einer langen Kreuzfahrt am 17. Juli vor dem Eiland. Zuerst kappten Kanonenboote das Kabel, das die Insel mit dem Telegraphennetz des Festlands verband, aber diese Arbeit erreichte ihren Zweck nicht ganz. Überdies war dieses Kabel nicht das einzige Mittel zur Nachrichtenübertragung. Auf der Nachbarinsel Lesina hatte Tegetthoff eine Marinesignalstation errichten lassen, über die er in der Folge über alle Vorgänge unterrichtet wurde.

Am nächsten Morgen begannen die italienischen Schiffe mit der schweren Beschießung der Befestigungsanlagen. Allein der „Rè d'Italia" verfeuerte an diesem ersten Tage 1300 Geschosse. Da aber viele der österreichischen Batterien hoch über dem Meeresspiegel lagen, konnte die Mehrzahl von ihnen von den italienischen Schiffsgeschützen nicht erreicht werden, so daß dem Bombardement der gewünschte Erfolg versagt blieb. Aber auch die österreichischen kleinkalibrigen Kanonen vermochten den feindlichen Panzerschiffen keinen ernstlichen Schaden zuzufügen. Als der Abend kam, war der Widerstand der Österreicher freilich bereits merklich schwächer geworden.

Doch statt daraus Nutzen zu ziehen und den Angriff bis zur Eroberung der Insel fortzuführen, zog Persano seine Schiffe für die Nacht zurück und meldete nach Ancona, daß er das „Gibraltar der Adria" sturmreif gemacht habe und nur noch mehr Truppen benötige, um eine Landung durchzuführen.

Nun vereinigte sich der schon sehnlichst erwartete „Affondatore", von einigen Transportern begleitet, mit der Eskader. Die auf ihm herbeigeführten Truppen in der Stärke von 600 Mann im Verein mit den schon auf den hölzernen Schiffen befindlichen 600 Mann und den 1000 Matrosen des Landungsdetachements der Flotte ermöglichten es daher dem Admiral, 2200 Mann für den Angriff zu Lande bereitzustellen.

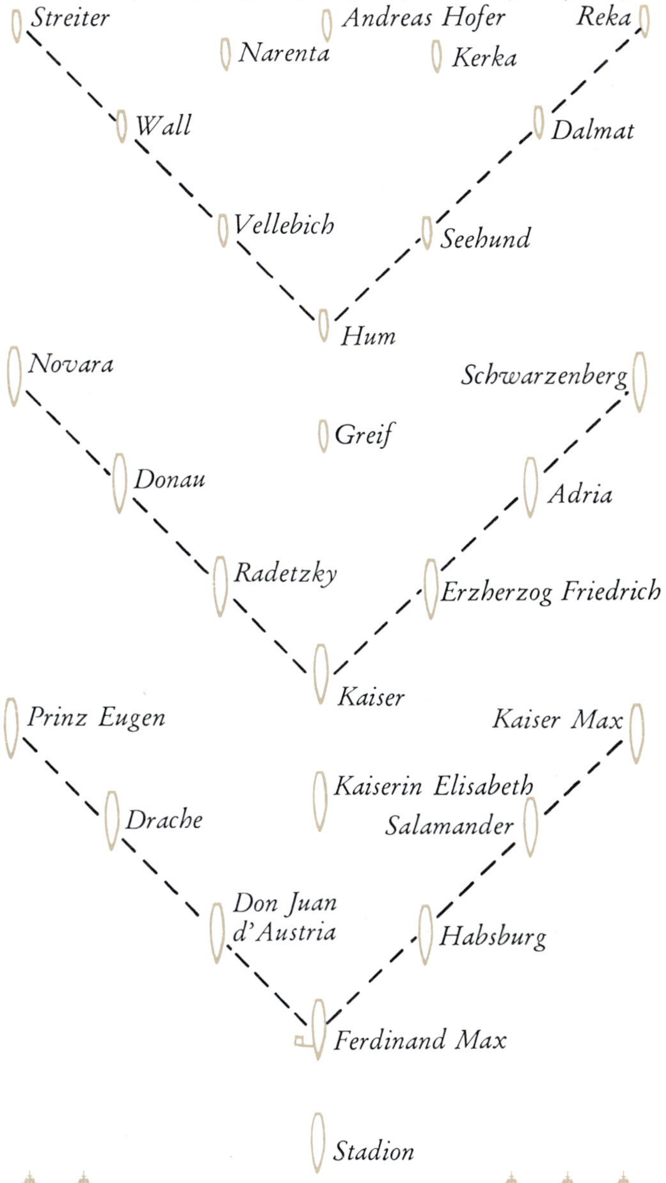

DIE SCHLACHTFORMATION

Am nächsten Tag befahl Persano die Beschießung der Batterien von San Giorgio und entsandte das Panzerschiff „Formidabile", um sich des Hafens zu bemächtigen. Gleichzeitig sollten die auf den Holzschiffen Albinis mitgeführten Infanteristen in der Nähe des Hafens landen. Der Flottenkommandant bedachte aber nicht, daß sein Rückzug am Abend vorher den Österreichern eine Atempause gewährt hatte, in der sie ihre Verteidigungsanlagen wieder verstärken konnten. Der Versuch, den

Hafen zu erobern, stieß auf heftigsten Widerstand. Die „Formidabile" wurde in Brand geschossen; ihre Verluste und Beschädigungen waren so schwer, daß sie und ihre Begleitschiffe das Unternehmen abbrechen mußten. Dies geschah mit einer solchen Eile, daß das Panzerschiff sogar seinen Anker mit den Ketten zurücklassen mußte. Die Truppenlandung unterblieb, und Persano stellte den Angriff ein. Inzwischen brach wieder die Nacht herein, und der Wind frischte auf.

Zu diesem Zeitpunkt waren in den Verteidigungsanlagen von San Giorgio nur noch 15 Kanonen gebrauchsfähig. Die Inselbesatzung zählte 24 Tote und 70 Verwundete, während sich die italienischen Verluste auf 16 Tote und 96 Verwundete beliefen. Einige der italienischen Einheiten waren schwer angeschlagen; die Kohlenvorräte wurden knapp. Als der Morgen graute, sah es für die Königlichen noch schlimmer aus. Der Wind hatte an Stärke zugenommen, die See ging hoch, und die Sicht war sehr begrenzt. Trotz aller Widrigkeiten beschloß der italienische Flottenführer, an diesem Tag eine Wiederholung der Landungsversuche zu wagen. Aber um 07.50 Uhr meldete das Späherschiff „Esploratore": „Verdächtige Schiffe in Sicht, WNW." Tegetthoff war im Anmarsch.

In den Monaten, in denen der Kontreadmiral auf eine Gelegenheit zum Angriff auf die italienische Flotte gewartet hatte, war er keineswegs müßig gewesen. Seit seiner Kommandoübernahme im Mai hatte er dauernd Seemanöver abgehalten. Er übte mit seinen Artilleristen das konzentrierte Feuer auf einen einzelnen Zielpunkt, um mit der gesammelten Wucht der Salve das geringe Gewicht der kleinkalibrigen Geschosse aufzuwiegen. Außerdem hatte er vor, so nahe wie nur möglich an den Feind heranzugehen, um die Ramme bestmöglichst auszunützen.

Um seine Einheiten so kurz als möglich dem feindlichen Feuer auszusetzen, beabsichtigte er, mit seinen drei Divisionen, jede für sich, in einer keilförmigen Aufstellung unter einem rechten Winkel an den Gegner heranzugehen, wobei die Panzerschiffe an der Spitze laufen sollten.

Zur Unterscheidung von den grau gestrichenen italienischen Panzerschiffen im Rauchschleier waren die Bordwände der österreichischen Einheiten schwarz, bei den Holzschiffen die Fläche mit den Stückpforten weiß, doch waren die Schornsteine der einzelnen Schiffe verschieden gefärbt, um die Einheiten leichter voneinander unterscheiden zu können. Der Admiral ermahnte seine Offiziere: „Wenn es zur Schlacht kommt, rammt alles, was grau ist!"

Tegetthoff bereitete sich auf alle etwaigen Möglichkeiten vor, auch darauf, daß er in der Schlacht fallen könnte. Seine Untergebenen waren davon unterrichtet, daß im Falle seines Ablebens der Flaggenkapitän, der die Absichten des Flottenführers genau kannte, den Oberbefehl übernehmen solle, daß aber aus Gründen der Disziplin die Admiralsflagge weiter zu wehen habe.

Als Tegetthoff vom Angriff auf Lissa erfuhr, hielt er dies vorerst für eine Kriegslist des Feindes, die ihn von Pola weglocken sollte, damit Triest ohne Schutz bleibe. Als jedoch deutlich zu erkennen war, daß es sich um eine ernstzunehmende Unternehmung handelte, erbat der Admiral vom Oberbefehlshaber der österreichischen Südarmee die Erlaubnis, nach Lissa abzugehen. Ihm wurde gestattet, nach eigenem Ermessen zu handeln, doch als diese Depesche Pola erreichte, befand sich die Flotte schon in See.

Am 19. Juli, 14.00 Uhr, am gleichen Tag, an dem der „Affondatore" vor Lissa zum italienischen Geschwader stieß, liefen die österreichischen Einheiten aus Pola aus. Wegen des schlechten Wetters und des hohen Seegangs betrug die durchschnittliche Marschgeschwindigkcit nur 5,5 kn. Es sah so aus, als würde der Wettergott es einigen von Tegetthoffs Schiffen verwehren wollen, ihre Geschütze zu gebrauchen.

Am nächsten Morgen, um 7.00 Uhr, fast eine Stunde, bevor der „Esploratore" den Anmarsch verdächtiger Schiffe meldete, hatten die österreichischen Spähschiffe, der Dampfer „Stadion" und das Schraubenlinienschiff „Kaiser", den Gegner gesichtet.

Admiral Persano scheint keinerlei Vorbereitungen für ein Zusammentreffen mit dem Feind unternommen zu haben; als er die Österreicher erblickte, soll er verächtlich „Ecco gli pescatori" ausgerufen haben. „Die Fischer kommen!"

Er begann nun, mit Flaggensignalen die zerstreut liegenden Einheiten zu versammeln und unter einem großen Durcheinander eine nach NW steuernde Linienformation zu bilden, deren Spitzenschiff vom letzten Glied in der Reihe 1½ sm entfernt war, aber die außerhalb der Ordnung segelnden Einzelgänger erweiterten diese Linie auf das Doppelte.

Persano hatte nur neun Schiffe zur Verfügung, denn die „Formidabile" war zur Behebung ihrer Schäden und zur Einschiffung von Munition nach Ancona abgegangen, während die „Terribile" und die „Varese" mit Erlaubnis des Admirals weiter nach Süden segelten. Persano befahl dem Vizeadmiral Albini, die Landungsoperationen abzubrechen; die schon auf dem Lande befindlichen Truppen sollten von den Kanonenbooten an Bord genommen werden, und dann hatte Albini sich an der bevorstehenden Schlacht zu beteiligen. Aber der Vizeadmiral hielt sich nicht an den Befehl und blieb mit seiner Abteilung auf sichere Entfernung vom Kampfplatz. Später erklärte er, daß er Persanos Befehl nie erhalten habe. Es wurden freilich Stimmen laut, daß er ihn einfach nicht befolgen hatte wollen, weil er es für unmöglich hielt, mit hölzernen Schiffen gegen gepanzerte Einheiten zu kämpfen.

Die Panzerfregatte „Rè d'Italia", das italienische Flaggenschiff bei Lissa.

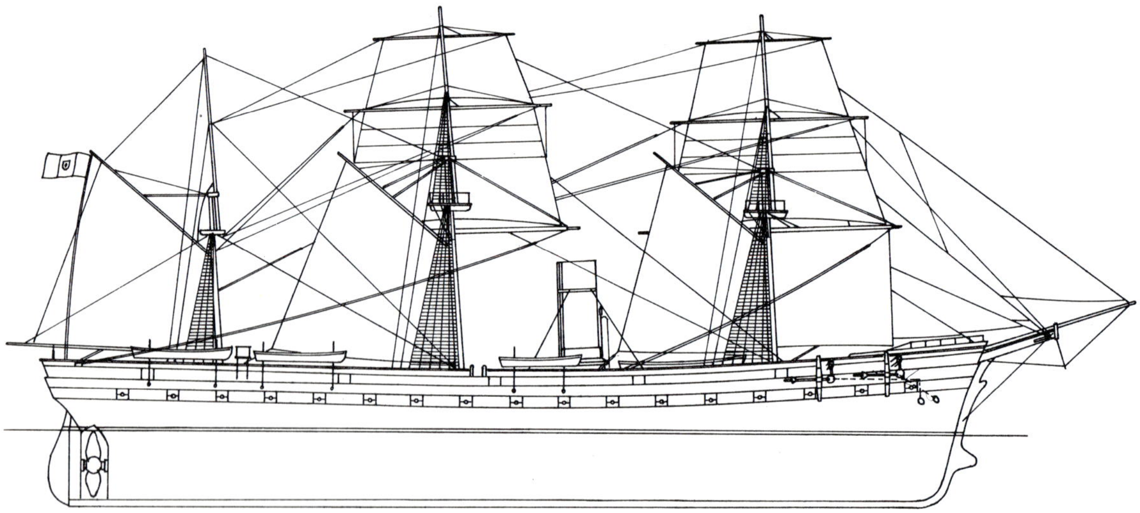

Nach einem heftigen Platzregen, der die beiden Flotten voreinander verbarg, begann sich um 9.00 Uhr der Wind zu legen, und die See wurde ruhig. Um 10.00 Uhr war die Sicht schon so gut, daß sowohl die Österreicher wie auch die italienische Flotte das noch immer Widerstand leistende Lissa zu sehen vermochten. (Wäre die Insel noch vor dem Eintreffen Tegetthoffs gefallen, so beabsichtigte der Kontreadmiral in den Hafen von San Giorgio einzulaufen und dort die Italiener anzugreifen.)

Tegetthoff befahl seiner Flotte auf volle Geschwindigkeit, 10 Knoten, zu gehen und ließ das Signal „Den Feind rammen und zum Sinken bringen" hissen. Das nächste Signal – „Muß Sieg von Lissa werden" – wurde vorbereitet, aber durch den unterdessen schon begonnenen Kampf unterbrochen, so daß nur das Wort „Muß" hochging.

Um 10.45 Uhr eröffneten die Italiener das Feuer. Eine der ersten Salven riß dem Kommandanten des kleinen Panzerschiffs „Drache", Friedrich Freiherrn von Moll, den Kopf ab. Das Kommando über das Schiff übernahm Fregattenleutnant Karl Weyprecht, der Jahre später als Leiter der österreichischen Arktis-Expedition berühmt werden sollte.

Als sich der Abstand der beiden Flotten voneinander verringerte, beschloß Admiral Persano, sich auf den „Affondatore" überzuschiffen, unterließ es aber, seine Einheiten davon in Kenntnis zu setzen. Das Rammschiff, in dessen Kommandoturm der Admiral bis zum Ende der Schlacht verblieb, besaß keine Admiralsflagge, so daß

Die Panzerfregatte 1. Kl. „Erzherzog Ferdinand Max“, Tegetthoffs Flaggenschiff bei Lissa.

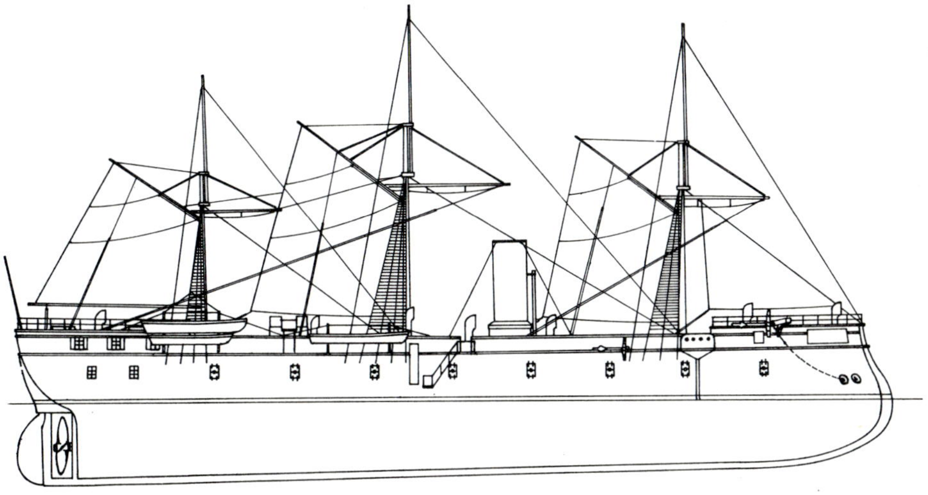

die übrigen italienischen Kriegsschiffe nicht wußten, wo sich Persano wirklich befand, und in Wirklichkeit führerlos waren.

Als der „Rè d'Italia“ stoppte, um den Admiral überzuschiffen, lief der Kommandant der 3. Division, Konteradmiral Giuseppe Vacca, der von den Vorgängen auf dem Admiralsschiff keine Ahnung hatte, weiter, so daß in der italienischen Flotte ein großer Zwischenraum entstand. Die weißlichen Pulverschwaden aus den Geschützbatterien und die schwarzen Rauchfahnen aus den Schornsteinen hüllten das Schlachtfeld in einen dichten Schleier, und auch die Österreicher waren nicht imstande zu erkennen, was rund um sie geschah. Sie suchten die für ihren Rammsporn geeigneten Opfer, fuhren aber mitten in die Lücke in der italienischen Marschformation und schnitten damit, ohne daß sie es wußten, diese Linie entzwei.

Tegetthoffs hölzerne Schiffe hatten den Befehl erhalten, mit ihren italienischen Artgenossen in Kampf zu treten, während der Konteradmiral mit seinen Panzerschiffen die feindlichen Panzereinheiten angriff. Um aber an die Holzschiffe Albinis heranzukommen, mußte Kommodore von Petz gleichfalls die Linie der feindlichen Panzerschiffe durchbrechen. Dabei näherten sich drei italienische Panzerschiffe unter dem Kommando des Kapitäns Riboty dem österreichischen Holzgeschwader. Sie waren noch nicht in Schußposition gekommen, als der „Affondatore“ mit seinen 300-Pfündern auf den Spähdampfer „Kaiserin Elisabeth“ zu feuern begann. Er verfehlte sein Ziel und richtete nun seine Salven gegen den „Kaiser“, der von Kommodore von Petz befehligt wurde, und die im Kielwasser

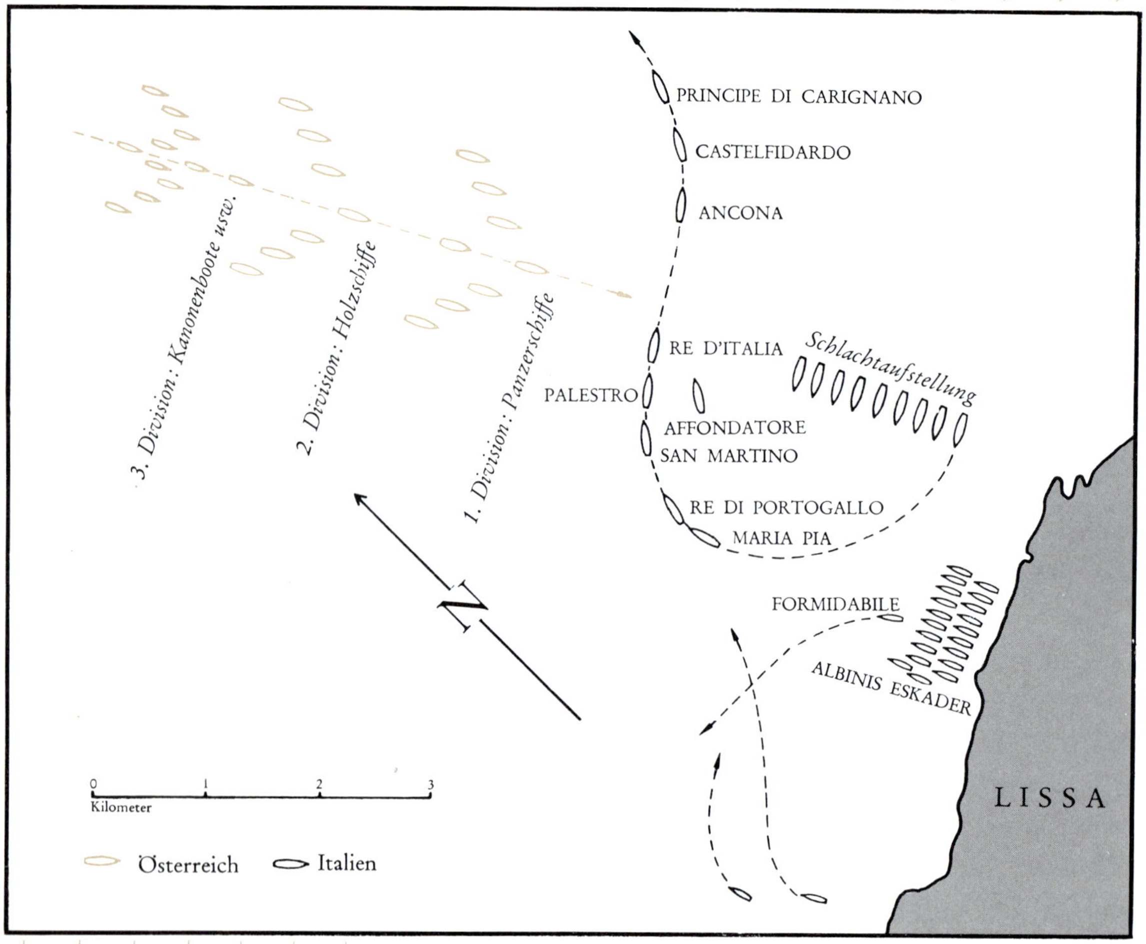

LISSA 1866 – DER ANGRIFF

des Linienschiffes folgenden Fregatten. Eine schwere Granate schlug auf dem „Kaiser" ein und richtete Verheerungen an, doch als die drei österreichischen Holzschiffe das Feuer auf den „Affondatore" eröffneten, drehte dieser ab.

Inzwischen machte sich Ribotys Flaggschiff, der „Rè di Portogallo", bereit, die beiden Holzschiffe „Erzherzog Friedrich" und „Kaiserin Elisabeth" anzugreifen. Ohne zu zögern rammte Kommodore Petz mit seinem „Kaiser" das ihm weit überlegene Panzerschiff und rettete dadurch die kleineren Schiffe vor der sicheren Vernichtung. Obwohl der „Rè di Portogallo" rechtzeitig abwendete und

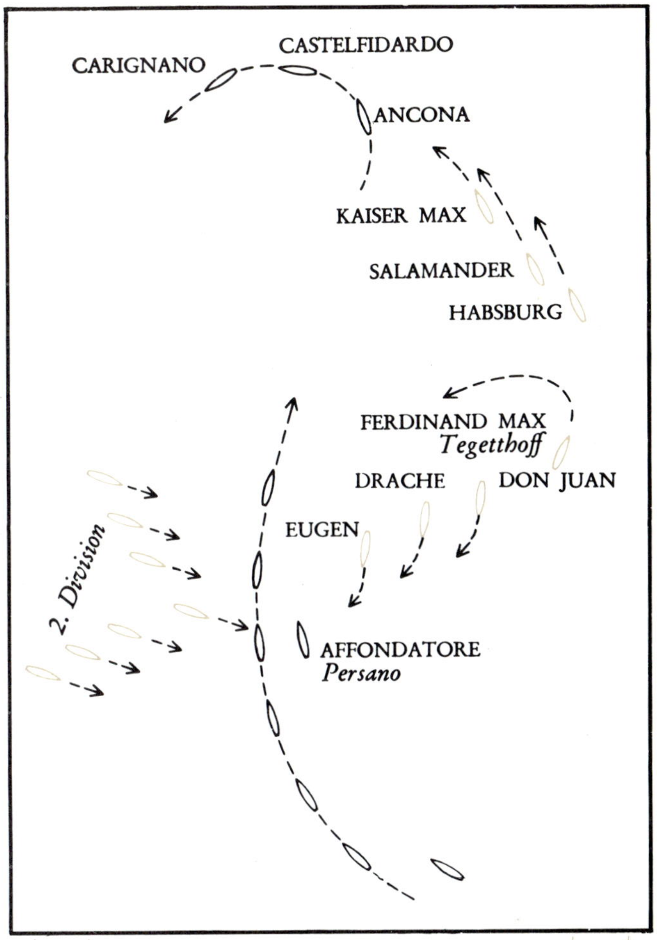

LISSA 1866 – DER DURCHBRUCH

so die volle Wucht des Anpralls vermied, wurde er schwer beschädigt. Doch der „Kaiser“ litt noch mehr: der Zusammenstoß kostete ihn das Bugspriet, die Gallionsfigur, die auf das Deck des Gegners gefallen war, und die Vormars, die brach und auf den Schlot stürzte. Das Oberdeck war ein einziges Flammenmeer und von Rauchschwaden erfüllt. Als das alte Linienschiff die Bordwand des „Rè di Portogallo“ entlang glitt, wurde es von einer Breitseite der 300-Pfünder des Panzerschiffes getroffen. Trotz der herrschenden Verwirrung feuerte der „Kaiser“ aber weiter, bis sein Gegner den Kampf abbrach.

Nach dem Verzicht Kapitän Ribotys auf ein weiteres Kräftemessen mit dem „Kaiser“, der seinen Brand auf Deck zu löschen versuchte, hatte ein anderes Panzerschiff, wahrscheinlich die „Maria Pia“, zum Angriff gegen das weidwunde Linienschiff angesetzt. Dessen Lage war so kritisch, daß Petz sich entschloß, sein Schiff aus dem Gefecht zu ziehen und mit seinen hölzernen Einheiten den Hafen von San Giorgio aufzusuchen.

Während er Kurs auf die Insel nahm, näherte sich ihm wieder der „Affondatore", um ihn zu rammen. Schon sah es so aus, als würde der Rammstoß unmittelbar bevorstehen. An die Enterabteilung der Linienschiffe wurden Pulversäcke verteilt, die in die Schlote des Angreifers geworfen werden sollten, um eine Explosion zu verursachen. Aber plötzlich ließ der „Affondatore" von seinem Opfer ab, weil es Persano so befahl. Der Flaggenkapitän und der Stabschef bestürmten den Admiral, dem „Kaiser" doch den Todesstoß zu versetzen, doch Persano verharrte eigensinnig auf seinem Befehl, und der „Kaiser" konnte ohne jede Behinderung den Hafen erreichen.

Es mag sein, daß der Admiral die Einstellung des Angriffs anordnete, weil er sah, daß die österreichischen Panzerschiffe zur Unterstützung heraneilten. Möglicherweise aber befürchtete Persano auch, daß das hochbordige Linienschiff bei einem Zusammenprall über den sehr flach gebauten „Affondatore" fallen und so das italienische Rammschiff mit sich in die Tiefe reißen könnte. Sobald die österreichischen Holzschiffe ihr Führerschiff außer Gefahr gebracht hatten, wendeten sie sich sofort wieder dem Schlachtfeld zu.

Auch Tegetthoff kehrte mit den Panzerschiffen auf das Schlachtfeld zurück. Dort war die Lage ganz unübersichtlich geworden. Die Schlote der Dampfschiffe spien schwarze Rauchschwaden aus, die zusammen mit dem weißlichen Geschützqualm Freund und Feind einhüllten. In dem sich ergebenden Getümmel sind die Bewegungen der einzelnen Schiffe schwer weiter zu verfolgen.

Einige Aktionen aber mögen hervorgehoben werden:

Die Österreicher versuchten verschiedentlich, die feindlichen Schiffe zu rammen; das Flaggenschiff, „Erzherzog Ferdinand Max", wandte sich zuerst gegen die „Palestro". Der Stoß war aber nicht kräftig genug, und der einzige Schaden, den es anrichtete, war, daß die Kreuzmarsstange mit der Besangaffel des Italieners brach und mit der Nationalflagge auf das Vorkastell des „Erzherzog Ferdinand Max" fiel. Auch ein Versuch, das italienische Flaggschiff, den „Rè d'Italia", zu rammen, blieb vorerst ohne den gewünschten Erfolg.

Um 11.20 Uhr, just als der „Kaiser" den „Rè di Portogallo" rammte, sah Tegetthoffs Flaggenkapitän, Linienschiffskapitän Maximilian Freiherr von Sterneck, von den Wanten auslugend, den „Rè d'Italia", der den Kurs des „Erzherzog Ferdinand Max" kreuzte. Linienschiffskapitän Faà di Bruno, der Kommandant des italienischen Flaggschiffes, dürfte seinen Gegner zu gleicher Zeit erblickt haben und versuchte, dem Zusammenstoß auszuweichen. Aber das königliche Panzerschiff hatte eine, wahrscheinlich vom früheren Rammversuch durch den „Erzherzog Ferdinand Max" herrührende Steuerhavarie. Ein anderes österreichisches Schiff versperrte ihm den Weg, und Faà di Bruno gab seinen Maschinen den Befehl: „Ganze Kraft zurück!" Das Panzerschiff kam zum Stehen. In diesem Augenblick bohrten sich die 5000 Tonnen des österreichischen Führerschiffs in die bewegungslose Beute und rissen in ihre Bordwand ein ungeheures Loch.

Die Wucht des Zusammenstoßes bewirkte, daß der „Rè d'Italia" sich nach der unversehrten Seite neigte, aber als Sterneck sein Schiff aus dem Leck zurückführte, rollte das italienische Panzerschiff schwer nach steuerbord, so daß die Bemannung des „Erzherzog Ferdinand Max" das Deck des Gegners und die auf ihm entstandene Verwirrung übersehen konnte. Ein Matrose des „Rè d'Italia" wollte die Flagge streichen, wurde aber von einem Offizier daran gehindert. Und mit wehender Flagge sanken das Schiff und seine Bemannung binnen zwei Minuten in die Fluten der Adria. Der Kommandant soll sich, noch bevor sein Schiff unterging, erschossen haben.

Der Vernichtung des italienischen Panzerschiffes folgte eine Minute der Stille. Dann entlud sich die Freude der Österreicher in begeisterten Hochrufen. Tegetthoff ließ das einzige Boot seines Flaggenschiffes streichen, um die Überlebenden zu retten, und befahl dies auch der „Kaiserin Elisabeth". Die in der Nähe befindlichen Einheiten, die den Vorfall nicht bemerkt hatten, feuerten jedoch auf sie, so daß das kleine Schiff, nachdem es vier Treffer erhalten hatte, sein Hilfswerk abbrechen mußte.

Inzwischen ging ein lebhaftes Artillerieduell weiter. Das gepanzerte Kanonenboot „Palestro" wurde dabei von den österreichischen Granaten im ungeschützten Heck getroffen, geriet in Brand und mußte sich aus dem Kampf zurückziehen. Gegen Mittag, eineinhalb Stunden nach dem Beginn der Schlacht, versuchte Persano, seine Einheiten wieder in Position zu bringen. Aber die letzten Schüsse waren schon gefallen.

Als sich die italienische Flotte vom österreichischen Geschwader löste, ermahnte der königliche Admiral seine Einheiten, an den Feind heranzugehen, und erinnerte die Kommandanten daran, daß jedes Schiff, das nicht den Kampf suche, seine Pflicht vernachlässige. Doch er selbst machte keine Anstalten, sich dem Gegner zu stellen.

Mehrere italienische Panzerschiffe signalisierten, daß sie nicht in der Lage seien, Gefechtsposition einzuhalten. Die „Palestro" meldete, daß das Feuer an Bord unter Kontrolle gebracht worden sei; aber um 14.30 flog sie in die Luft und versank. Jedes der zwölf italienischen Panzerschiffe hatte Schaden gelitten, und nur sieben von ihnen waren noch kampffähig. Auch die Holzschiffe des Vizeadmirals Albini

Die Seeschlacht von Lissa, 1866:
Das hölzerne k. k. Linienschiff „Kaiser“ rammt das italienische Panzerschiff „Rè di Portogallo“.
45 Jahre nach der Schlacht hielt Eduard Nezbeda, der selbst bei Lissa dabeigewesen war, diese dramatische Episode auf der Leinwand fest. In seiner Mischung von unbefangener Naivität und Genauigkeit der technischen Details ist dieses Werk eines Augenzeugen von hohem dokumentarischen Wert (Privatbesitz, Wien).

E.Nezbeda

Hölzerne Galionsfigur der Panzerfregatte „Drache“, 1866. (Marinemuseum, La Spezia.)
Die ersten gepanzerten Schiffe der österreichischen Kriegsmarine gingen noch mit Galionsfiguren ausgestattet in die Schlacht von Lissa.

waren durch den Angriff auf Lissa angeschlagen, aber sie waren die einzigen von Persanos Einheiten, die mit Tegetthoffs Schiffen nicht in Berührung getreten waren. Sie erlebten die Seeschlacht von Lissa nur als Zuschauer.

Obwohl selbst die kleinen österreichischen Kanonenboote und Raddampfer sich mit den gegnerischen Panzerschiffen gemessen hatten, war Tegetthoffs Flotte mit Ausnahme des „Kaiser“ von Havarien verschont geblieben, und sämtliche Einheiten waren bereit, das Gefecht wieder aufzunehmen. Daß sie nicht mehr Schaden genommen hatten, mag auch damit zusammenhängen, daß die Italiener mindestens einmal blind feuerten – sie hatten in ihrer Aufregung glatt vergessen, die Geschütze zu laden.

Tegetthoff ordnete sein Geschwader wieder in drei Keile, wobei die Panzerschiffe seewärts und damit dem Feinde am nächsten waren. Die beiden Flotten hatten nun ihre Stellungen verkehrt: die Österreicher standen zwischen den Italienern und Lissa. Mehrere Stunden lang kreuzten nun die beiden gegnerischen Flotten in Sichtweite voneinander, doch die Königlichen entfernten sich von der Insel immer mehr. Tegetthoff erkannte, daß es unmöglich wäre, die Italiener zur Wiederaufnahme des Kampfes zu zwingen. Da er sie mit seinen langsameren Schiffen nicht ver-

Das hölzerne Linienschiff „Kaiser“ nach der Schlacht von Lissa. „Kaiser“ war das letzte Schiff dieses Typs, das in einer Seeschlacht in Verwendung trat.

folgen konnte, steuerte er schließlich mit seinem Geschwader den Hafen von San Giorgio an, wo sich bereits der „Kaiser“ befand, um seine Schäden zu beheben.

Das Werk des k. k. Flottenführers war vollendet: Die italienische Flotte war besiegt, Lissa gerettet, das Küstenland vor feindlichen Angriffen bewahrt.

Erst um 16.00 Uhr erkundigte sich Persano, was mit dem „Rè d'Italia“ geschehen sei und erhielt die Nachricht vom Schicksal des Panzerschiffes. Am Abend kehrte er nach Ancona zurück und meldete, daß er einen großen Sieg errungen habe. Er begründete diese Ansicht damit, daß er noch mehrere Stunden nach dem Ende der Schlacht „seinen Standort behauptet habe“.

NACH DER SCHLACHT

Darüber, daß die italienische Flotte ihrem Gegner materiell weitaus überlegen war, kann kein Zweifel bestehen. In seinem Buch „Battleships in Action“ stellt H. W. Wilson folgende Vergleiche zwischen den italienischen und österreichischen Einheiten auf: Schiffsanzahl 1,99:1, Tonnage 2,64:1, Pferdestärken der Maschinen 2,57:1.

John R. Hale bezieht sich in seinem Werke „Famous Sea Fights" auf den Vergleich der Anzahl und der Kaliber der gezogenen Geschützrohre – die im Artilleriekampf entscheidend waren – und gelangt zum Verhältnis 1776 Pfund an österreichischen Granaten zu 20.392 Pfund auf der italienischen Seite.

Die Italiener verloren 612 Offiziere und Mannschaften an Toten, 38 Mann an Verwundeten und 19 Mann an Gefangenen, zusammen 669 Mann, die Österreicher 38 Tote und 138 Verwundete, zusammen 176 Mann. Die meisten Verluste hatte der „Kaiser" zu beklagen. Bezeichnenderweise waren zwei von den österreichischen Gefallenen Schiffskommandanten, die Linienschiffskapitäne Moll und Erik af Klint, einer der dänischen Offiziere, die Dahlerup mit nach Österreich gebracht hatte.

Persano wurde kritisiert, weil er die Österreicher in Linienformation erwartet hatte, die in der Zeit der Segelschiffe die gewohnte taktische Aufstellung war, die aber den besonderen Verhältnissen bei Lissa nicht entsprach. Doch dürfte in Anbetracht der großen italienischen Überlegenheit an Feuerkraft und Schiffsgeschwindigkeit diese Gliederung an sich die richtige gewesen sein, weil sie die Anwendung von Breitseitensalven erlaubte, während die herannahenden Österreicher nur mit ihren Buggeschützen antworten konnten. Aber eine gewohnte Aufstellung gewährleistet nicht immer auch den Sieg. Die entsprechende Vorbereitung, ein klarer Angriffsplan, der Offensivgeist des Führers und eine hohe Moral der Mannschaften sind zumindest ebenso wichtig.

Admiral Persano wurde wegen Unfähigkeit, Nachlässigkeit, Ungehorsam, Feigheit vor dem Feinde und Hochverrat angeklagt. Er wurde in all diesen Punkten, außer in den beiden letzten, für schuldig befunden, verlor seinen Rang und wurde zusammen mit Albini aus der Kriegsmarine ausgestoßen.

Einen Tag nach der Schlacht führte Tegetthoff seine Schiffe nach Pola zurück. Niemand hatte einen so gewaltigen Sieg erwartet, und die Nachricht von diesem Erfolg linderte die Niedergeschlagenheit, die sich über Österreich nach der Niederlage von Königgrätz ausgebreitet hatte. Außerdem war nun die Armee in Italien gegen Angriffe von See aus gefeit, und jedweder Versuch des Feindes, Dalmatien, Istrien, Triest und Südtirol zu besetzen und bei den Friedensverhandlungen auf diese Gebiete Anspruch zu erheben, war zum Scheitern verurteilt.

Tegetthoff wurde zum Vizeadmiral befördert und auch sonst mit Ehren überhäuft. Doch die wertvollste Auszeichnung war ihm vielleicht das Schreiben, das er von seinem früheren Marineoberkommandanten Erzherzog Ferdinand Max, dem Kaiser von Mexiko, erhielt. „Hat Mich die Vorsehung auf andere Pfade geleitet, so lodert deshalb doch in meinem Herzen noch das Feuer maritimen Ruhmes und es war ein schöner, freudiger Tag für Mich, als Ich die heldenmütige Flotte, der ich Meine ganze Jugendkraft geweiht hatte, unter Ihrer Führung mit blutigem

Die österreichische Gardasee-Flottille, 1866. Erste Kolonne: Kanonenboote „Wildfang" „Raufbold", „Speiteufel", „Uskoke" und „Wespe"; zweite Kolonne: das Kanonenboot „Scharfschütze" und die Raddampfer „Hess" und „Franz Joseph".

Griffel den 20. Juli 1866 in die Bücher der Seekriegsgeschichte verzeichnen sah; denn mit dem Seesieg von Lissa tritt die von Ihnen befehligte Flotte in die Reihe jener, deren Flagge das Symbol des Ruhmes ist, Ihr Name in die der Seehelden aller Zeiten!"

Im Ausland, besonders in England, glaubte man vorerst nicht an einen Sieg der österreichischen Flotte. Die Sympathien der Weltöffentlichkeit galten ohne Zweifel eher den Italienern, und so wurden phantastische Berichte aus italienischen Quellen verbreitet und geglaubt. So erzählten italienische Seeoffiziere, sie hätten gesehen, wie der „Kaiser" gesunken und auch ein anderes k. k. Kriegsschiff der Vernichtung nahe gewesen sei. Einige andere „Gewährsleute" verstiegen sich sogar zu der Behauptung, daß insgesamt auf österreichischer Seite acht Einheiten verlorengegangen seien. Man war auch allgemein der Meinung, Tegetthoffs Schiffe seien mit Amerikanern bemannt gewesen. Die Wahrheit wurde erst bekannt, als Auslandskorrespondenten den Tatsachen auf den Grund gingen.

Einige Tage nach der Schlacht von Lissa sank der „Affondatore" während einer Sturmbö im Hafen von Ancona. Ob dieser Untergang den Verlusten von Lissa zuzurechnen ist, bleibt offen. Aber es ist wahrscheinlich, daß die Panzerplatten des Rammschiffes durch das österreichische Geschützfeuer zumindest gelockert worden waren. Das Schiff wurde später gehoben und wieder in Dienst gestellt.

Es gab in diesem Krieg auch noch einige andere bemerkenswerte Vorfälle, wie die Kämpfe auf dem Gardasee, wo die österreichische Flottille – 6 Kanonenboote und zwei Raddampfer unter dem Korvettenkapitän Moritz Manfroni von Monfort – die Truppen des Freiheitskämpfers Giuseppe Garibaldi, die das von Truppen fast entblößte Südtirol angreifen und erobern wollten, beschoß und sie verjagte. Die Kanonenboote hielten die einzige befahrbare Straße rings um den See dauernd unter Feuer und verwehrten damit den Italienern deren Benützung. Auch die Italiener besaßen Kanonenboote, aber diese traten, obwohl ihre 40-Pfünder schwerer waren als die österreichische Artillerie, in keiner Weise in Erscheinung. Den Österreichern gelang sogar die Aufbringung eines bewaffneten feindlichen Dampfers.

Der Schlacht von Lissa folgte der Präliminarfriede von Nikolsburg (26. Juli 1866) zwischen Österreich und Preußen, in dem das Kaiserreich die Auflösung des Deutschen Bundes anerkannte und sich mit der Neugestaltung Deutschlands ohne seine Mitwirkung einverstanden erklärte. Der Friede von Prag zwischen Österreich und Preußen bestätigte endgültig die Abmachung von Nikolsburg. Im Friedensvertrag von Wien (3. Oktober 1866) trat Österreich Venetien an das Königreich Italien ab, das seinerseits seinen Ansprüchen auf das Trentino und Istrien entsagte, die neben Venetien die Hauptziele der Irredenta gewesen waren.

Auf Grund dieses Friedens blieb Österreich eine der Großmächte. Für weitere 60 Jahre war die Donaumonarchie der Schutzwall für jeden Versuch, das Herz Europas zu erobern und eine tyrannische Fremdherrschaft zu errichten, was ja vom Anfang an die Hauptmission Österreichs gewesen war. Erst durch den Zusammenbruch von 1918 wurde in Mitteleuropa ein Machtvakuum geschaffen, das zuerst von Hitler und dann von den Russen ausgefüllt wurde, zum Nachteil all der Nationalitäten der alten Monarchie und des ganzen europäischen Kontinents.

Tegetthoffs Sieg bei Lissa machte anscheinend auf die Wiener Behörden nicht genügend Eindruck, als daß sie den Griff, mit dem sie den Staatssäckel zugeschnürt hielten, gelockert hätten. Als der Vizeadmiral seinen Schiffskommandanten zur Feier des Sieges ein Festmahl auf dem „Kaiser“ gab, zog ihm das Finanzministerium die Kosten von seinem Gehalt ab.

Nach dem Krieg unternahm Tegetthoff eine amtliche Reise nach England, Frankreich und in die Vereinigten Staaten, um die dortigen Marineeinrichtungen kennenzulernen. Während er auf Reisen war, starb Kaiser Maximilian von Mexiko unter den Kugeln der Revolutionäre. Der Vizeadmiral wurde in die Heimat zurückberufen, weil ihm vom Kaiser die heikle Aufgabe übertragen worden war, den Leichnam des unglücklichen Monarchen nach Österreich zurückzuholen.

1868 wurde Tegetthoff zum Marinekommandanten ernannt. In dieser Eigenschaft stellte er Pläne für die zukünftige Entwicklung der Flotte auf, aber wieder einmal verhinderte die Engherzigkeit der Wiener Zentralstellen deren volle Verwirklichung. Bald darauf starb der Sieger von Lissa, erst 43 Jahre alt, im Jahre 1871. Mit seinem Hinscheiden verlor das Kaiserreich nicht nur einen großen Führer zur See, sondern auch einen Mann mit besonderem militärischem und politischem Weitblick, von denen es im Reiche der Habsburger nur wenige gab.

Der Seekrieg von 1866 war in seiner Art ungewöhnlich, weil er wenige der strategischen Gegebenheiten aufwies, die dem Seekrieg im allgemeinen eigen sind. Es gab in ihm keine Blockade, keinen maritimen Handelskrieg und keinen eigentlichen Versuch, die Seeherrschaft zu erringen. Eine Blockade der italienischen Küsten kam nicht in Betracht, und es scheint, daß auch der österreichische Handelsverkehr über See ungehindert weiterlief. Beim Zusammenstoß der beiden Flotten ging es nicht um ein wirkliches maritimes Anliegen, sondern es entsprang einem nationalen Begehren Italiens. Tegetthoffs Sieg zerstörte die Hoffnung des Königreiches, beide Seiten der Adria unter seine Oberhoheit zu bringen.

Daß die Operationen dieses Seekriegs in ihrem Wesen so eingeschränkt waren, beeinflußte das zukünftige Denken und Handeln der Flotten der adriatischen Anrainer. Sie sahen den Sinn des Seekriegs hauptsächlich im Schutz der eigenen Küsten. Erst mit der Entwicklung des U-Boot-Krieges im Ersten Weltkrieg versuchten die beiden Seemächte, den transozeanischen Verkehr des Gegners systematisch zu stören.

Während die Ereignisse von 1866 die österreichische Marinetradition schufen, den Kampf auch mit der stärksten Übermacht aufzunehmen, riefen sie auch die trügerische Hoffnung wach, daß ungeachtet aller materiellen Mängel dieser Flotte sich im Notfall ein militärisches Genie finden würde, das alle Unzulänglichkeiten der Seerüstung vergessen lassen würde. Als es soweit war, erfüllte sich diese Hoffnung leider nicht. Die Selbsttäuschung und das ewig Feilschen um die lebenswichtigen Budgetmittel führten zu einer Vernachlässigung der Vorbereitung für den Ernstfall.

See-Officiere

See-Cadet I. Cl.
in Jake.

Mr. Kapellmstr.
in Galla.

Mr. Arzt
in gewöhnl. Unif.

Mr. Beamte
in gr. Dienstes
Uniform.

Lin. Schiffs-Lieut.
in Galla.

Flaggen-Officiere
in Mantel. in gr. Dienstes
Uniform.

Mannschaft

Matrose
in Parade.

Quartiermeister
in Paletot mit Kappen Überzug u.
weiss. leinen Hemd u. Hose.

Waffenmeister
in Parade.

UNIFORMEN SR. MAJ.
KRIEGSMARINE

(Nach einer Lithographie von F. Franzeschini)

VI.

Ruhiges Zwischenspiel 1866–1897

DER SUEZKANAL – DIE DOPPELMONARCHIE –
NEUE SCHIFFE – DER TORPEDO –
DIE ÄRA STERNECK

MIT AUSNAHME EINER KURZEN ZEITSPANNE IN DEN SECHZIger Jahren, in der das von Erzherzog Ferdinand Max geschaffene Marineministerium für die Flotte sorgte, wurde die k. k. Kriegsmarine von einer Abteilung des Reichskriegsministeriums, der Marinesektion, von Wien aus betreut. In der Regel war der Leiter dieser Abteilung zugleich auch Flottenkommandant. Das System hatte den Vorteil, daß in ihm die Obsorge für die verwaltungstechnischen, strategischen und taktischen Aufgaben der Marineleitung in einer Hand vereinigt war. Aber sein Nachteil bestand darin, daß nur wenige für alle diese Aufgaben gleich gut geeignet waren.

Für Österreich war es ein Glück, daß sein großer Führer zur See auch ein guter Verwaltungsfachmann war. Während seiner Tätigkeit an der Spitze der Kriegsmarine führte er verschiedene Änderungen ein und schuf Neuerungen, die sich noch fünfzig Jahre später bewährten. Doch sein Wunsch nach der Wiedererrichtung eines Marineministeriums blieb unberücksichtigt, und es gelang ihm trotz allen Bemühens nicht, der Flotte jene materielle Stärke zu verschaffen, die er für notwendig hielt.

Sein Plan, eine Flotte von 15 Panzerschiffen und den entsprechenden Hilfseinheiten zu schaffen, hätte einen Zuwachs zum Bestand an gepanzerten Einheiten von sechs Schiffen dieser Type innerhalb von 10 Jahren bedeutet. Wegen der dauernd schlechten Finanzlage der Monarchie und der Verhältnisse innerhalb der Regierung, die sich auf die Kriegsmarine ungünstig auswirkten, war jedoch die Verwirklichung selbst dieses bescheidenen Vorhabens nicht möglich. Nicht einmal die Eröffnung des Suezkanals vermochte die Männer, die über die Staatsgelder wachten, davon zu überzeugen, daß eine Großmacht ohne starke Flotte keine Weltmacht sei. Als Tegetthoff 1871 starb, waren trotz seiner Bemühungen nur drei Panzerschiffe gebaut worden.

Nach seinem Tode gab die österreichische Kriegsmarine jedweden Anspruch auf, in die erste Reihe der Flottenmächte zu gehören. Leiter der Marinesektion wurde Vizeadmiral Friedrich von Pöck, der zu Tegetthoffs Lebzeiten gegen ihn Stellung bezogen hatte. Man sagte Pöck nach, daß er sich lieber das Kommando eines Armeekorps auf dem Lande als die Leitung der Kriegsmarine wünsche. Er tat auch nichts, um den Schiffspark auszubauen. Während seiner elfjährigen Tätigkeit als Leiter der Marinesektion wurden einige alte Schiffe modernisiert und nur das Panzerschiff „Tegetthoff" auf Stapel gelegt.

DER SUEZKANAL

Es ist merkwürdig, daß die Donaumonarchie ihre Flotte just zu einer Zeit vernachlässigte, als die Eröffnung des Suezkanals das Tätigkeitsgebiet des österreichischen Seehandels wesentlich zu erweitern schien. Kaiser Franz Joseph I. unterstrich die Bedeutung der neuen Wasserstraße durch seine Teilnahme an den Eröffnungsfeierlichkeiten im Jahre 1869.

Durch den Suezkanal wurde der Hafen von Triest zu einem günstigen Umschlagplatz für den Personen- und Güterverkehr nach Nordeuropa wie nach Indien und dem Fernen Osten. Die Passagiere konnten sich einige Reisewochen und das oft schlechte Wetter in der Nordsee wie im Atlantik sparen, wenn sie mit der Bahn quer durch den Kontinent nach Triest fuhren und dort das Schiff bestiegen. Die Entfernung nach Port Said beträgt von Hamburg 3500 Seemeilen, von Triest bloß 1300. Diese natürlichen Vorteile hätten dem Handelsminister ins Auge stechen müssen, noch dazu, da seit 1865 ein ehemaliger Marineur dem Ministerium vorstand, Vizeadmiral Baron Wüllerstorff-Urbair, der Geschwaderkommandant im Jahre 1864. Gleicherweise hätte dies den Ausbau der Kriegsmarine beflügeln müssen. Doch die Gelegenheit wurde versäumt. Der österreichische Schiffbau hielt mit dem steigenden Bedarf an neuem Schiffsraum nicht Schritt: Zwischen 1850 und 1870 stieg die Gesamttonnage der österreichischen Dampfschiffe fast um das Sechs-

Kaiser Franz Joseph nimmt an Bord seiner Jacht „Greif“ an der Eröffnung des Suez-Kanals 1869 teil. Am Hauptmast weht die Kaiserflagge. Nach einem Gemälde von Alexander Kircher.

fache, von 8500 BRT auf deren 48.000; von der Eröffnung des Suezkanals bis zum Ende des Jahrhunderts erhöhte sie sich nur auf 79.000 BRT.

Alles in allem wirkte sich der Suezkanal auf Österreichs maritime Stellung zunächst geradezu verheerend aus. Einer der Gründe dafür war, daß die Donaumonarchie eine große Anzahl meist kleinerer Segelschiffe besaß, die sich eines guten Rufes erfreuten und guten Gewinn abwarfen. Die hohen Kosten für den Schlepp durch den Kanal gestalteten jedoch den Wettbewerb mit den Dampfschiffen zu einem Verlustgeschäft. Hätte die österreichische Regierung in einer weit vorausblickenden Subventionspolitik den Übergang vom Segel- zum Dampfschiff unterstützt, wären die Schwierigkeiten dieses Wechsels zu überwinden gewesen, und das Kaiserreich hätte sich einen vorteilhaften Start in die neue Epoche der Schiffahrt gesichert. Aber es geschah nichts, und viele dalmatinische Reeder gingen zugrunde.

DIE DOPPELMONARCHIE

Ein anderer Grund für die sträfliche Vernachlässigung eines Wirtschaftszweiges, der seinen Wert für die Donaumonarchie schon bewiesen hatte, ist in den damaligen politischen Verhältnissen zu suchen. Nach dem preußischen Siege über Österreich bei Königgrätz mußte der Kaiser den Forderungen der Ungarn nach weitgehender Autonomie nachgeben. Der im Jahre 1867 geschlossene „Ausgleich" zerriß das Reich in zwei voneinander fast unabhängige Teile, in die zisleithanische Reichshälfte mit dem amtlichen Titel: „die im Reichsrat vertretenen Königreiche und Länder", inoffiziell aber „Österreich" genannt, und in das Königreich Ungarn, die transleithanische Hälfte. Jeder dieser beiden Teile des ehemaligen Kaiserreichs, das nun „die österreichisch-ungarische Monarchie" hieß, hatte seine eigene Volksvertretung (in Österreich den Reichsrat, in Ungarn den Reichstag). Außer dem Herrscher hatten die beiden Reichsteile nur das Ministerium für Äußeres, das Reichskriegsministerium (später nur Kriegsministerium genannt) und das Finanzministerium gemeinsam.

Die Interessen, die Österreich und Ungarn gleichermaßen betrafen, wurden von den „Delegationen" wahrgenommen, die aus je 60 Mitgliedern der beiden Volksvertretungen bestanden und jährlich einmal abwechselnd in Wien und in Budapest zusammenkamen. Die Vertreter Ungarns verlangten oft für ihre Zustimmung zu gemeinsam zu fassenden Beschlüssen wirtschaftliche Zugeständnisse. So erklärten sie sich zur Annahme des Haushaltvorschlags für die Kriegsmarine nur dann bereit, wenn in Zukunft der Bau von Kriegsschiffen auch an ungarische Werften vergeben werde. Da aber Ungarn zu dieser Zeit noch keine Einrichtungen für den Schiffbau besaß, mußten solche erst geschaffen werden, was viel Geld kostete und große Verzögerungen verursachte.

Neben der gemeinsamen Armee und der Kriegsmarine, in denen auf Wunsch des Monarchen die Kommandosprache deutsch war, gab es in einer jeden der beiden Reichshälften eine Territorialarmee, in Österreich die Landwehr, in Ungarn die Honvéd. Sie unterlagen der gleichen Ausbildung wie die übernationale Armee, die Kommandosprache der Honvéd war Ungarisch. Im Kriegsfall bildeten sie einen Teil der Armee. Als einer der letzten europäischen Staaten führte Österreich-Ungarn im Jahre 1868 die allgemeine Wehrpflicht ein. Die meisten Rekruten rückten zur gemeinsamen Armee ein, der Rest kam in die Landwehr oder die Honvéd.

Im Jahre 1889 wirkte sich die Zweiteilung der Donaumonarchie auf die Bezeichnung ihrer militärischen Verbände und Einrichtungen aus. Die gemeinsame Armee und die Kriegsmarine wurden k. u. k. (kaiserlich und königlich), die österreichische Landwehr k. k. (kaiserlich-königlich) und die Honvéd kgl. ung. (königlich-ungarisch) oder m. k. (magyar kiraly) genannt. Seit 1848 wurde nach englischem Brauch dem Namen der Schiffe und Boote die Bezeichnung S. M. S. („Seiner Majestät Schiff") oder S. M. Boot („Seiner Majestät Boot") vorangesetzt.

Durch die politischen Tauschgeschäfte wurde die Behandlung aller Angelegenheiten von gemeinsamem Interesse außerordentlich schwierig und kompliziert. Für Österreich war es ein Glück, daß es im letzten Viertel des Jahrhunderts keine

Kriege gab, denn die k. u. k. Kriegsmarine wäre für einen Waffengang nicht vorbereitet gewesen.

Erst im Jahre 1895 begann unter dem Eindruck der Seekriegslehren des amerikanischen Admirals Mahan ein Neuaufbau der Flotte. Aber es gab auch in den Jahren der Stille nach Tegetthoffs Heimgang einige Ereignisse von maritimer Bedeutung.

NEUE SCHIFFE

Während der Amtsführung Tegetthoffs wurden drei Panzerschiffe auf Stapel gelegt, die alle zum „Kasematten"- oder „Mittelbatterie"-Typ gehörten. Im Vergleich zur alten Breitseiten-Aufstellung der Geschütze, die sich über die ganze Decklänge erstreckte, ermöglichte die neue Art der Geschützzusammensetzung in „Zitadellen" im Hinblick auf die kleineren zu beschützenden Flächen eine Ersparnis an Panzermaterial bei gleichzeitiger Verstärkung der Panzerung selbst. Auch erlaubte sie ein wirkungsvolleres Feuer über Bug und Heck, was besonders auf Grund der Erfahrungen von Lissa wünschenswert schien. Auf dem 7800-t-Panzerschiff „Tegetthoff", das 1878 vom Stapel lief, war die schwere Artillerie schon nach den neuen Richtlinien verteilt. Dieses Schiff galt zu seiner Zeit als Muster einer modernen Schiffskonstruktion.

Später wurden diese „Zitadell"-Schiffe durch Einheiten ersetzt, auf denen sich die Geschütze in Barbetten oder Türmen befanden. Die ersten beiden österreichischen Turmschiffe waren „Maros" und „Leitha", die ersten Monitoren auf der Donau. Sie wurden im Jahre 1871 fertiggestellt. Seegehende Schiffe dieser Art besaß Österreich-Ungarn erst ab 1887, als zwei dieser Einheiten vom Stapel liefen. Sie waren aber klein und schwach.

DER TORPEDO

Schon vor 1860 waren verschiedentliche, meist vergebliche Versuche unternommen worden, eine Vorrichtung zu erfinden, die an das feindliche Schiff herangebracht und bei der Berührung mit der Bordwand explodieren sollte. Ein solches Unternehmen wurde schon im Zusammenhang mit dem Krieg 1848–1849 erwähnt. Die meisten der „Torpedos" in der Mitte des 19. Jahrhunderts wurden von Booten geschleppt oder an einer langen Stange befestigt. Obwohl diese Sprengkörper im amerikanischen Sezessionskrieg (1861–1865) und im Russisch-Türkischen Krieg (1878) einige Erfolge erzielten, waren sie doch auch für den Angreifer selbst gefährlich und zeigten keinerlei Ansatzpunkte für Verbesserungen.

Schon seit der Schmach von 1859, als die österreichische Flotte das Eindringen des französischen Geschwaders in die Adria tatenlos hatte hinnehmen müssen, war der österreichische Korvettenkapitän Johann Luppis mit der Entwicklung eines selbstbeweglichen Torpedos beschäftigt. Zuerst dachte er an eine bewegliche Mine, die von der Küste her zu dirigieren war. Er hatte auch schon ein Modell gebaut, das er „Küstenretter" nannte. Mit seinen Konstruktionsplänen machte er den britischen Ingenieur Robert Whitehead bekannt, der in Fiume eine Maschinenfabrik leitete. Whitehead entwickelte das Gerät weiter, und es gelang ihm, den ersten wirklich automobilen Torpedo herzustellen. Von Luppis' Konzept war nur der Grundgedanke übriggeblieben. Bald bestellten die meisten Flotten den Torpedo und seine Abfeuerungsvorrichtungen bei Whitehead oder fertigten sie in Lizenzbau an.

Einem österreichischen Marinetechniker, Ludwig Obry, gelang eine der ersten wesentlichen Verbesserungen am Whiteheadschen Torpedo. Er baute ein Gyroskop ein, damit der gewünschte Laufkurs eingehalten werde. Dem automatischen Torpedo war während des ersten Jahrzehnts seines Bestehens zwar kein Erfolg beschieden, aber er beeinflußte trotzdem die Taktik und die Leitgedanken der Seekriegführung. Erst beim Erscheinen des U-Bootes und später auch des Flugzeugs bewies der Torpedo seine Brauchbarkeit als Waffe und wurde in den beiden Weltkriegen eifrigst verwendet. Ohne den Torpedo wären die U-Boote wertlos gewesen.

Mit seinen komplizierten und erstaunlichen Maschinenteilen wie Instrumenten war der Torpedo ein Gipfelpunkt der technologischen Entwicklung im späten 19. Jahrhundert.

Zum Ende der siebziger Jahre begann man als Träger der neuen Waffe, der gegenüber die Schlachtschiffe mit ihren schweren, langsam feuernden und schwierig zu bedienenden Geschützen wehrlos schienen, eigene Boote zu bauen. Es sah eine Zeitlang so aus, als würden die kleinen Torpedoboote das Ende der großen und entsprechend teuren Schlachtschiffe bedeuten.

Die von dem französischen Admiral Aube aufgestellte und als „Jeune Ecole" (Junge Schule) bekanntgewordene Doktrin der Seekriegführung trug dieser Anschauung Rechnung. Sie hielt die großen Einheiten für nicht mehr notwendig

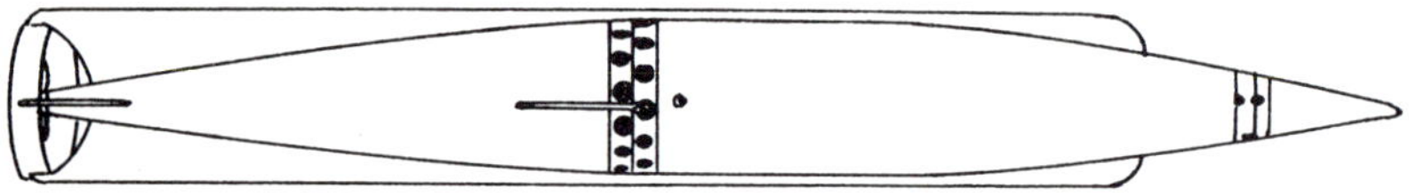

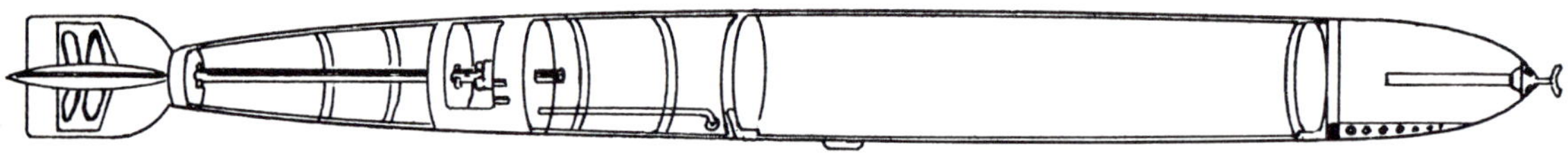

Oben: Skizze des ersten verwendungsfähigen Torpedos, den der englische Ingenieur Robert Whitehead auf Grund von Plänen des österreichischen Marineoffiziers Johann Luppis entwickelte.
Unten: Ein Torpedo der k. u. k. Marine zur Zeit des Ersten Weltkriegs.

Die Romantik der Segelschiffahrt spricht noch aus diesem Bild, doch hatte jedes Schiff neben den Segeln bereits Schraubenantrieb. Links das Kanonenboot „Kerka“ (100 Mann Besatzung), 1860 in Venedig vom Stapel gelassen, 1908 abgewrackt; rechts die Fregatte „Laudon“ (480 Mann Besatzung), Stapellauf 1873. Photo um 1890.

und erblickte die große Hoffnung für die Zukunft im Kreuzer-Typ, dessen Einheiten die feindliche Handelsschiffahrt (vor allem die britische) angreifen sollten, während die Torpedoboote die Küsten zu verteidigen hatten. Reste dieses Gedankengutes haben sich zwar noch bis heute erhalten, aber die Junge Schule wurde von den Lehren Mahans entthront. Mit der Zeit wurden aber auch Gegenmittel erfunden, so die Schnellfeuerkanonen, die Torpedoschutznetze und die Torpedobootszerstörer. Nach 1980 begannen die Seemächte wieder Schlachtschiffe zu bauen, und diese bewährten sich auch in der Praxis.

DIE ÄRA STERNECK

Im Jahre 1883 folgte Vizeadmiral Maximilian Freiherr von Sterneck, der sich als Tegetthoffs Flaggenkapitän in der Seeschlacht von Lissa rühmlich hervorgetan hatte, dem Vizeadmiral Pöck im Marinekommando. Er war wohl ein tapferer Soldat und vollendeter Hofmann, aber Tatkraft und die befeuernde Ausstrahlung auf seine Mitarbeiter fehlten ihm. Außerdem verfügte er nicht über die notwendige Beredsamkeit und Zähigkeit, um den Delegationen die nötigen Zuwendungen für die Kriegsmarine abzuzwingen. Außer den schon erwähnten zwei mittelmäßigen Turmschiffen sowie einigen Kreuzern und Torpedobooten, um die der Schiffspark erweitert wurde, unternahm er nichts, um die Flotte zu stärken und zu modernisieren.

Trotzdem steigerte sein Interesse an der seemännischen Erziehung und Schulung den inneren Wert der Kriegsmarine.

Während der sich über die Jahre 1883–1897 erstreckenden Ära Sterneck nahm die k. u. k. Kriegsmarine an mehreren internationalen Unternehmungen teil. Die Insel Kreta unterstand, obwohl hauptsächlich von Griechen bewohnt, der türkischen Oberhoheit. Wegen der zahlreichen Aufstände des hellenischen Bevölkerungsteiles war die Insel ein ständiges Pulverfaß, und von beiden Seiten wurden Grausamkeiten verübt. 1886 schien ein Krieg zwischen Griechenland und der Türkei fast unvermeidlich zu sein, was unter Umständen den Zusammenbruch des Osmanischen Reiches herbeiführen konnte. Nun griffen die Großmächte, die den „kranken Mann“ am Bosporus am Leben erhalten wollten, ein. Britische, italienische, österreichisch-ungarische und deutsche Kriegsschiffe wurden entsandt, um die beiden kriegswilligen Gegner zu besänftigen. Die Landungsabteilungen hatten des öfteren Ortschaften und das Volk vor Angriffen und Vernichtung zu schützen. 1897 erhoben sich die kretischen Griechen neuerlich gegen ihre Unterdrücker, und es gab viele Tote. Als griechische Kriegsschiffe vor der Insel erschienen, erklärten die Großmächte die Blockade von Kreta und zwangen die hellenischen Einheiten zum Abdrehen. Gleichzeitig wurden die Türken von Vergeltungsmaßnahmen abgehalten. Die k. u. k. Kriegsschiffe wurden an einen der am meisten gefährdeten Kampforte entsandt. Die Besatzungen wurden in mehrere Gefechte verwickelt, meist mit Türken, und mußten immer wieder sowohl Türken als auch Griechen beschützen oder von Gewalttaten zurückhalten.

Schließlich wurden die Türken von den Griechen besiegt. Die Großmächte schlugen zwar im Jahre 1898 den Prinzen Georg von Griechenland als Gouverneur der Insel vor, aber erst durch den Frieden von London, 1913, wurde Kreta ein Teil des Königreiches der Hellenen.

Um die Jahrhundertwende zählte Österreich-Ungarn noch immer zu den Großmächten, wenn es auch keine Kolonien und nur eine kleine Flotte besaß. Dafür war das Landheer von beträchtlicher Stärke. Mit ihren 53 Millionen Einwohnern wurde die Donaumonarchie in Europa an Bevölkerungszahl nur von Rußland und Deutschland übertroffen. Ohne besonders reiche Kohle- und Eisenvorkommen, verfügte sie doch über genügend Rohstoffe und eine blühende Industrie. Auf dem Landwirtschaftssektor war man von Importen unabhängig und konnte sogar gewisse Überschußgüter exportieren. Um 1914 ging ungefähr ein Sechstel der österreichischen Exporte nach Übersee, und 75 Prozent davon wurde auf österreichischen oder ungarischen Schiffen befördert.

VII.

Auf weiter Fahrt

FRIEDENSMISSIONEN DER KRIEGSMARINE –
DIE WELTUMSEGLUNG DER „NOVARA“ –
DIE ERFORSCHUNG DER ARKTIS –
DIE FLAGGE ROT-WEISS-ROT AUF DEN WELTMEEREN

WIE DIE ANDEREN SEEMÄCHTE ENTSANDTE AUCH DIE Donaumonarchie regelmäßig Kriegsschiffe in verschiedene Teile der Welt. Manche dieser Kreuzfahrten dienten einem bestimmten Zweck, wie z. B. dem Schutze der eigenen Staatsangehörigen oder der Handelsschiffahrt; andere wieder wurden nur unternommen, um die Flagge zu zeigen.

Zu den ersten dieser Reisen kann man die Exkursionen der Schiffe der „Ostindischen Compagnie“ rechnen, denen es gestattet war, unter der österreichischen Kreigsflagge zu segeln.

Im Jahre 1817 überquerten zum ersten Mal österreichische Kriegsschiffe den Atlantik: die Fregatten „Austria“ und „Augusta“, die zu dem Ehrenkondukt gehörten, der anläßlich der Vermählung der Erzherzogin Leopoldine mit Dom Pedro I., dem Kaiser von Brasilien, die Braut geleitete. Wie fast stets in ihrer vielhundertjährigen Geschichte, hatte die österreichische Marine auch diesmal unter Geldschwierigkeiten zu leiden, und es wurde der Versuch unternommen, die beiden bereits bejahrten Einheiten den Portugiesen zu verkaufen, was letztere dankend ablehnten.

Szene aus dem Bordleben der Fregatte „Austria", 1820. Nach einer getönten Zeichnung von Thomas Ender (1793–1875).

Drei Jahre später wurde wieder der Südatlantik überquert, aber diesmal ging die Reise weiter: Die Korvette „Carolina" brachte 1820 den österreichischen Botschafter nach Brasilien und segelte anschließend um das Kap der Guten Hoffnung und den Indischen Ozean mit einer Ladung Quecksilber nach China. Leider war dem Unternehmen kein besonderer Erfolg beschieden: die erhofften Handelsbeziehungen konnten nicht angeknüpft werden, und die Cholera brach an Bord aus und raffte einen großen Teil der Besatzung, unter ihnen den Kommandanten des Schiffes, hinweg.

In den dreißiger Jahren des 19. Jahrhunderts führten österreichische Kriegsschiffe mehrere Reisen nach Nordamerika durch, um aus Rußland geflüchtete Polen in die Vereinigten Staaten zu bringen. Dann zeigte zwanzig Jahre lang kein österreichisches Kriegsschiff die Flagge außerhalb des Mittelmeers.

DIE WELTUMSEGLUNG DER „NOVARA"

Eine der erfolgreichsten Aktionen in der Geschichte der österreichischen Kriegsmarine war reinen Friedenszielen gewidmet: die Weltumseglung der Fregatte „Novara" in den Jahren 1857 bis 1859. Der Einsatz eines Kriegsschiffes für die wissenschaftliche Forschung fand im In- und Ausland höchste Beachtung und trug nicht wenig zum Ruf der so bescheidenen Seestreitmacht Österreichs bei.

Die „Novara“.
Ton-Holzschnitt aus dem 1864 erschienenen offiziellen Reisebericht der Expedition.

Die „Novara".
Segelfregatte, 2107 t, Bemannung: 403.
1843 als „Minerva" in Venedig auf Stapel gelegt, 1848 von den Venezianern als „Italia" weitergebaut, 1849 auf Wunsch der Eskader-Offiziere zur Erinnerung an den Sieg des Feldmarschalls Radetzky auf „Novara" umgetauft.
1850 Stapellauf; 1861 Umbau (Auxiliardampfmaschine) und Verlängerung des Schiffsrumpfes.

Geistiger Vater der Unternehmung war Erzherzog Ferdinand Max. Der Marineoberkommandant verfolgte mit der geplanten Weltumseglung mehrere Ziele: erstens diente sie in hervorragender Weise der seemännischen Ausbildung von Offizieren und Bemannung; zweitens sollte sie dem Kaiserreich neue Handelsbeziehungen öffnen; und drittens ließen die prominenten Gelehrten, die die Reise mitmachten, eine reiche wissenschaftliche Ausbeute erwarten.

Die „Novara", erst 1850 vom Stapel gelaufen, hatte 42 Geschütze und eine Wasserverdrängung von 2100 Tonnen. Sie stand unter dem Kommando von Kommodore Bernhard von Wüllerstorff-Urbair. An Bord waren 345 Offiziere und Mannschaften sowie 7 Wissenschaftler.

Begleitet von der Korvette „Carolina", die wieder nach Südamerika ausfuhr, stach die „Novara" am 30. April 1857 von Triest aus in See. Die Fahrt ging nach Rio de Janeiro, von dort zur Südspitze Afrikas und in den Indischen Ozean, wo, einer Anregung Alexander von Humboldts folgend, der ein großer Förderer der Reise der „Novara" war, auf der Insel St. Paul Forschungsarbeit betrieben wurde. Die nächsten Stationen der Reise waren Madras, Ceylon und die Nikobaren, wo noch einiges an die österreichische Niederlassung erinnerte, die siebzig Jahre früher auf dieser Inselgruppe bestanden hatte. Von dort segelte die „Novara" nach Indonesien. Mehrere Wochen lang bereiste man Java. Nach einem Besuch der Philippinen war China das nächste Reiseziel. Am 29. Juli 1858 legte die „Novara" in Schanghai an. Auf der Weiterfahrt nach Australien geriet das Schiff in einen Taifun, was gleich dazu verwendet wurde, um in einem neuen Verfahren die Höhe der Wellen zu messen. Das Schiff freilich wurde durch den Wirbelsturm arg beschädigt (auch der im Laufe der Reise angelegte kleine Zoo fiel dem Wüten der Elemente zum Opfer) und mußte in Australien einen Monat lang ins Dock. Diese Zeit wurde mit völkerkundlichen Untersuchungen über die Ureinwohner genutzt.

Die nächste Station war Neuseeland, wo man Weihnachten verbrachte. Interessanterweise wurden zwei Maoris für die weitere Reise angeheuert, die später in Wien zu Buchdruckern ausgebildet wurden.

Nach Überquerung des Südpazifiks landete die „Novara“ im April 1859 in Valparaiso in Chile, wo der Kommodore von der Kriegsgefahr mit Frankreich erfuhr und sich zu unverzüglicher Heimreise entschloß.

Der Krieg war ausgebrochen, doch auf der langen Fahrt durch den Atlantik gab es keine Feindberührung. Erst daheim erfuhr Wüllerstorff, daß Kaiser Napoleon III. die „Novara“ für neutral erklärt hatte, denn „sie trägt wissenschaftliche Schätze, und die Wissenschaft ist Gemeingut aller Völker der Erde“ – eine schöne und in ihrer Art wohl einzigartige Geste.

Ein seltsames Geschick verband die „Novara“ mit der Person des Erzherzogs Ferdinand Max. Auf ihr fuhr der junge Prinz 1851 zum ersten Male zur See; auf ihr schiffte er sich nach seiner Wahl zum Kaiser von Mexiko mit seiner Gemahlin in den fernen Kontinent ein, und sie war es, die nach der Erschießung Maximilians dessen sterbliche Hülle aus Mexiko heimholte.

DIE ERFORSCHUNG DER ARKTIS

Die österreichische Kriegsmarine setzte die schon vom Erzherzog Ferdinand Max begonnene Tätigkeit in Wissenschaft und Forschung auch in der zweiten Hälfte des 19. Jahrhunderts fort. Eines der Hauptereignisse war zweifellos die vom Linienschiffsleutnant Karl Weyprecht und dem Infanterieoberleutnant Julius von Payer 1872–1874 durchgeführte Polarexpedition.

Den beiden österreichischen Forschern ging es nicht um die Erreichung des Nordpols, sondern um die Bezwingung der sogenannten Nordostpassage, der Durchfahrt entlang der Nordküste Sibiriens durch das Nördliche Eismeer bis zur Beringstraße zwischen Asien und Alaska. Als Ausgangspunkt der Expedition war die Insel Nowaja Semlja vorgesehen.

Nach zwei Vorexpeditionen ins Nördliche Eismeer brach die kleine Expedition, insgesamt 24 Mann, im Juni 1872 von Bremerhaven auf. Ihr Schiff war der „Admiral Tegetthoff“, ein 220-t-Segler mit Auxiliardampfmaschine, der eigens für diesen Zweck gebaut worden war. Mitte Juli war das Eismeer erreicht, doch schon fünf

„Admiral Tegetthoff". Wurde in Bremerhaven als Polarexpeditionsschiff gebaut und ausgerüstet.
220 t, Segler mit Auxiliardampfmaschine.
Finanziert durch eine Spendenaktion des Grafen Wilczek. Das Schiff war zwar mit Angehörigen der Kriegsmarine bemannt, gehörte aber nicht dem Verbande der Marine an.

Wochen später war der Dreimaster vom Packeis eingeschlossen und trieb mit der Strömung nordwärts. Man sichtete Land, aber es vergingen Monate, bis die Seeleute es betreten konnten. Nach dem Ende der Polarnacht wurde die Insel in mehrwöchigen Schlittenexkursionen erforscht und vermessen sowie topographische und geologische Studien unternommen. Die Expedition drang bis 82°05' nördlicher Breite vor. Die Insel wurde „Kaiser-Franz-Joseph-Land" getauft.

Der „Tegetthoff" war in beständiger Gefahr, von den Eismassen erdrückt zu werden, und am 10. Mai 1874 entschloß sich Weyprecht, der Schiffskommandant, das Fahrzeug aufzugeben und im Fußmarsch das freie Meer zu erreichen. Lebensmittel und Geräte wurden auf Boote verladen, die mit Schlittenkufen versehen waren. Das Eis, über das sie wanderten, trieb aber nach Norden, und so kam man nur sehr langsam vorwärts. Erst nach 96 Tagen wurde die offene See erreicht, und dann konnten die Polarforscher über Nowaja Semlja in die Heimat zurückkehren. Julius Payer hat einen dramatischen Augenblick der Wanderung über das Eis in seinem berühmten Gemälde „Nie zurück!" festgehalten. Der Opfermut der Männer vom „Tegetthoff" wurde durch eine reiche wissenschaftliche Ausbeute ihrer Expedition belohnt.

Österreich-Ungarn verzichtete auf die Inbesitznahme von Franz-Joseph-Land, das heute zur Sowjetunion gehört. In den westlichen Atlanten wird dieses Gebiet auch heute so benannt, so wie alle anderen Namen, die in diesem Seeraum

Die Schraubenkorvette „Erzherzog Friedrich“ vor dem Auslaufen zu ihrer zweijährigen Ostasienreise, 1868.

besonderen Orientierungspunkten gegeben wurden, noch heute diese Bezeichnungen führen. In den sowjetischen Kartenwerken hingegen wird das Franz-Joseph-Land als Lomonossow-Insel bezeichnet.

Auf die Payer-Weyprecht-Unternehmung folgten noch andere Versuche der k. u. k. Kriegsmarine, die arktischen Regionen zu erforschen, aber Neuland wurde dort nicht mehr gefunden. Später regten Payer und der deutsche Physiker und Geograph Georg von Neumayer das „Internationale Polarjahr“ an, das zum ersten Male für 1882–1883 festgesetzt wurde. In diesem Rahmen unterhielten zahlreiche Nationen in der Arktis Forschungsstationen, um, dem „Polarjahr“ entsprechend, wissenschaftliches Material zu sammeln. Österreich-Ungarn errichtete eine solche Station auf der Insel Jan Mayen. Seither wurden in ähnlichen Planungen auch andere Gebiete des höchsten Nordens und Südens erschlossen.

Die Weltumseglung der „Novara“ und die Payer-Weyprechtsche Arktisexpedition waren zwar die spektakulärsten, aber nur zwei von vielen Friedensmissionen der Kriegsmarine.

In den Jahren 1868 bis 1871 unternahmen die Fregatte „Donau“ und die Korvette „Erzherzog Friedrich“ eine Reise nach Ostasien. Die Fahrt war von der Triester Handelskammer angeregt worden, um den österreichischen Kauffahrern in Ostasien Schutz zu gewähren und Handelsverträge abzuschließen, zu deren Durchsetzung eine entsprechende Machtentfaltung von Vorteil war. Dem Eskaderkommandanten Kontreadmiral Freiherrn von Petz gelang es, in Siam, China und Japan Handelsverträge unter Dach und Fach zu bringen. (Zwei Jahre später wurden diese anläßlich einer Ostasienreise von S. M. S. „Fasana“ ratifiziert.) Im Anschluß daran überquerte S. M. S. „Donau“ den Pazifik und schloß mit mehreren lateinamerikanischen Staaten Handelsverträge ab.

1869 verfügte Kaiser Franz Joseph I. auf Anraten Tegetthoffs, daß „alljährlich die aus dem 4. Jahrgang der Marineakademie ausgemusterten Kadetten einer zehn- bis zwölfmonatigen Übungskampagne mit transozeanischem Reiseprogramm unterzogen werden, um hierdurch die Kenntnisse, welche sie während des Studiums sich auf theoretischem Gebiete angeeignet haben, praktisch anwenden zu lernen“. 1872 führte die Korvette „Helgoland“ die Kadetten auf mehrmonatige Fahrt nach Brasilien, den Antillen und Nordamerika.

Im Anschluß an die Reisen der „Donau“ und der „Fasana“ stach 1874 S. M. S. „Erzherzog Friedrich“ in See, um die angeknüpften Verbindungen in Ostasien zu festigen und die Flagge zu zeigen. Ferner sollten ozeanographische Messungen durchgeführt sowie die Möglichkeit kolonialer Expansion erkundet werden. Das Schiff lief im Mai 1874 aus, ging nach Singapur, machte einen Abstecher nach Hongkong, Schanghai und Japan und befuhr dann zur Durchführung seiner kartographischen und hydrographischen Aufgabe die Gewässer des Malaiischen Archipels. Auf Borneo kam es zu einem blutigen Zusammenstoß mit Eingeborenen, der auf seiten der Schiffsbesatzung Menschenleben forderte.

Ein ähnliches Unglück widerfuhr einer Landungsabteilung des k. u. k. Kanonenbootes „Albatros“ im Jahre 1896 auf Guadalcanar, einer Insel der Salomonen-Gruppe im Stillen Ozean: bei einem Überfall mußte sie mehrere Tote beklagen. Sonst aber verliefen die zahlreichen Überseereisen von Einheiten der k. u. k. Kriegsmarine (eine einschlägige Aufstellung nennt in den Jahren von 1868 bis 1914 nicht weniger als deren 85!) wie geplant und erfüllten ihren Zweck: Freunde für die Monarchie zu werben, die Flagge zu zeigen, wissenschaftliche Ernte einzubringen und neue Handelsbeziehungen zu knüpfen.

IM PACKEIS DER ARKTIS

(Gemälde von Julius von Payer, Heeres-geschichtliches Museum, Wien)

VIII.

Vorspiel zum Krieg 1897–1914

DER BOXERAUFSTAND IN CHINA –
DIE BALKANKRISE – DIE KRIEGSMARINE WIRD POPULÄR –
MARINEKOMMANDANT ADMIRAL ANTON HAUS –
DIE ADRIA UND IHRE KÜSTEN –
DIE FLOTTENSTÜTZPUNKTE – DAS SEEFLUGWESEN –
DIE DONAUFLOTTILLE – WERFTEN UND SCHIFFSBAUANSTALTEN –
DIE OFFIZIERE UND BEAMTEN –
DIE MANNSCHAFTEN – DER FLOTTENVEREIN –
DIE MITTELMEERPOLITIK VON 1914 – SARAJEWO

AUF ADMIRAL FREIHERR VON STERNECK FOLGTE 1897 VIZEadmiral Hermann Freiherr von Spaun, und mit ihm begann für die k. u. k. Kriegsmarine eine neue Zeit. Eine vorausblickende Bauplanung sorgte für die nächsten 20 Jahre für ein stetes Wachstum der Flotte. Allerdings trug Österreich-Ungarn, obwohl die meisten Staaten in ihren Bauprogrammen schon der Mahan-Doktrin folgten, nur sehr zögernd der Tatsache Rechnung, daß die Aufgabe seiner Flotte nicht mehr nur der Küstenschutz sei. So entsprachen dann auch die unter Admiral Spaun auf Stapel gelegten Einheiten keineswegs dem, was eine Hochseeflotte gebraucht hätte. Die ersten drei „Schlachtschiffe" – mit deren Bau allerdings schon vor Spauns Amtszeit begonnen worden war – hatten nur eine Wasserverdrängung von 5600 t, d. h. daß sie nur halb so groß waren wie die gleichzeitig von den großen Flotten auf Kiel gelegten Einheiten der Schlachtschifftype.

Als 1900 der Boxeraufstand in China ausbrach, kreuzte S. M. S. „Zenta" in den chinesischen Gewässern. Ihr Kommandant, Fregattenkapitän Eduard Thomann von Montalmar, führte ein kleines Matrosen-Landungsdetachement zum Schutz der k. u. k. Gesandtschaft nach Peking. Fregattenkapitän Thomann wurde als Kommandant der internationalen Schar der Verteidiger des Gesandtschaftsviertels von Peking, in das sich die Ausländer geflüchtet hatten, bei einem Angriff der Boxer getötet. Eine Abteilung von Schiffen verschiedener Nationalitäten kämpfte zwar die Taku-Forts, die den Zugang nach Tientsin bewachten, nieder, aber die im Pekinger Gesandtschaftsviertel belagerten Ausländer wurden erst befreit, als nach zwei Monaten ihres Leidens 18.000 Mann Landtruppen und starke Marineabteilungen anrückten.

Österreich-Ungarn entsandte keine Truppen nach China, dafür aber stießen die Kreuzer „Kaiserin und Königin Maria Theresia", „Kaiserin Elisabeth" und „Aspern" zu der auf der Reede von Taku liegenden „Zenta". Den Befehl über diese Schiffsabteilung führte Kontreadmiral Rudolf Graf Montecuccoli. 400 Mann dieser Einheiten nahmen an allen größeren Unternehmungen der internationalen Truppenmacht teil und erlitten dabei im Verhältnis zu den anderen Nationen die größten Verluste.

Nach dem Boxeraufstand unterhielt das Donaureich in Tientsin dauernd zumindest einen Kreuzer (der zumeist eine ältere Einheit war) und sowohl in Tientsin als auch in Peking Wachabteilungen zum Schutze des Konsulats in Tientsin und der Gesandtschaft in Peking, insgesamt 220 Mann. Der Seehandel Österreich-Ungarns mit dem Fernen Osten nahm nach dem Boxeraufstand einen bemerkenswerten Aufschwung.

1905 versammelte sich eine internationale Flotte vor Mytilene, um die Einhaltung der vom Osmanischen Reiche mit den Großmächten geschlossenen Vereinbarungen zu erzwingen. Die Kommandanten der versammelten Kriegsschiffe wählten den k. u. k. Vizeadmiral Julius von Ripper zum Oberbefehlshaber der internationalen Eskader, und es gelang, die Türken zur Erfüllung ihrer Pflichten zu veranlassen.

DIE BALKANKRISE

Im Jahre 1912 schlossen Serbien, Bulgarien, Griechenland und Montenegro ein Bündnis, das sich sowohl gegen die Donaumonarchie als auch gegen die Türkei richtete. Es kam zur „Balkankrise", die schließlich zu den beiden „Balkankriegen" führte. Im ersten dieser beiden Waffengänge (Oktober 1912 bis Mai 1913) brach die osmanische Herrschaft auf der Balkanhalbinsel zusammen. Die Türken mußten sich bis knapp vor Konstantinopel, auf die „Tschataldscha-Linie", zurückziehen. Der Präliminarfriede von London (30. Mai 1913) sollte einen Schlußstrich unter den Krieg ziehen, aber nach der Besiegung der Türkei gerieten sich die verbündeten Balkanstaaten wegen der Verteilung der Beute in die Haare. Es kam zum Abschluß eines rumänisch-serbisch-griechischen Angriffspaktes und schließlich zu einer gemeinsamen Kriegserklärung an Bulgarien (3. Juni 1913). Im Juli 1913 griff auch die Türkei in die Kampfhandlungen ein und besetzte Adrianopel. Im Frieden von Bukarest (10. August 1913) wurden den Bulgaren sehr harte Bedingungen auferlegt. Österreich-Ungarn, das neuerlich Teile seiner Landstreitkräfte an den südöstlichen Reichsgrenzen und die Flotte mobilisiert hatte, erklärte die Bestimmungen des Bukarester Friedens für „kaum geeignet, eine längere Periode des Friedens zu garantieren“.

Das k. u. k. Marinekommando unterhielt während der Balkankrise dauernd Kriegsschiffsverbände an den montenegrinischen und albanischen Küsten. Österreichisch-ungarische Einheiten beteiligten sich auch an der von Großbritannien, Frankreich, Italien, dem Deutschen Reich und der Monarchie durchgeführten Blockade von Skutari, das von montenegrinischen Truppen besetzt war.

Schon nach der ersten Balkankrise mußten sich die europäischen Großmächte mit dem Problem eines selbständigen Staates Albanien auseinandersetzen. Vor allem Wien und Rom forderten die Errichtung dieses Kleinstaates, der sich südlich von Dalmatien der Adriaküste entlang bis zur griechischen Grenze erstrecken und auf diese Weise die Forderung Serbiens nach einem freien Zugang zum Meer vereiteln würde. Die Botschafterkonferenz in London kam im Dezember 1912 den Wünschen von Wien und Rom entgegen und gestand den Serben nur das Benützungsrecht an einem albanischen Hafen – die albanischen Häfen waren Durazzo (Durc), San Giovanni di Medua (Senjin) und Valona (Vlona) – und eine dorthin führende, aber erst zu bauende Bahnlinie zu.

Als Staatsoberhaupt des neugeschaffenen Staates wurde im Einvernehmen zwischen dem Deutschen Reich, Österreich-Ungarn und Italien der deutsche Prinz Wilhelm zu Wied, ein Berufsoffizier, eingesetzt, dessen Gattin mit dem rumänischen Königshaus verwandt war. Der Fürst kam im Frühjahr 1914 ins Land, in dem der Aufruhr tobte. Die immer wieder ausbrechenden Zwistigkeiten zwischen den einzelnen Stämmen wurden von außen, vor allem von Italien, geschürt. Der neue Herrscher verfügte nur über eine Handvoll Gendarmen unter holländischen Kolonialoffizieren und einigen hundert Freiwilligen aus dem griechisch-orthodoxen Norden des Landes. Die Mohammedaner – in Albanien die überwiegende Mehrheit der Bevölkerung – waren ihm feindlich gesinnt. Es kam zur Belagerung Durazzos durch die Aufständischen.

Österreich-Ungarn und Italien entsandten zum Schutze des Fürsten Kriegsschiffe nach Durazzo, deren Landungsabteilungen auch für die Sicherheit der diplomatischen Vertretungen ihrer Länder zu sorgen hatten. Doch die widrigen Verhältnisse ließen es dem Fürsten rätlich erscheinen, sein kleines Reich im Herbst 1914 für immer zu verlassen. Daraufhin wurden auch die vor den albanischen Küsten liegenden Kriegsschiffe abgezogen.

Flottenparade vor Gravosa, dem Hafen von Ragusa, 1880.

Nach wie vor war die Flottenstärke der k. u. k. Marine der Großmachtstellung der Donaumonarchie nicht angemessen. Bei internationalen Regatten gewann sie zwar einen Preis nach dem anderen, doch ein zeitgenössischer Militärhistoriker konnte mit Recht über sie bemerken: „Sehr gute Offiziere, eine sehr gute Flotte – soweit sie besteht."

Mit der Übernahme des Marinekommandos durch den Admiral Graf Montecuccoli im Jahre 1907 kam für die Flotte ein später Aufschwung, der sich vor allem auf dem Gebiet der neuen Schiffstypen bemerkbar machte. Im Jahre 1906 war in England das erste Schlachtschiff der „Dreadnought"-Klasse in Dienst gestellt worden. Eine neue Epoche des Kriegsschiffsbaues war angebrochen. Mit einem Schlag waren die zahlreichen Linienschiffe älterer Bauart obsolet geworden. Die anderen Kriegsflotten waren gezwungen, den „Dreadnought"-Typ nachzubauen, und das gab der Donaumonarchie die Chance, die Sünden der Vergangenheit wiedergutzumachen. Auch hatte sich die Finanzlage Österreich-Ungarns gebessert, und man konnte Geld für den Flottenbau erübrigen.

Dazu kam die rasche Entwicklung der Handelsmarine. 1906 und 1908 wurden neue Eisenbahnverbindungen zwischen Triest, dem Süden der Monarchie, der Schweiz und Süddeutschland eröffnet, die den Schienenweg beträchtlich verkürzten. Infolge der dadurch erreichten Transportverbilligung und einer klugen Zollpolitik wurde Triest mit den italienischen Häfen Genua und Venedig im Verkehr zwischen Mitteleuropa und dem Fernen Osten wettbewerbsfähig. Im Seeverkehr mit Nord- und Südamerika freilich waren die Mittelmeerhäfen gegenüber den großen europäischen Atlantikhäfen in einer ungünstigeren Position.

DIE KRIEGSMARINE WIRD POPULÄR

Ein glückliches Zusammentreffen mehrerer Umstände bewirkte, daß die geringe Anteilnahme von Öffentlichkeit und Regierungsstellen an der Flotte einer echten Anteilnahme wich. Da war vor allem das fühlbare Wohlwollen des Erzherzog-Thronfolgers für die Kriegsmarine. Das Interesse Franz Ferdinands an maritimen Fragen war auf seiner Weltreise 1892–1893 geweckt worden. Obwohl er nie auf einem Kriegsschiff Dienst gemacht hatte, wurde er 1902 zum Admiral ernannt. Wie andere Mitglieder des Erzhauses in gleicher Position vor ihm, setzte er sich tatkräftig für den Ausbau und die Verbesserung der k. u. k. Kriegsmarine ein. Ihm ist zu verdanken, daß man in Österreich-Ungarn endlich zur Kenntnis nahm, Seemacht müsse mehr sein als bloßer Schutz der Küsten, und daß die k. u. k. Marine in den letzten Jahren ihres Bestehens an das Niveau anderer Seemächte angeglichen wurde.

Der Umschwung in der öffentlichen Meinung, dem sich dann auch die Delegationen anschlossen und in ihren Zuwendungen weit großzügiger als bisher zeigten, mag neben der allerhöchsten Förderung auch vom Ausland beeinflußt worden sein: Es war die Zeit der Flottenprogramme und der Matrosenanzüge; das gestärkte Selbstgefühl der Nationen schlug sich in der Anzahl der Panzerschiffe nieder, die auf Kiel gelegt wurden. Die Flotte war mit einem Mal zum Liebkind der Öffentlichkeit avanciert.

Es war für die materielle und personelle Ausweitung der Kriegsmarine ein Glück, daß dieser Umschwung in der Einstellung just jene Kreise erfaßte, die dem Staat nicht gerade freundlich gegenüberstanden, ihre politische Gegnerschaft aber hinter die wirtschaftlichen Gegebenheiten zurückstellten.

So hegten gerade die Tschechen für die Kriegsmarine gewisse Sympathien, weil die Einkünfte aus den Lieferungen des Geschützmaterials aus Pilsen und des Panzerstahls aus Witkowitz den beiden Kronländern Böhmen und Mähren zugute kamen.

Auch die Ungarn konnten die Vorteile nicht übersehen, die ihnen aus ihrer neuen Schiffbauindustrie erwuchsen. Ja selbst die italienisch sprechenden Mitglieder der

Franz Ferdinand, der Erzherzog-Thronfolger, beim Stapellauf des Schlachtschiffes „Viribus Unitis", Triest, 1911.

Delegationen stimmten den beiden großen Marinehaushaltsplänen für die Jahre 1914 bis 1915 zu, die für das erste Halbjahr 1914 ein Erfordernis von 171,398.852 Kronen und für das Verwaltungsjahr 1914/1915 (1. Juli 1914 bis 30. Juni 1915) von 177,266.710 Kronen aufwiesen. (Die größte den Delegationen vorgelegte Summe für den Marinehaushaltsplan war das 1910 vom Grafen Montecuccoli verlangte außerordentliche Erfordernis von 312,000.000 Kronen.)

Auf Grund dieser Geldmittel konnte Admiral Graf Montecuccoli daran gehen, seine Ausbaupläne aus dem Jahre 1911 zu verwirklichen. Sie umfaßten die Ergänzung der Flotte auf einen Stand von 16 Schlachtschiffen, 4 großen und 8 kleinen Kreuzern, 24 Torpedobootszerstörern, 72 Torpedobooten und 12 U-Booten, was dem Vorschlag, den Kontreadmiral Tegetthoff vor mehr als 40 Jahren erstellt hatte, sehr nahe kam.

S. M. S. „Radetzky", 1911. Die 1908 bis 1910 von Stapel gelaufenen Schlachtschiffe dieses Typs von 14.500 t („Radetzky", „Erzherzog Franz Ferdinand", „Zriny") werden auch als Vor-Dreadnoughts bezeichnet.

Die volle Durchführung des Plans wurde allerdings durch den Kriegsausbruch verhindert.

Die drei Klassen der Schlachtschiffe, die vor 1907 fertiggestellt wurden, waren gut geplant und wiesen trotz ihrer geringen Wasserverdrängung eine verhältnismäßig hohe Geschwindigkeit sowie die stärkste Panzerung und Feuerkraft auf, die für diese Schiffsgrößen überhaupt möglich waren. Trotzdem verfügten sie nicht über eine ebenso starke und gleich wirkungsvolle Bestückung wie die Schlachtschiffe anderer Flotten. Der nächste Typ, dem die drei Einheiten der „Radetzky"-Klasse angehörten, die zwischen 1910 und 1911 in Dienst gestellt wurden, waren die letzten Vertreter der „Vor-Dreadnought"-Klasse, die für die k. u. k. Kriegsmarine gebaut wurden. Sie waren beim Kriegsausbruch noch modern, aber mit ihren 14.500 t doch noch kleiner als ihre Artgenossen bei den anderen Seemächten. Die gleichzeitig in den Dienst getretenen Einheiten der französischen „Danton"-Klasse zum Beispiel verdrängten 18.000 t, die englischen 16.500 t. Aber trotzdem waren die drei Vertreter der „Radetzky"-Klasse schon richtige Hochseekampfschiffe.

Zwischen 1912 und 1914 kamen die vier Schlachtschiffe der „Viribus Unitis"-Klasse zur Flotte, die einzigen „Dreadnoughts" der k. u. k. Kriegsmarine. Wieder waren sie, trotz ihrer 20.000 t, kleiner als die meisten ihrer Zeitgenossen, aber sie schnitten im Hinblick auf ihre Größe beim Vergleich doch viel günstiger ab als die anderen schweren österreichisch-ungarischen Einheiten. Sie besaßen zwölf 30,5-cm-Geschütze in vier Drillingstürmen und eine Mittelbatterie von zwölf 5-cm-Geschützen in Kasematten, waren sehr gut gepanzert und verfügten über eine Geschwindigkeit von mehr als 20 kn. Sie gehörten zu den ersten Schlachtschiffen mit Drillingstürmen in der Welt.

Es ist dem Grafen Montecuccoli zu danken, daß drei dieser Schlachtschiffe bei Ausbruch des Krieges fertiggestellt waren. (Die vierte Einheit, der „Szent István", wurde auf der ungarischen Danubius-Werft in Fiume gebaut und war erst im Verlauf des Krieges kampfbereit.) Da eine Verzögerung die Entlassung von erfahrenen Facharbeitern zur Folge gehabt hätte, erklärte sich die bedeutendste Schiffswerft Österreich-Ungarns, das Stabilimento Tecnico in Triest, bereit, mit der Arbeit an zwei Schiffen dieses Typs zu beginnen, noch bevor die Delegationen hiezu die nötigen Mittel bewilligt hatten. Der Admiral nahm das Risiko auf sich und machte von dem Angebot Gebrauch. Da die Delegationen später tatsächlich zustimmten, waren drei Einheiten der „Dreadnought"-Klasse schon zum Kriegsbeginn im Dienst. Der „Viribus Unitis" wurde in der Rekordzeit von 2 Jahren fertiggestellt.

Während der Ausbau der Flotte hauptsächlich den Schlachtschiffen zugutekam, blieb der Mangel an Kreuzern und Torpedobootszerstörern fast unberücksichtigt. Zwischen 1897 und 1900 liefen der Panzerkreuzer „Kaiser Karl VI." (6300 t) und drei Kreuzer der „Zenta"-Klasse (2300 bis 2400 t) vom Stapel; und der kleine Panzerkreuzer „Sankt Georg" (7300 t) folgte 1903. Erst 1909 wurde der leichte Kreuzer „Admiral Spaun" (3500 t) fertiggestellt, und zwischen 1912 und 1913 liefen noch drei weitere Vertreter dieses Typs vom Stapel. Trotzdem verfügte die Kriegsmarine noch immer über viel zu wenige Einheiten dieser Schiffsklasse.

Einige der großen Seemächte stellten um 1900 herum den Bau von Torpedobooten ein, aber Österreich-Ungarn fuhr mit der Kiellegung solcher Einheiten bis zum Krieg fort. Sie waren zu langsam, um sich mit den Torpedo-Einheiten ihrer Zeit messen zu können oder fähig zu sein, die Flotte über die eigene Küste hinaus zu begleiten. Innerhalb der Küstengewässer aber waren sie wertvoll.

Der erste k. u. k. Torpedobootszerstörer von 400 t wurde 1905 in England gebaut. Dann benützte man ihn, wie 50 Jahre zuvor die Fregatte „Radetzky", als Modell und legte in den folgenden vier Jahren elf solcher Einheiten auf Kiel. Obwohl die Zerstörerflotte von 1912 bis 1914 um sechs 850-t-Boote und den 380 t verdrängenden, ursprünglich für die chinesische Kriegsmarine bestimmten „Warasdiner" erweitert wurde, war die Torpedowaffe der k. u. k. Marine noch immer nicht stark genug.

Trotz ihrer alten Vorliebe für die Strategie der Küstenverteidigung besaß die österreichisch-ungarische Kriegsflotte merkwürdigerweise nicht genug U-Boote, die zu jener Zeit als hauptsächlich dem Küstenschutz dienend betrachtet wurden. Zwischen 1907 und 1910 wurden 6 kleine Vertreter dieser Schiffsklasse in Dienst gestellt: zwei in Deutschland gebaute Boote vom „Germania"-Typ, zwei „Lake"-Boote aus dem Marinearsenal von Pola und zwei „Holland"-Boote von einer Werft in Fiume. 1911 wurden in Deutschland fünf 685-t-Boote bestellt, doch sie waren zum Kriegsbeginn noch nicht ausgeliefert und wurden von der deutschen Marine

DIE ENTWICKLUNG DER SCHIFFBAUTECHNIK

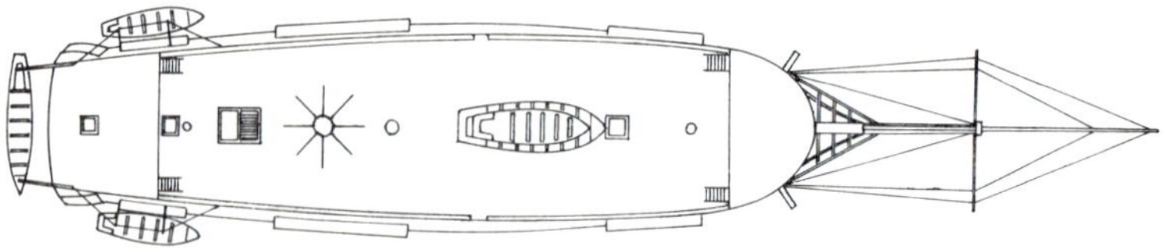

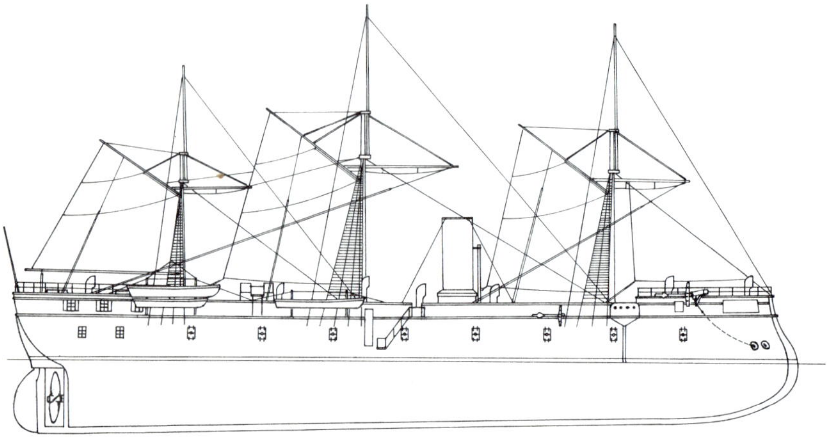

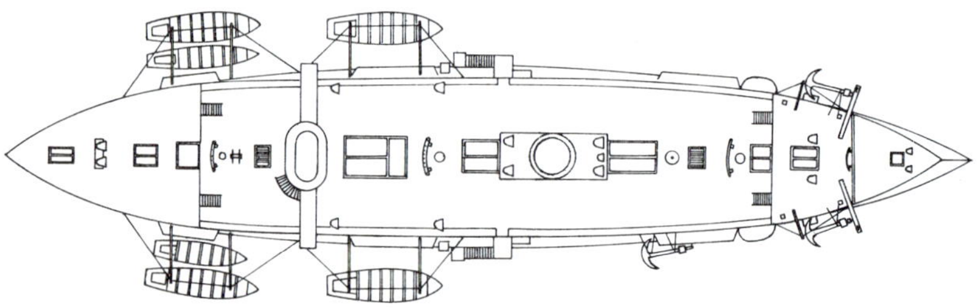

1843 „NOVARA" (links oben). Segelfregatte (vor dem Umbau). Länge 65 m, Wasserverdrängung 2497 t, Bestükkung: vier glatte 60-Pfünder, 44 glatte 30-Pfünder, drei glatte 24-Pfünder, zwei glatte 4-Pfünder; 558 Mann Besatzung.

1863 „ERZHERZOG FERDINAND MAX" (links unten). Panzerfregatte 1. Klasse (mit der bei Lissa geführten Takelung). Länge 80 m, Wasserverdrängung 5212 t, Bestükkung: 16 glatte 48-Pfünder, zwei 8-Pfünder. Geschwindigkeit 12 kn; 511 Mann Besatzung.

1900 „HABSBURG" (rechts oben). Schlachtschiff. Länge 114 m, Wasserverdrängung 8964 t, Bestückung: acht 24-cm-Geschütze, zwölf 15-cm-Geschütze, zehn 7-cm-Geschütze. Geschwindigkeit 20 kn; 631 Mann Besatzung.

1910 „VIRIBUS UNITIS" (rechts unten). Schlachtschiff. Länge 152 m, Wasserverdrängung 20.013 t, Bestückung: zwölf 30,5-cm-Geschütze, zwölf 15-cm-Geschütze, acht 7-cm-Geschütze. Geschwindigkeit 20 kn; 1046 Mann Besatzung.

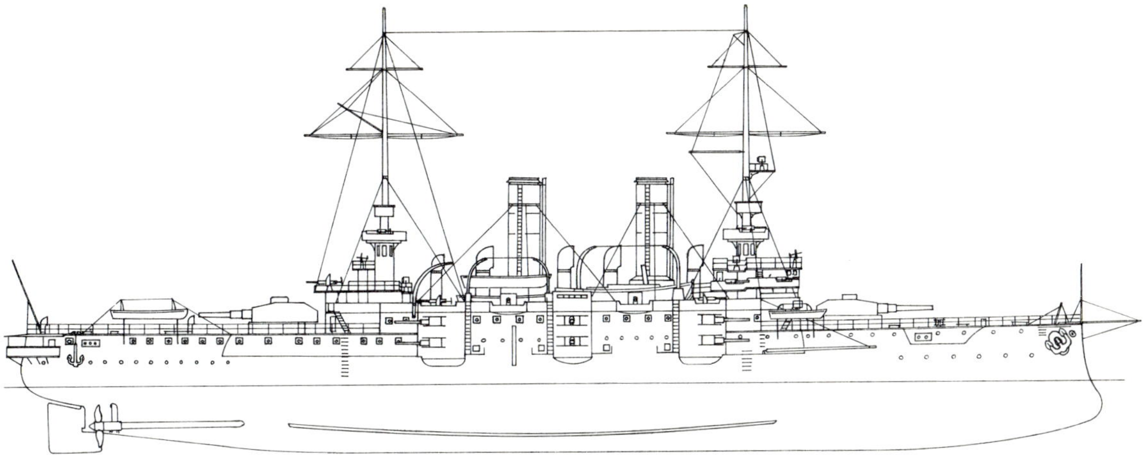

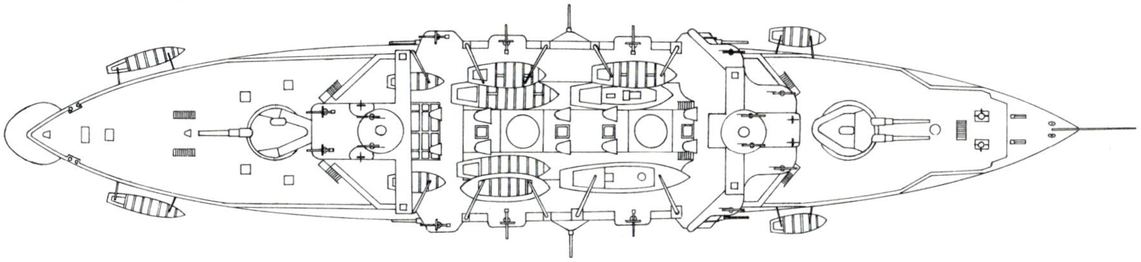

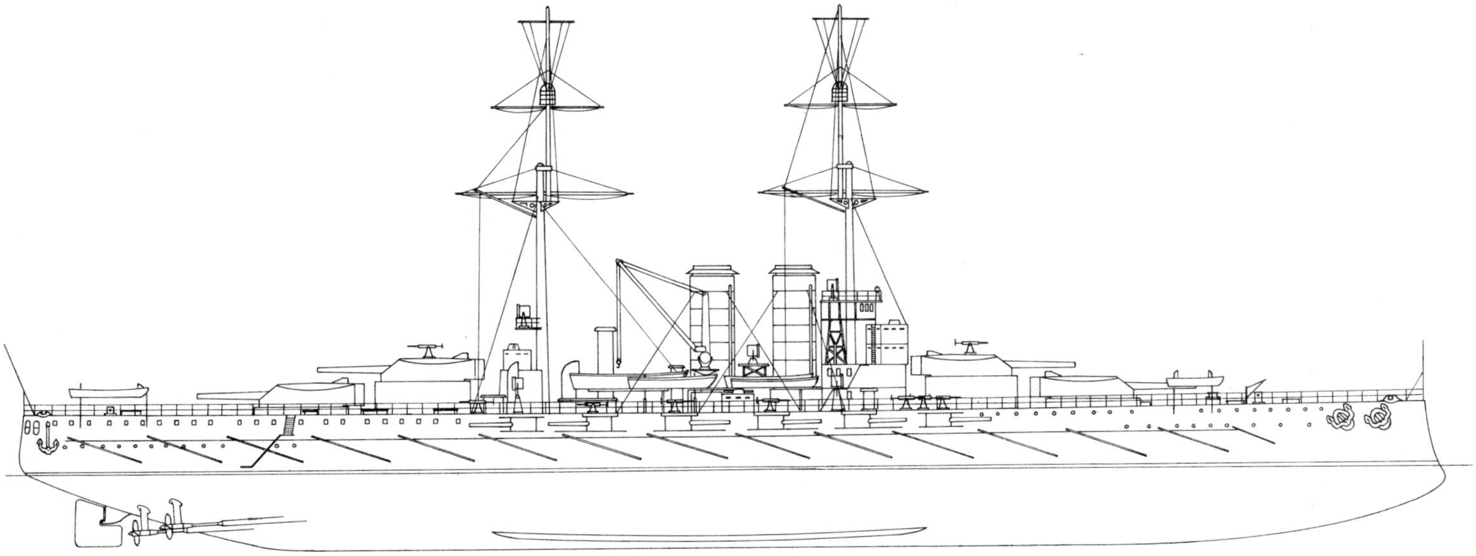

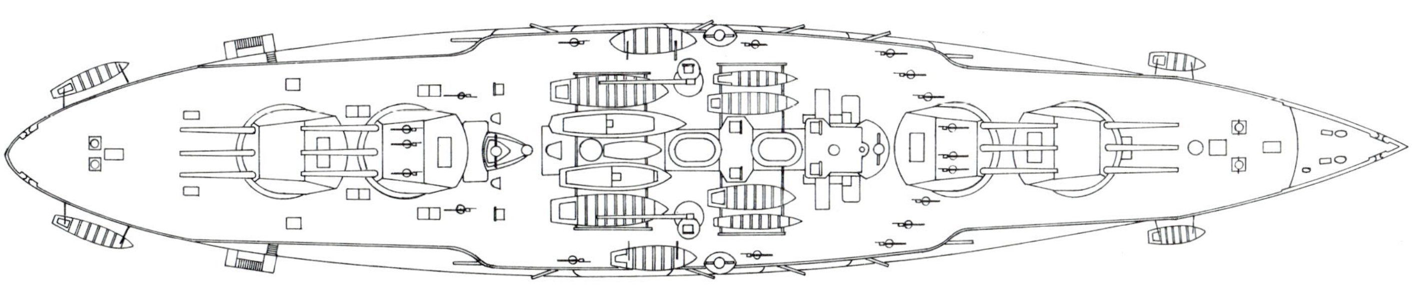

Großadmiral Anton Haus, Marinekommandant 1911–1917.

requiriert. Einige von ihnen kamen während des Krieges in die Adria, aber sie liefen unter deutschem Kommando und führten die deutsche Kriegsflagge.

Im Gegensatz zu dem vorangeführten Mangel an kleineren Einheiten verfügte die k. u. k. Minenwaffe über eine genügende Anzahl von Minenlege- und Minensuch-Einheiten. Im Seeminenwesen zählte die österreichisch-ungarische Flotte neben der russischen zu den führenden Marinen der Welt.

MARINEKOMMANDANT ADMIRAL ANTON HAUS

Im Jahre 1913 übernahm Admiral Anton Haus, ein Mann von hoher Bildung und taktischer Begabung, das Marinekommando. Er war bei seinen Untergebenen beliebt und galt als einer der besten Marineführer seiner Zeit. Um der Flotte näher zu sein, verlegte er den Sitz des Flottenbefehlshabers nach Pola. In der Marinesektion in Wien hatte ein Vizeadmiral als Vertreter des Marinekommandanten die Leitung der Marineverwaltung inne.

1879, ein Jahr nach dem Berliner Kongreß, hatte Österreich-Ungarn mit dem Deutschen Reich ein Verteidigungsbündnis geschlossen, das nach dem einige Jahre später erfolgenden Beitritt Italiens zum Dreibund erweitert wurde. Eine geheime, am 1. November 1913 unterzeichnete Klausel des Vertrages sah vor, daß sich die Flotten der Donaumonarchie und Italiens mit den sich allenfalls im Mittelmeer befindlichen deutschen Kriegsschiffen im Kriegsfall unter dem Kommando des Admirals Haus in Sizilien vereinigen und gemeinsam operieren sollten. Ob die Italiener in einem solchen Falle den k. u. k. Admiral tatsächlich als Oberbefehlshaber anerkannt hätten und ob eine gemeinsame Tätigkeit der beiden Flotten auch wirklich möglich gewesen wäre – zur Beantwortung dieser Fragen ist es durch den Gang der Ereignisse nicht gekommen.

1914 legte Admiral Haus das Programm für den Bau von vier 24.500-t-Schlachtschiffen zu je zehn 35-cm-Geschützen, drei Kreuzern, sechs Torpedobootszerstörern und einem U-Boot vor. Obwohl die Delegationen diesem Vorschlag zustimmten, verhinderte der Ausbruch des Weltkrieges die Durchführung des gesamten Programms; nur vier Zerstörer wurden während des Krieges gebaut.

ENTFERNUNGEN VON POLA (in Seemeilen, 1 sm = 1852 m)

Triest	60	Cattaro	280	Malta	680
Venedig	65	Valona	350	Syrien	800
Ancona	75	Otranto	355	Istanbul	1.125
Sebenico	120	Korfu	425	Port Said	1.250
Lissa	143	Tarent	450	Gibraltar	1.620

DIE ADRIA UND IHRE KÜSTEN

Nun ist auch einiges über die Gewässer zu sagen, in denen die k. u. k. Flotte operierte und die sie verteidigen mußte.

1914 waren von den österreichischen und ungarischen Grenzen von insgesamt 11.667 km 2407 km Festland- und 4630 km Inselküste. Die gesamte Inselküste lag in der Adria, einem Teil des Mittelländischen Meeres, der für gewöhnlich von mildem Wetter und ruhiger See begünstigt ist, doch können plötzlich auftretende Sturmwinde kurze und heftige Wellen erzeugen. Zeitweiser Nebel, die Strömungen zwischen den Inseln und die Gliederung der Küste gestalten die Navigation schwierig. Im Gegensatz zur westlichen, der italienischen Adriaküste, ist die östliche Seite mit großen und kleinen Inseln geradezu übersät und weist zahlreiche Einbuchtungen und Häfen auf. An vielen Stellen reichen die Berge bis an die See, wodurch

Die Bucht von Teodo (Bocche di Cattaro). Im Vordergrund der Panzerkreuzer „Sankt Georg" (7300 t), dahinter der leichte Kreuzer „Helgoland" (3500 t). Die Bucht wird beherrscht von dem schneebedeckten Bergmassiv des 1759 m hohen Lovčen mit den montenegrischen Höhenstellungen, eine ständige Bedrohung für den Kriegshafen.

der Zugang zum Landesinneren erschwert wird. Der Verkehr in Dalmatien vollzieht sich daher vorzugsweise auf dem Seeweg, und deshalb war auch der geräumige Golf von Cattaro im südlichsten Winkel von Dalmatien am besten von See aus zu erreichen. Vom Standpunkt der Küstenverteidigung aus bot die adriatische Ostküste aber die Vorteile, daß sie leicht vermint werden konnte, daß die zahlreichen Inseln die Einrichtung von Beobachtungsstationen begünstigten und daß viele kleine Häfen als Stützpunkte für überraschende Angriffe auf einen gegen die Küste vorstoßenden Feind in Betracht kamen.

Ihrer Natur nach ist die Adria ein Binnenmeer, dessen einziger schmaler Zugang, die Straße von Otranto, im Kriegsfall unschwer zu sperren war. (Dies traf im Ersten Weltkrieg auch tatsächlich ein.) Die Kriegsmarine der Donaumonarchie saß in der Adria wie in einer Falle. Italien, der Nachbar zur See, war zwar zusammen mit dem Deutschen Reich Mitglied des Dreibundes, doch seine stets erneuerten Differenzen mit der Donaumonarchie waren derartig, daß man im Ernstfall kaum mit der Bündnistreue Roms rechnen konnte. Hätte man sich auf Rom verlassen können,

Flotteneinheiten im Hafen von Pola.

so hätte die k. u. k. Marine über eine durchaus ernstzunehmende Operationsbasis verfügt. Der k. u. k. Flotte wären Tarent und andere italienische Kriegshäfen zur Verfügung gestanden, dadurch wäre die Entfernung ihrer Stützpunkte von den maritimen Verbindungswegen der Gegner um 500 sm verkürzt worden, aber noch wichtiger wäre gewesen, daß die österreichisch-ungarischen Kriegsschiffe die Straße von Otranto hätten ungehindert passieren können.

Istrien und Dalmatien, zu denen der Großteil der Küsten gehört, werden von Südslawen, und zwar Slowenen und Kroaten, bewohnt. In den Hafenstädten allerdings, die jahrhundertelang unter venezianischer Herrschaft gestanden hatten, war sowohl völkisch wie kulturell der italienische Einfluß bis zum Ersten Weltkrieg vorherrschend.

DIE FLOTTENSTÜTZPUNKTE

Die Entwicklung zu einem Flottenstützpunkt begann im Jahre 1848. Als dann ein Jahrzehnt später Erzherzog Ferdinand Max das Marinekommando übernahm, wurde das verschlafene istrianische Fischerdorf zum Hauptkriegshafen der österreichischen Marine ausgebaut. Zum Glück für die stets angespannte finanzielle Lage der Monarchie war der Ausbau nicht allzu kostspielig, denn

Pola ist ein Naturhafen, und die vor seiner Einfahrt liegenden Brionischen Inseln bieten nicht nur hinreichenden Schutz, sondern bilden auch eine Reede, in der die Schiffe zu taktischen Artillerie- und Torpedoübungen versammelt werden können. 1914 war Pola ein erstklassiger Marinestützpunkt mit einer Werft, einem großen Arsenal, Helligen, Trocken- und Schwimmdocks sowie Einrichtungen für Ausbesserungsarbeiten an den Schiffen und schließlich Depots für Brennstoffe und Minenmaterial. Festungsgeschütze, Minenfelder, Drahttau- und Holzbarrikaden, Torpedolancierstationen und Wachschiffe sicherten Pola gegen See zu. Die Befestigungen auf der Landseite waren allerdings stark veraltet.

Der zweite Kriegshafen der Monarchie, der Golf von Cattaro (Boka Kotorska), ein an Buchten reicher fjordähnlicher Meereseinschnitt, wurde zu Beginn des Krieges nicht als Kriegshafen erster Klasse angesehen. Er lag vom übrigen Staatsgebiet allzuweit entfernt, und seine einzige Verbindung mit dem Hinterland war eine durchs Gebirge führende Schmalspurbahn. Überdies lag die Bucht im Sicht- und Feuerbereich der montenegrinischen Geschützstellung auf dem benachbarten Berge Lovčen, was die strategische Bedeutung des Kriegshafens für den Ernstfall bedenklich reduzierte. Die österreichisch-ungarischen Kriegsschiffe mit ihrem geringen Aktionsradius konnten von Pola aus die italienischen Hauptkriegshäfen Venedig und Ancona wesentlich leichter erreichen als die „Bocche". Der Schutz der Handelshäfen Triest und Fiume war von Pola aus viel besser zu bewerkstelligen. Ebenso war es für die k. u. k. Seestreitkräfte leichter, von Pola aus die eigenen Truppen an der italienischen Front von der Seeseite her zu decken und die italienischen Gegner zu bedrängen, als dies von Cattaro aus möglich gewesen wäre. Auch waren die Befestigungen dieses Hafens vor dem Krieg noch nicht ausgebaut und hätten einen gleichzeitig von See und von Land aus geführten Angriff kaum erfolgreich abwehren können. Nach der Eroberung des Lovčen durch die österreichisch-ungarischen Truppen im Januar 1916 jedoch wurde Cattaro ein für die leichten Einheiten sehr wichtiger Hafen.

Sebenico, auf halbem Wege zwischen Pola und Cattaro, war nur ein Stützpunkt für kleine Einheiten, und der einzige Schutz dieses Hafens waren eine sehr schmale, daher auch leicht versperrbare Einfahrt und Minenfelder.

Die Inseln Lussingrande und Lussinpiccolo (Losinj) mit dem Hafen Lussin, in Friedenszeiten ein wichtiger Knotenpunkt für den adriatischen Küstenverkehr, waren stark befestigt, denn sie stellten für den Feind eine ideale Angriffsbasis auf Pola dar. Küstenbatterien, Minenfelder und Sperren hielten den Gegner von einem solchen Angriff ab, sonst wäre ganz Dalmatien in Gefahr gewesen.

Pläne für die Errichtung eines zweiten großen Kriegshafens an der dalmatinischen Küste wurden nicht verwirklicht, teils weil die hierfür notwendigen Gelder fehlten, teils weil die beiden Volksvertretungen sich nicht darüber einigen konnten, ob Sebenico (das die Kriegsmarine vorschlug) oder Spalato (für das die Armee eintrat) gewählt werden sollte.

DAS SEEFLUGWESEN

Verhältnismäßig früh wandte die k. u. k. Marineleitung ihr Augenmerk dem Seeflugwesen zu. 1908 wurden einige Seeoffiziere nach Frankreich und England gesandt, um dort fliegen zu lernen. Vorerst schien es, daß die militärische Luftfahrt vor allem für die Aufklärung nützlich sei, und man begann zu prüfen, welcher Flugzeugtyp für diesen Zweck am besten geeignet und daher anzukaufen wäre. Leichter-als-Luft-Typen wurden zwar in Betracht gezogen, aber nicht erworben. Die Wahl fiel auf Flugboote, weshalb einige Curtis-, Levêque- und andere Typen bestellt wurden.

Marineangehörige wurden als Piloten ausgebildet, und auch der Marinekommandant selbst nahm an einigen Flügen teil. Im Anfang holte man sich die Fluglehrer von der Flugzeugindustrie, später von der Fliegerschule der Armee, und ab 1914 besaß die Flotte ihre eigenen Fluglehrer wie auch die für die Luftfahrt notwendigen Einrichtungen.

In Pola wurden im Jahre 1911 eine eigene Erzeugungsstätte für Flugzeuge und ein Flughafen eingerichtet, und schon im folgenden Jahr baute die k. u. k. Kriegsmarine selber Flugzeuge. Während der beiden Balkankriege bestand im Golf von Cattaro schon eine zweite Seeflugzeugstation. Drei Flugzeuge wurden versuchsweise einer Schlachtschiffdivision zugeteilt, aber man entschloß sich dann doch, die Flugboote lieber vom Strand aus starten zu lassen.

Im Krieg traten Seeflugstationen in Triest, Parenzo (Poreć), Fiume, Sebenico und Durazzo (Albanien) wie auch eine zweite Station in Pola hinzu. Zeitweise waren auch auf den Inseln Lissa und Lagosta Seeflugzeuge stationiert. 1914 besaß die Kriegsmarine insgesamt 50 Flugzeuge, von denen 16 Kampfflugzeuge waren.

Die Verbesserungen im Aufklärungswesen durch das Flugzeug wurden von allen Dienststellen der Flotte begrüßt. Später verwendete man die Flugzeuge auch für den Abwurf von Bomben und für die Jagd auf Unterseeboote. Im gleichen Maße als sich die Aufgaben der Marineluftfahrt vermehrten, stieg auch ihr Ansehen. Zwischen der Marineluftwaffe und den anderen Dienstzweigen der Kriegsmarine gab es keinerlei Reibungsflächen.

DIE DONAUFLOTTILLE

Außer der Wolga ist die Donau mit 2735 km Flußlauf der längste Strom in Europa. Mit ihren Nebenflüssen zusammen bewässert sie eine Fläche von 526.500 km². Von Urzeit an war der Strom eine wichtige Herzader für den Handelsverkehr und für militärische Zwecke.

Der k. u. k. Donaumonitor „Leitha", um 1875.
Die 1871 von Stapel gelaufene „Leitha" war mit ihrem Schwesterschiff „Maros" das erste gepanzerte Flußschiff der österreichisch-ungarischen Marine. Der Typenname Monitor stammt von dem berühmten Flußkampfschiff der Nordstaaten, das 1862 während des Sezessionskrieges gegen die konföderierte „Merrimac" das erste Panzerschiffgefecht der Kriegsgeschichte ausfocht.

Im ersten Jahrhundert n. Chr. unterhielten die Römer auf der Donau über 100 Ruderschiffe mit je 80 bis 100 Mann Bemannung. Diese Flußpolizei mit dem Hauptliegehafen in Carnuntum bei Wien (Vindobona) hatte das Überschreiten des Stromes durch Volksstämme aus dem Norden und Osten auf römisches Gebiet zu verhindern.

1440 wurde in Wien eine Werft für den Bau von Donaufahrzeugen errichtet. Während ihrer Kriege gegen Byzanz unterhielten die Könige von Ungarn Flottillen auf der Donau und auf der Save. Durch ihren Sieg über die Türken, 1456, schoben die Einheiten der ungarischen Donauflottille die Inbesitznahme des Königreiches durch die Osmanen auf 70 Jahre hinaus. Das Wirken von Kriegsschiffen auf der Donau während der Feldzüge des Prinzen Eugen wurde schon früher erwähnt. Obwohl keines der damaligen Donauschiffe ausschließlich für den Flußkrieg gebaut gewesen sein dürfte, wurden kämpfende Schiffe und Truppentransporte auf dem Strom bei vielen Gelegenheiten wirkungsvoll eingesetzt (1848); von 1869 an wurde die Donau auch bei Wien reguliert.

Fünf Handelsschiffe, die 1850 bewaffnet wurden, um eine kampffähige Flottille zu bilden, traten bald wieder in die zivile Verwendung zurück. Im Krieg von 1866, als die k. k. Kriegsmarine zur See triumphierte, gab es auf der Donau kein Kriegsmittel, das den Stromübergang der Preußen hätte verhindern können.

Die ersten Kriegsschiffe der Doppelmonarchie auf der Donau waren die Turmmonitoren „Maros" und „Leitha" aus dem Jahre 1871. Sie dienten der werdenden Donauflottille als Kern, standen aber selbst noch zu Beginn des Ersten Weltkriegs im Dienst. Mit geringem Tiefgang und einer Wasserverdrängung von 300 t führten sie einen Turm mit einer 12-cm-Kanone. Sie waren im Weltkrieg die ältesten Einheiten, die im Einsatz standen, und nahmen an einigen der schwersten Gefechte auf der Donau teil.

Der spätere Zuwachs der Donauflottille bestand gleichfalls aus Turmschiffen, die zusätzlich zu ihrer anderen artilleristischen Ausrüstung noch mit 12-cm-Haubitzen armiert waren, mit denen sie auch hoch über dem Strom liegende Ziele erreichen konnten. Die ersten Kampfhandlungen der Monitore fielen in das Jahr 1878, als Österreich-Ungarn Bosnien okkupierte.

1914 zählte die Flottille sechs Monitore (300 bis 540 t) und zwei weitere im Bau, sieben Motorboote (15 bis 36 t) und eine Anzahl von Hilfsfahrzeugen. Während des Krieges vergrößerte sich der Schiffspark um einige Monitoren sowie um Patrouillenboote von 60 bis 133 t, mit 4,7-cm- und 6,6-cm-Geschützen, einer Geschwindigkeit von 12 bis 18 kn sowie einer Bemannung von 25 bis 42 Mann. Viele Handelsschiffe wurden als Hilfskriegsschiffe verwendet.

Die Donauflottille hatte zwei Aufgaben zu erfüllen: Erstens hatte sie der österreichisch-ungarischen Armee durch Patrouillenfahrten und Aufklärungsunternehmen auf dem Strom, den Transport von Truppen und Zubringung des Nachschubmaterials, Beseitigung von Stromhindernissen, wie Barrikaden und Minen, die Beförderung von Kommandoeinheiten für Angriffe, Beschießung feindlicher Stellungen und Beistellung einer beweglichen und mit schweren Geschützen ausgestatteten Artillerie Beistand zu leisten; zweitens hatte sie mit ihren Einheiten gegen den Feind durch Unterbrechung seiner Verbindungslinien, Errichtung von Flußsperren, Kaperung oder Versenkung seiner Schiffe, Vernichtung seines Nachschubs und Verhinderung seiner Flußübergänge zu wirken.

Die Donauflottille war ein Teil der k. u. k. Kriegsmarine, die ihr Offiziere und Mannschaften für den zeitweiligen Dienst auf den Schiffen und Booten zuteilte. In Friedenszeiten unterstand sie einem Fregattenkapitän, im Krieg einem Linienschiffskapitän oder einem Kontreadmiral. Ihr Hauptliegehafen war Budapest, wo sich auch das Flottillenkommando befand. Sie wurde von der Kriegsmarine verwaltet, unterstand operativ aber jenem Kommando des Landheers, in dessen Wirkungsbereich sie tätig war.

WERFTEN UND SCHIFFBAUANSTALTEN

Das schnelle Wachstum der k. u. k. Kriegsmarine in den letzten Vorkriegsjahren war zum großen Teil dem Umstand zu verdanken, daß die Donaumonarchie imstande war, Kriegs- und Handelsschiffe selbst zu bauen und Geschütze und Panzer zu erzeugen.

S. M. S. „Lacroma" auf Inspektionsfahrt.
Der ehemalige kleine Kreuzer „Tiger", 1860 t, Stapellauf 1887, 1906 zur Admiralitätsjacht für den Marinekommandanten umgebaut, in der Folge mehrmals dem Erzherzog-Thronfolger zum persönlichen Gebrauch zur Verfügung gestellt. 1918 an Jugoslawien, 1920 an Italien.
Gemälde von Alexander Bersa von Leidenthal.

Die größte österreichische Werft, das Stabilimento Tecnico in Triest, vermochte Schiffe und Schiffsmaschinen in jeder beliebigen Größe fertigzustellen. Die zweitgrößte Werft, das Cantiere Navale Triestino in Monfalcone bei Triest, war für den Bau von Kreuzern, Zerstörern und kleineren Einheiten eingerichtet.

Auch die Danubius-Werft in Fiume baute vorerst nur kleine Kriegsschiffe. Knapp vor dem Kriege wurde sie aber beträchtlich erweitert und führte die Aufträge auf ein Schlachtschiff, zwei Kreuzer und einige Torpedoeinheiten durch. Da die ungarische Küste nur 1½ sm lang war und sich daher für die Anlage von mehreren Hellingen als zu klein erwies, errichtete man noch weitere Schiffbauanlagen im nahegelegenen Porto Rè und legte dort Torpedoboote auf Stapel. Auch das Stabilimento Lazarus und die Whitehead-Werft in Fiume bauten solche Einheiten, die letztere auch U-Boote.

In Pola war eine auch für die Reparaturen, Dockungen und den Bau von Schiffen aller Größen eingerichtete Werft, aber ab 1911 wurden Kriegsschiffe für die k. u. k. Kriegsmarine nur mehr von privaten Werften gebaut.

Die Geschütze kamen von den Skoda-Werken in Pilsen (Böhmen), die Panzerplatten von den Witkowitzer Eisenwerken bei Ostrau (Mähren), die Torpedos von der Whitehead-Fabrik in Fiume, während die Minen für die Minenleger und die U-Boote bei einer Anzahl anderer Firmen erzeugt wurden.

DER HAFEN VON POLA

(Gemälde von Alexander Kircher, Heeresgeschichtliches Museum, Wien)

Bemerkenswert ist, daß selbst die schwersten österreichisch-ungarischen und deutschen Geschütze Metallkartuschen verwendeten, die sich den seidenen Pulversäcken, wie sie bei anderen Flotten im Ersten Weltkrieg im Gebrauch waren, als überlegen erwiesen.

Der österreichische und der ungarische Schiffbau genossen einen so guten Ruf, daß 1914 in Triest drei Kreuzer und 12 Zerstörer auf Stapel lagen, die für China bestimmt waren. Nach Kriegsbeginn wurde der schon früher erwähnte Zerstörer „Warasdiner", der zu dieser Bestellung gehörte, fertiggestellt und in die k. u. k. Flotte eingereiht. Der übrige Teil des Auftrags konnte nicht mehr erfüllt werden.

DIE OFFIZIERE UND BEAMTEN

Wie schon früher erwähnt, waren die meisten k. u. k. Seeoffiziere Deutschösterreicher, oder sie stammten aus der österreichischen Reichshälfte. Nach ihnen kamen die Triestiner, Fiumaner, Istrianer und Dalmatiner, während die Magyaren zahlenmäßig weniger ins Gewicht fielen. Nur die Seeoffiziere, die Marinegeistlichen und Ärzte wie auch die vom Landheer beigestellten Auditoren gehörten zum Offizierskorps; die Ingenieure, Zahlmeister und die Angehörigen anderer Dienstzweige waren Marinebeamte.

Knapp vor Kriegsbeginn zählte die Kriegsmarine an die 1000 aktive Offiziere und Seefähnriche und fast die gleiche Anzahl von Beamten. Im Krieg stiegen diese Ziffern infolge der Einberufung von Reservisten auf 1500 bzw. 1300.

Man konnte auf zwei verschiedene Arten Marineoffizier werden: Mehr als die Hälfte der Seeoffiziere ging aus der Marineakademie in Fiume mit ihren vier Jahrgängen hervor. Diese Anstalt entsprach einer Mittelschule, und ihre Absolventen traten als Seekadetten in den Dienst. Sie wurden für zwei Jahre eingeschifft, mußten dann die Seeoffiziersprüfung ablegen und wurden, wenn sie diese mit Erfolg bestanden hatten, nach einer kurzen Einschiffung zum Fregattenleutnant ernannt.

Der andere Weg zur Seeoffizierslaufbahn führte nach der Reifeprüfung an einer Mittelschule und einer Aufnahmsprüfung über den Dienstgrad eines Seeaspiranten sowie einer Borddienstleistung von zwei Jahren zur gleichen Seeoffiziersprüfung, die auch die Zöglinge aus der Marineakademie abzulegen hatten.

Die Marineakademie zählte in ihren vier Jahrgängen zusammen an die 150 bis 200 Zöglinge, während die Aspirantenkurse nur im Bedarfsfall aufgestellt wurden und 25 bis 100 Offiziersanwärter umfaßten.

Nach seiner Ernennung zum Fregattenleutnant hatte sich der junge Seeoffizier in Spezialkursen, z. B. im Artillerie-, im Torpedo-, Minen- oder Radiowesen, als Flieger oder im U-Bootsdienst weiterzubilden. Die Linienschiffsleutnants (Hauptleute) hatten für gewöhnlich auch noch einen Artilleriekurs zu absolvieren.

Archibald Hurd, ein britischer Marineschriftsteller, bemerkt in seinem Buch „The Fleets at War“ (London 1914) über die Offiziere der k. u. k. Marine: „In allen Bereichen wird eine hohe Leistungsfähigkeit aufrechterhalten. Die Offiziere sind Männer mit einer ausgezeichneten Ausbildung; sie besitzen ein weitgespanntes Wissen und grenzenlose Einsatzbereitschaft.“

Es darf daher nicht überraschen, daß sich unter der verhältnismäßig geringen Zahl von Marinestabspersonen viele fanden, die auf den Gebieten der Wissenschaft, der Kunst und der Technik Außerordentliches leisteten. So begannen zwei Leuchten der Wiener Medizinischen Schule, Anton von Eiselsberg und Julius Wagner-Jauregg, ihre Laufbahn als Korvettenarzt. Erwähnenswert ist auch, daß Franz Lehár, der Meister der „silbernen“ Wiener Operette, einige Jahre lang Marinekapellmeister war.

Die Kriegsmarine zählte namhafte Erfinder zu den Ihrigen. Von Josef Ressel, dem Erfinder der Schiffsschraube und Fregattenkapitän Johann Luppis, dem Erfinder des Torpedos, war schon die Rede. Auch in der Wirtschaft brachten es Angehörige der Kriegsmarine zu hohem Ansehen, so der berühmte Marineflieger und Maria-Theresien-Ordensritter Linienschiffsleutnant Gottfried Freiherr von Banfield, einer der höchstdekorierten Offiziere der k. u. k. bewaffneten Macht, der zum weltbesten Fachmann für die Hebung gesunkener Schiffe wurde.

DIE MANNSCHAFTEN

Im Jahre 1848 schrieb Franz Grillparzer ein Gedicht, in dem er den Feldmarschall Grafen Radetzky verherrlichte. „In deinem Lager ist Österreich!“ — mit diesen Worten wies er darauf hin, wie gut sich die verschiedenen Nationalitäten der Donaumonarchie in der Armee des großen Feldherrn miteinander vertrügen. Dies traf aber noch mehr auf die k. u. k. Kriegsmarine zu, wo die Angehörigen der verschiedenen ethnischen Gruppen in einer noch engeren Gemeinschaft lebten, als dies bei der Armee im Felde der Fall war. Wie die Soldaten zu Lande kämpften auch die österreichisch-ungarischen Seeleute tapfer und treu für ihren Kaiser und König und das gemeinsame Vaterland.

Rund die Hälfte der Mannschaften kam 1914 aus den Küstenländern der Monarchie. Die Gesamtheit des Mannschaftspersonals setzte sich zusammen aus:

34,1% Südslawen (Kroaten 31,3%, Slowenen 2,8%)
20,4% Magyaren
16,3% Deutschösterreicher
14,4% Italiener
11,8% Tschechen, Slowaken und Ruthenen
3,0% andere (Polen, Rumänen)

Umseitig: Die k. u. k. Eskader (Gemälde von August von Ramberg, Heeresgeschichtliches Museum, Wien).

Deutschösterreicher und Tschechen waren zumeist im Maschinen- und im Elektrodienst zu finden, sie bedienten die schweren Geschütze und gehörten zum Steuer- und Signaldienst. An den mittleren Geschützen standen vorwiegend Ungarn; für den Dienst am Maschinengewehr und bei allen Bordvorrichtungen, die Körperkraft, Zähigkeit und seemännische Fähigkeiten erforderten, wie z. B. der Heizerdienst, die Arbeiten auf Deck, in den Booten oder an den Minen, zeigten sich die Kroaten am besten geeignet.

Die Mannschaft diente vier Jahre aktiv und insgesamt acht Jahre in der ersten und zweiten Reserve. Es gab auch sogenannte „Ein- oder Zweijährig-Freiwillige", zumeist Offiziere der Handelsmarine, die nach Ableistung ihrer Dienstzeit von ein bis zwei Jahren – wobei sie die Dauer selber wählen konnten – zu Seefähnrichen oder Fregattenleutnants, im Krieg zu Korvettenleutnants, ernannt wurden.

Anwärter auf die Laufbahn eines Maschinen- oder Elektrounteroffiziers kamen mit 14 Jahren an die Maschinenschule in Pola; für die Anwärter auf den Unteroffiziersdienstgrad in den anderen Dienstzweigen war die Schiffsjungenschule in Sebenico bestimmt; die Schiffsjungen traten dort mit 14 Jahren ein und verließen sie mit 17 Jahren. Die Absolventen der Maschinenschule waren die einzigen, die nach einigen Dienstjahren als Maschinen- oder Elektrounteroffizier als Marinebeamte (Maschinen- oder Elektrobetriebsleiter) übernommen werden und bis zum vergleichbaren Dienstgrad eines Linienschiffskapitäns (Oberst) aufrücken konnten. Dieses System sicherte der Kriegsmarine einen vorzüglichen Kern von lange dienenden Fachleuten, denen zu einem hohen Grade die Flotte ihr erfolgreiches Wirken im Weltkrieg verdankte.

Das Verhältnis der Offiziere und Beamten zu den Unteroffizieren und Mannschaften war trotz der Sprachschwierigkeiten ein sehr gutes. Jeder Offizier mußte sich notgedrungen in mindestens vier Sprachen verständlich machen können. Jeder Marineangehörige mußte die deutschen Kommandos verstehen und überdies imstande sein, sich in den unter der Mannschaft gebräuchlichsten Bordsprachen, serbokroatisch und italienisch, zu verständigen.

Der Friedensstand der Kriegsmarine betrug im Frieden rund 20.000 Mann und stieg im Krieg auf mehr als das Doppelte.

DER FLOTTENVEREIN

Der Aufbau sowohl der k. u. k. Kriegsmarine als auch der österreichischen Handelsmarine wurde vom „Österreichischen Flottenverein" tatkräftig unterstützt.

Er wurde im Jahre 1904 gegründet, um unter den Völkern der Donaumonarchie das Verständnis für die eigene Seemacht zu verbreiten und zu vertiefen. Wie die

Das Schlachtschiff „Viribus Unitis“ bei Nacht. Die vier Schlachtschiffe dieser Klasse („Viribus Unitis“, „Tegetthoff“, „Prinz Eugen“ und „Szent István“) waren die einzigen Dreadnoughts der k. u. k. Marine.

meisten maritimen Bemühungen des Doppelstaates hatte auch der „Flottenverein“ vorerst nur einen langsamen Start. Aber als 1910 der Erzherzog-Thronfolger Franz Ferdinand das Protektorat über die Vereinigung übernahm und den energischen Prinzen Alfred von und zu Liechtenstein zum Präsidenten des Vereines ernannte, begann dieser rasch zu wachsen. 1914 erreichte er einen Mitgliederstand von 40.000, in dem alle Schichten der österreichischen Bevölkerung vertreten waren. Der Versuch, eine ähnliche Einrichtung auch in Ungarn zu schaffen, blieb erfolglos.

Zu den am meisten begeisterten Anhängern des Vereins zählten die Auslandsösterreicher, die ja aus eigener Anschauung die Wichtigkeit einer eigenen Seemacht erkannt hatten. Besonders wertvoll für den Verband war die Geldsammlung unter diesen fernen Untertanen Seiner Majestät, da sie den Ankauf einiger Flugzeuge der Marine erlaubte.

Nach zahlreichen mißglückten Anläufen, ein weitreichendes Verständnis für das Seewesen zu wecken, sah es im zweiten Jahrzehnt des 20. Jahrhunderts wirklich so aus, als würde Österreich-Ungarn ein wahrhaft seefahrender Staat werden. Das Werk des Flottenvereins hatte Früchte getragen. Der zunehmende Schiffbau und der wachsende Seehandel verliehen der Industrie neue Kräfte und Verdienstmöglichkeiten, wodurch wiederum die maritimen Belange an Volkstümlichkeit gewannen.

Dann kam der Krieg, und alles, was zu diesen verheißungsvollen Entwicklungen beigetragen hatte, fand ein jähes Ende.

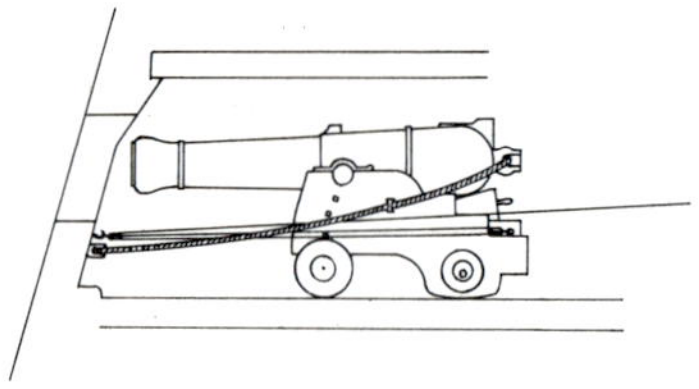

Links oben: 48-Pfünder-Vorderlader in Marsillyrapert, 1866.

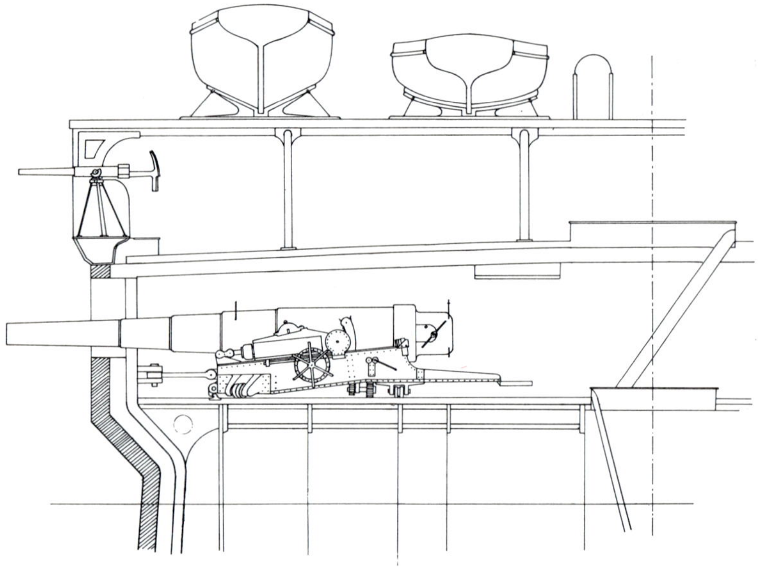

Links unten: 24-cm-Kanone L/35 C/86 auf S. M. Kasemattschiff „TEGETTHOFF“ mit 47-mm-Schnellfeuerkanone (Schnitt durch den Hauptspant).

Rechts oben: Schiffsturmlafette für drei 30,5-cm-Geschütze L/45 („VIRIBUS UNITIS“-Klasse).

Rechts unten: *Drillingsturm:* Ungeachtet ihrer materiellen Schwäche nahm die k. u. k. Kriegsmarine auf technischem Gebiet stets eine führende Position ein. So waren die Schlachtschiffe der „VIRIBUS UNITIS“-Klasse mit Drillingstürmen ausgerüstet. Weder die britische noch die deutsche Kriegsmarine, die damals stärksten Flotten der Welt, kannten diese Bestückung, die später dann Allgemeingut werden sollte. (Vor dem Ersten Weltkrieg existierten Drillingstürme außerdem nur in der italienischen und der russischen Marine.)
Die theoretische Maximalschußweite der 30,5-cm-Geschütze betrug 25 km; bedingt durch den Schartenabschluß der Geschütztürme, der die mögliche Elevation der Geschützrohre beschränkte, war die größte Schußdistanz 18 km.
Die größte *wirksame* Schußdistanz betrug 14 km; die Trefferwahrscheinlichkeit auf diese Distanz bei fahrendem Schiff und guter Schußbeobachtung lag bei 30 bis 40 Prozent.

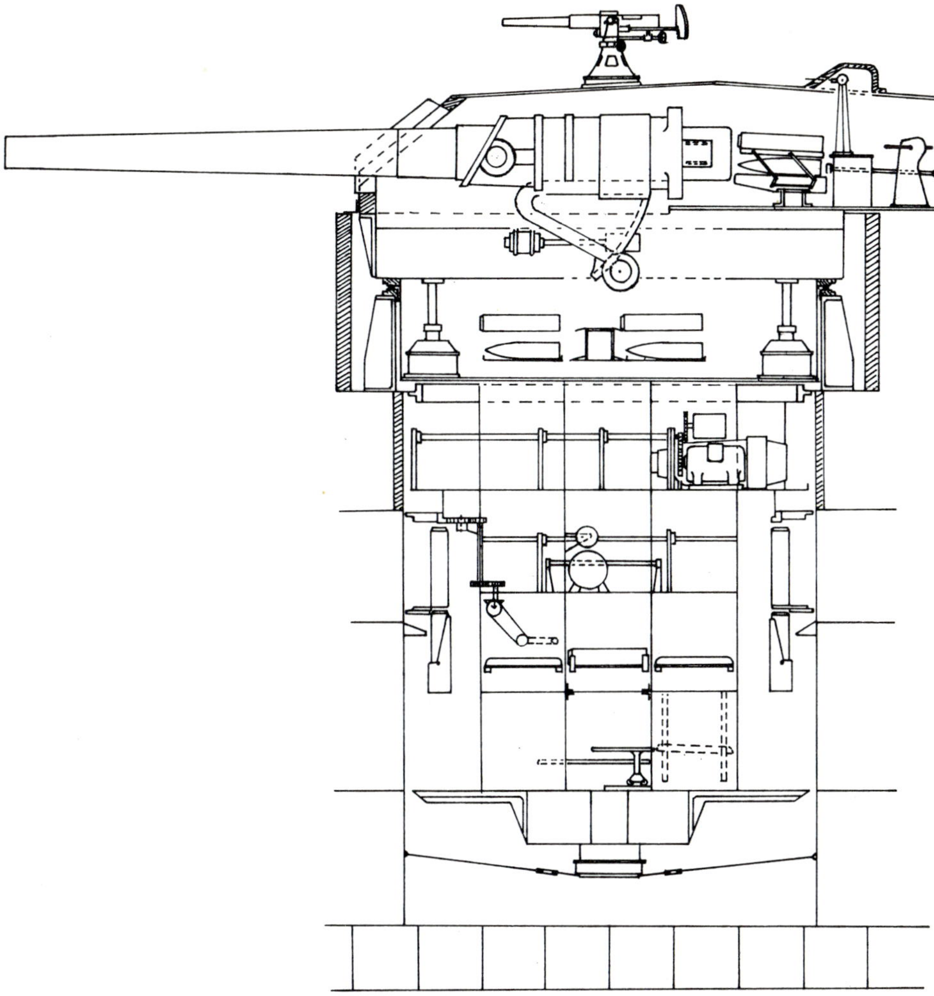

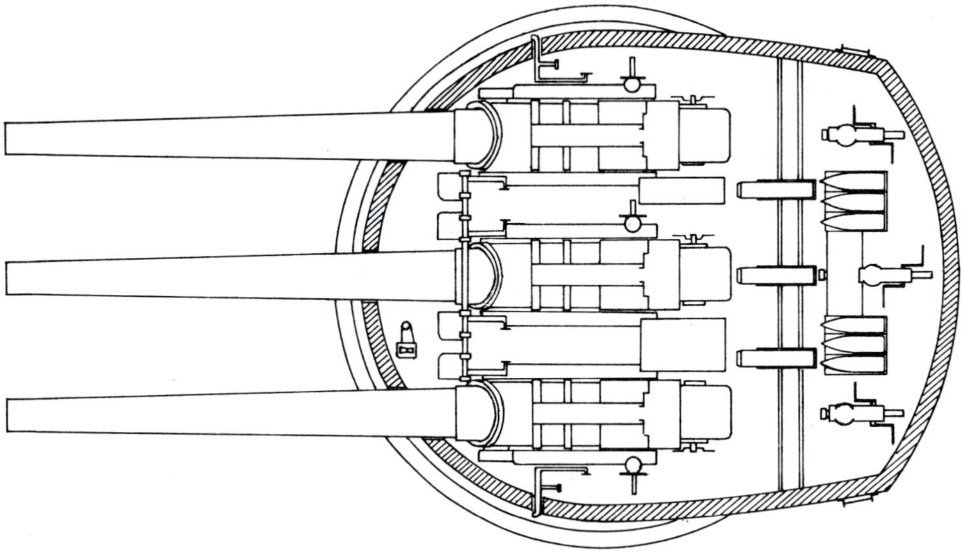

Für Österreich-Ungarn war der freie und sichere Zugang zum Mittelmeer lebenswichtig. Im Frieden war dies von Bedeutung nicht nur für den Handel mit den Anrainerländern, sondern auch deswegen, weil das Mittelmeer die Zugänge zu den Weltmeeren bot, Gibraltar und den Suez-Kanal. In einem Krieg, in dem England unter den Gegnern der Donaumonarchie war, blieben diese allerdings automatisch verschlossen, und es bestand keine Hoffnung, den offenen Ozean zu erreichen. Vom wirtschaftlichen sowohl als auch vom seestrategischen Gesichtspunkt blieb aber der Zugang zum Mittelmeer für Österreich-Ungarn auch im Kriegsfall eine Notwendigkeit. Ohne einen solchen war das Kaiserreich auf die leicht versperrbare Adria beschränkt und damit fast ganz von der Welt abgeschlossen.

Deshalb mußte die Donaumonarchie versuchen, sich einen Hafen entweder in der südlichen Adria, nahe ihrem Ausgang in der Otrantostraße, oder im Mittelmeer selbst zu sichern. Dafür kamen in Betracht das albanische Valona, die Ionischen Inseln, besonders Korfu, und der griechisch-mazedonische Hafen von Saloniki.

In dem Bestreben, einen dieser Häfen zu erwerben, kam die Monarchie aber in einen Gegensatz einerseits zu Italien, anderseits zu Rußland. Das Königreich Italien, das die Adria als eine italienische See betrachtete, hatte seit seiner Begründung sein Augenmerk auf die Ostküste dieses Binnenmeeres und auf die Balkanhalbinsel gerichtet. Mit der Beherrschung dieser beiden Gebiete wäre die Adria tatsächlich ein italienisches Mare Nostrum geworden. Leider erwies sich die Außenpolitik des Habsburgerreiches nicht als stark genug, um mehr zu erreichen, als seine eigene Küste zu halten und dem italienischen Nebenbuhler zu verwehren, in Albanien festen Fuß zu fassen.

Rußland, dem ein eisfreier Zugang zum Weltmeer fehlte, und das sich als natürlicher Führer der slawischen Völker und als Schutzpatron der griechisch-orthodoxen Christen betrachtete, richtete sein Begehren auf Konstantinopel, die Hauptstadt des morschen osmanischen Reiches, und darüber hinaus auf einen Hafen im Mittelmeer. Dies sollte vor allem Saloniki sein, das nahe an der Verbindungsstraße vom Schwarzen Meer zum Mittelmeer und durch den Bosporus und die Dardanellen auch zum Suezkanal sehr günstig liegt. Dieser Hafen hätte Österreich-Ungarn die beste Möglichkeit für einen gesicherten Zugang zu den Handelsstraßen des Mittelmeeres und hinaus auf den offenen Ozean geboten.

So wurde Mazedonien ein Zankapfel zwischen Wien und Petersburg, ebenso wie Albanien eine Quelle des steten, wenn auch nicht offen zutage tretenden politischen Wettbewerbs zwischen Italien und der Donaumonarchie war. Ähnlich wie mit dem italienischen Bundesgenossen wegen Valona, hatte Österreich-Ungarn versucht, sich mit Rußland über Saloniki zu verständigen. Die Übereinkommen des Jahres 1897 und 1905 hatten durch das gegenseitige Versprechen, am Status quo festzuhalten, wohl die Gegensätze gemildert, aber sie hatten ebensowenig eine Lösung gebracht wie die Betrauung Österreich-Ungarns und Rußlands mit der gemeinsamen Durchführung von Reformen in Mazedonien.

Durch die Schaffung eines selbständigen Albanien wurde das Vordringen Serbiens zur Adria wohl verhindert, aber das nach den Balkankriegen in seinem Umfang fast verdoppelte Königreich wandte sich umso stärker dem Gedanken zu, durch Lostrennung der im Reiche der Habsburger lebenden Südslawen und ihre Angliederung an Groß-Serbien den Weg zum Adriahafen doch noch zu erreichen. So war für Österreich-Ungarn auch die „südslawische Frage“ zu einem Hauptproblem sowohl in der Innen- als auch in der Außenpolitik geworden.

Als der k. u. k. Minister des Äußeren, Graf von Aehrenthal, zu Beginn des Jahres 1908 den Bau einer Balkanbahn, die von Sarajewo über den Sandschak Novibazar und das Vardartal nach Saloniki führen sollte, ankündigte, stieß er bei Italien, Rußland, Serbien und Montenegro auf schärfsten Widerstand. Bald nachher schlossen Großbritannien und Rußland ein Abkommen über ihre Interessensgemeinschaft im Orient und in Mazedonien, als dessen unmittelbare Folge die jungtürkische Revolution ausbrach.

Auch ein Versuch Wiens, nun wenigstens eine Einflußsphäre im Gebiet des türkischen Hafens von Alaya (östlich von Adalia) zu gewinnen, um sich damit einen Stützpunkt für seinen Handel mit dem Nahen Osten zu sichern, schlug fehl, weil sich England, Frankreich und Italien diesem Bestreben widersetzten.

Noch fristete der Dreibund, aus dem Italien beträchtliche Vorteile gezogen hatte, das papierene Leben eines Vertrages, obwohl der südliche Partner darin nur noch ein totes Gewicht darstellte. Diesem Bündnis standen die britische Herrschaft über die Meere, die kulturelle Werbearbeit Frankreichs, Rußlands Vormachtbestrebungen auf dem Balkan und die nationalistischen Umtriebe der neuentstandenen Balkanstaaten gegenüber.

Österreich-Ungarns Einfluß auf diesen Brandherd schrumpfte immer mehr zusammen; die Donaumonarchie vereinsamte allmählich und war schließlich mit dem deutschen Bundesgenossen gemeinsam ringsum von Feinden umgeben. Der Ausweg in das Mittelmeer blieb unerreicht, die Monarchie war weiterhin auf das Binnenmeer Adria beschränkt. Der Nachteil dieser Begrenzung sollte sich im Ernstfall aufs Unangenehmste fühlbar machen.

Und der Erstfall ließ nicht lange auf sich warten: am 28. Juni 1914 starben unter den Schüssen eines südslawischen Nationalisten der Erzherzog-Thronfolger Franz Ferdinand und seine Gemahlin. Der Erste Weltkrieg brach aus.

DONAUMONITORE IM EINSATZ
(Gemälde von Max Poosch-Gablenz, Heeresgeschichtliches Museum, Wien)

IX.

Die Operationen bei Kriegsbeginn 1914–1915

DIE STRATEGISCHEN ZIELE –
DIE „GOEBEN“ UND DIE „BRESLAU“ –
DIE EREIGNISSE AUF DEN FLÜSSEN –
DIE BLOCKADE VON MONTENEGRO –
DIE FRANZÖSISCHE FLOTTE IN DER ADRIA

IM JAHRE 1914 BEFAND SICH DAS ALTE REICH DER HABSBURGER, das seinen Besitzstand zu verteidigen hatte, politisch in der Defensive. Der hauptsächliche Gegenspieler der Donaumonarchie war hinter den Kulissen der großen Politik Rußland, der Beschützer Serbiens. Die beiden Großmächte hatten jedoch zur See keine Berührungspunkte, und ihre Flotten standen sich während der ganzen Kriegszeit auch nie gegenüber. Serbien wieder, das seinen Ehrgeiz, ein Ausfalltor zur Adria zu erwerben, nicht befriedigen hatte können, besaß keine Seestreitkräfte. Österreich-Ungarn hatte weder mit Großbritannien noch mit Frankreich besondere Reibungsflächen, aber die Donaumonarchie war durch den Dreibund mit dem Schicksal des Deutschen Reiches verknüpft und daher Feind der Entente-Mächte. Der wirkliche Feind aber war in der Sicht des Habsburgerreiches, und besonders der k. u. k. Kriegsmarine, das dritte Mitglied des Dreibunds: Italien.

Bis zu dem Augenblick, da das Königreich seine beiden Partner im Bündnis im Stich ließ, war jede Planung und Entwicklung der k. u. k. Kriegsmarine von der Überzeugung beherrscht, daß Italien sich früher oder später auf die Seite der Gegner Österreich-Ungarns schlagen werde. Die Richtigkeit dieser Erwartung bestätigte sich dann auch gleich zu Kriegsbeginn, da Italien sich als neutral erklärte. Es suchte diese Haltung durch die Behauptung zu entschuldigen, daß der Dreibund lediglich ein Verteidigungsbündnis sei, weshalb sich das Königreich nicht verpflichtet fühle, Österreich-Ungarn beim Angriff auf Serbien zu unterstützen.

Da Italien nicht gewillt war, die maritimen Vereinbarungen aus dem Dreibund einzuhalten, mußte die Donaumonarchie die Hoffnung aufgeben, den Seekrieg auch außerhalb der Adria zu führen. Pola liegt Hunderte von Seemeilen von den hauptsächlichen Verkehrslinien des Mittelmeers entfernt – Malta z. B. liegt 700 sm weit von Pola. Die Torpedobootszerstörer und Torpedoboote hätten eine so lange Fahrt nicht unternehmen können, ohne auf dem Wege ihr Heizmaterial zu ergänzen.

Wäre die ionische Insel Korfu oder der Hafen von Valona in österreichisch-ungarischem Besitze gewesen, hätte die Doppelmonarchie den Verlust von Italiens Partnerschaft leichter ertragen können. Die k. u. k. Kriegsflotte wäre nicht auf die Adria beschränkt gewesen und hätte die unmittelbare Verbindung zur Türkei aufrechterhalten können. Auch wäre zumindest ein Teil des Seehandels mit der Levante weitergelaufen.

Schon Napoleon hatte mit klarem Blick die unschätzbare strategische Bedeutung der Ionischen Inseln erkannt und 1797 im Frieden von Campo Formio auf den Erwerb der Inseln durch Frankreich bestanden. „Korfu, Zante und Kephalonia sind für uns wichtiger als ganz Italien", urteilte der große Korse. „Korfu und Zante verschaffen uns die Herrschaft über die Adria ..."

Wie schon ausgeführt, versuchte Österreich am Ende der Napoleonischen Kriege die Inseln in Besitz zu nehmen, weil sie früher zu Venedig gehört hatten, stimmte aber dem Verzicht auf sie im Austausch gegen Lissa zu. Später fielen sie an Griechenland.

Österreich-Ungarn war, wie die Dinge nun lagen, nicht imstande, den britischen Handelsverkehr zwischen Gibraltar, Malta und Suez oder die französische Schiffahrt nach Nordafrika zu bedrohen. Frankreich und Großbritannien hinwieder hatten keinen Anlaß, das Risiko eines Angriffs gegen die Seestreitkräfte der Donaumonarchie in deren eigenen Gewässern auf sich zu nehmen. Im Verlaufe des Krieges ergaben sich allerdings Verhältnisse, die eine Aktion der Alliierten gegen die k. u. k. Flotte dringend erforderlich gestalteten, aber aus ihnen mußte sich nicht unbedingt eine Gefechtsberührung mit der österreichisch-ungarischen Kriegsflotte ergeben. Auch von Wien aus gesehen lag kein zwingender Grund für eine großzügige Seekriegführung vor. Die Doppelmonarchie war durch Großbritannien und Frankreich nicht unmittelbar gefährdet und sah daher keine Veranlassung, den übermächtigen gegnerischen Seestreitkräften gegenüberzutreten. Und selbst wenn ein offensives Vorgehen möglich gewesen wäre, hätte dieses wahrscheinlich nur zur Schwächung der österreichisch-ungarischen Flotte beigetragen. Die k. u. k. Kriegsmarine aber war davon überzeugt, daß sie alle ihre Kräfte für den kommenden Waffengang mit Italien aufsparen müsse.

Auf Grund der Gegebenheiten stellten sich der k. u. k. Flotte 1914 folgende Aufgaben:

- die eigenen Küsten zu verteidigen und jene des Gegners anzugreifen;
- die k. u. k. Armeen an der Küste zu unterstützen und zu versorgen;
- mit der Armee gemeinsam amphibische Operationen durchzuführen;
- die eigene Schiffahrt in- und außerhalb der Adria zu decken und die Seeverbindung mit der Türkei aufrechtzuerhalten;
- die Neutralen zugunsten der Zentralmächte zu beeinflussen.

Dies konnte, wie der amerikanische Admiral Mahan dargelegt hatte, am besten durch die Vernichtung oder Blockierung der feindlichen Seestreitkräfte geschehen.

Tatsächlich konnte sie ihre Aufgaben nur in der Adria erfüllen; was außerhalb dieses Binnenmeeres lag, überstieg ihre Kräfte und Möglichkeiten.

Auch bevor Italien der Tripelallianz – Großbritannien, Frankreich und Rußland – beitrat, unterhielten diese Mächte 650.000 t an Kriegsschiffsraum im Mittelmeer, während die Mittelmächte nur über 245.000 t verfügten. Mit Italien auf seiten der Entente erhöhte sich die Tonnage der Alliierten auf 950.000, was einem Verhältnis von 4:1 zu deren Gunsten entsprach. Überdies wurde durch den Kriegseintritt Italiens die Blockade der Adria seitens der Alliierten ungemein erleichtert.

Österreich-Ungarn mobilisierte am 28. Juli 1914, dem Tag der Kriegserklärung an Serbien. Am 1. August erhielt Admiral Haus vom k. u. k. Oberkommando die den Kriegsfall betreffenden Weisungen. „Im Falle daß Italien seiner Bündnispflicht nicht nachkommen sollte“, beschränkten sich die Aufgaben des Marineoberkommandanten „auf die Verteidigung der Adria“. Ferner war Haus ermächtigt, „nach eigenem Ermessen ... Maßnahmen zwecks Unterdrückung der Zufuhr von Kriegskonterbande nach Serbien und für sonstige Gegner zu treffen“. Die Einheiten, die sich in Triest und Monfalcone nahe der italienischen Grenze in Fertigstellung befanden, wurden nach Pola abgeschleppt und dort fahrbereit gemacht. Die Aufgabe, die Landtruppen im Golf von Cattaro zu unterstützen, wurde den dort liegenden älteren Schiffen übertragen. Die Einheiten der k. u. k. Kriegsmarine, die sich im Ausland befanden, wurden, wo dies möglich war, in die Heimat zurückberufen. Die Handelsflotte der Donaumonarchie war über die ganze Welt zerstreut; ein Drittel ihrer Schiffe wurde in neutralen Häfen interniert oder von den Alliierten beschlagnahmt. Viele von den Handelsschiffen, die sich in die Heimat durchschlagen konnten, wurden im Prokljansee bei Sebenico stationiert. Die Schiffahrt an den eigenen Küsten wurde fortgesetzt.

In den ersten Augusttagen war die Lage im Mittelmeer für beide Seiten recht verworren. Deutschland erklärte am 1. August den Krieg an Rußland und am 3. August an Frankreich; Großbritannien schloß sich seinen Entente-Partnern am 4. August an. Italien, das am 3. August seine Absicht, neutral zu bleiben, erklärt hatte, mobilisierte am 4. August, obwohl Österreich-Ungarn sich mit den Westmächten noch bis zum 12. August im Friedenszustand befand. Montenegro, Serbiens Verbündeter und Ausfalltor zum Meer, brach die diplomatischen Beziehungen mit Österreich-Ungarn erst am 6. August ab.

Obwohl die k. u. k. Kriegsmarine überzeugt war, daß sie mit Italien als Feind zu rechnen habe, ordnete Admiral Haus, der einen raschen Kriegsverlauf erwartete, die Streichung des Bauprogramms für das laufende Verwaltungsjahr an. Die vorgesehenen Baugelder wurden an die Finanzbehörde zurückerstattet, und viele im Schiffbau hochqualifizierte Arbeitskräfte wurden in die Armee eingereiht. Ein 250-t-U-Boot, das die Firma Whitehead auf gut Glück auf Stapel gelegt hatte, wurde angekauft und erhielt die Bezeichnung „U 12".

Die Ansicht des Flottenkommandanten, daß der Krieg nur von kurzer Dauer sein werde, kam der Kriegsmarine teuer zu stehen. Die Flotten der Alliierten und Italiens wurden während des Krieges durch Neubauten vermehrt, die Anzahl der k. u. k. Einheiten jedoch verringerte sich, weil die versenkten Schiffe und Boote nicht mehr ersetzt werden konnten. Die im Dienst stehenden Einheiten veralteten.

Ein k. u. k. Kriegsschiff, das beim Ausbruch des Krieges nicht mehr in die Heimat zurückkehren konnte, war der Kreuzer „Kaiserin Elisabeth", der sich zu diesem Zeitpunkt in den chinesischen Gewässern befand. Zu alt, um Handelskrieg zu führen, wurde er, nachdem Japan zwei Tage nach seiner Kriegserklärung an das Deutsche Reich am 27. August auch mit Österreich-Ungarn in den Kriegszustand getreten war, zur Verteidigung der deutschen Kolonie Kiautschau dorthin beordert. Als der Kreuzer seine ganze Munition verschossen hatte, wurde er von der eigenen Bemannung versenkt. Vorher hatte man die Bordgeschütze ausgebaut und an Land gebracht, wo sie die Verteidigungslinie der deutschen Stellungen verstärkten und gute Dienste leisteten. Die Bemannung des Kreuzers nahm an der Seite ihrer deutschen Kameraden an der Verteidigung von Tsingtau teil. Bei der Kapitulation Tsingtaus am 7. November gerieten auch die k. u. k. Seeleute in Kriegsgefangenschaft und wurden in einem japanischen Lager interniert.

Das Gros der französischen Flotte bildete das Mittelmeergeschwader unter Vizeadmiral Boué de Lapeyrère, der laut dem britisch-französischen Marineübereinkommen auch Oberbefehlshaber der alliierten Seestreitkräfte im Mittelmeer war. In den ersten Kriegstagen war die Hauptaufgabe der französischen Kriegsmarine die sichere Überführung des 19. Armeekorps – 80.000 Mann – von Nordafrika auf den europäischen Kriegsschauplatz. Zu gleicher Zeit bewachten die britischen Kreuzer unter Admiral Sir A. Berkeley Milne die Einfahrt in die Adria.

15-cm-Geschütz S. M. S. „Kaiserin Elisabeth“ vor Tsingtau.
Bevor der Kreuzer von seiner Besatzung im Hafen von Tsingtau selbst versenkt wurde, baute man zwei 15-cm-Geschütze aus und schaffte sie an Land, um die Verteidigungslinie der deutschen Festung zu stärken.

DIE „GOEBEN“ UND DIE „BRESLAU“

Die Deutschen besaßen im Mittelmeer zwar keine Stützpunkte, so daß sie auf die Häfen ihrer Verbündeten angewiesen waren, unterhielten aber, um ihr Interesse an diesem Seegebiet zu beweisen, von 1912 an dort zwei Kriegsschiffe. Im August 1914 waren es der Schlachtkreuzer „Goeben“ und der Leichte Kreuzer „Breslau“, beide Schiffe Neubauten, unter dem Kontreadmiral Wilhelm Souchon, die sich bei Kriegsausbruch im westlichen Mittelmeer befanden.

1913 hatten die Mitglieder des Dreibunds vereinbart, daß es beim Beginn der Feindseligkeiten ihre vordringlichste Aufgabe zu sein habe, das 19. französische Armeekorps in Afrika abzuriegeln. Im Sinne dieser Planung sollten sich die drei Flotten in der Nähe von Messina (Sizilien) versammeln. Allem Anschein nach gab es zwischen den deutschen und den österreichisch-ungarischen Marinekommandostellen keine Absprache darüber, was bei einem Ausfall Italiens zu geschehen habe. Daher fand Admiral Souchon, als er am 2. August mit seiner Abteilung Messina anlief, weil der Krieg mit Frankreich bevorstand (der am nächsten Tag erklärt wurde), dort weder die k. u. k. noch die italienische Flotte vor. Er entschied sich

Der deutsche Panzerkreuzer „Goeben“, 23.000 t, während seines erfolgreichen Durchbruchs durch das östliche Mittelmeer.

daher, auf eigene Faust zu handeln. Er ging an die Küste von Algier, beschoß dort die französischen Einschiffungshäfen Bône und Philippeville und war am 5. August wieder in Messina, um zu kohlen. Aber noch immer waren die Verbündeten nicht eingetroffen.

Da Berlin sich nicht entscheiden konnte, wohin Souchon nun zu gehen habe, faßte der Kontreadmiral den Entschluß, seinen Kurs in die Türkei zu setzen, um zu versuchen, das Osmanische Reich für den Eintritt in den Krieg an der Seite der Mittelmächte zu gewinnen. Um diese Zeit standen das Deutsche Reich und Großbritannien schon im Krieg, und die kleine deutsche Flottenabteilung war ringsum von Feinden umzingelt. Sowohl Souchon selbst als auch der deutsche Admiralstab in Berlin ersuchten Admiral Haus, nach Messina auszulaufen, um den beiden deutschen Kriegsschiffen bei deren Versuch beizustehen, den drei Schlachtkreuzern und vier Panzerkreuzern des Admirals Milne, von denen jeder der ersteren drei der „Goeben“ ebenbürtig war, zu entwischen.

Der k. u. k. Marinekommandant befand sich in einer äußerst schwierigen Lage. Das Marineübereinkommen des Dreibunds aus dem Jahre 1913 unterstellte alle Kriegsschiffe dieses Bündnisses im Mittelmeer seinem Oberbefehl. Aber nur ein Teil der k. u. k. Flotte war kriegsbereit, und die Italiener, auf deren Mithilfe das Übereinkommen weitgehend gegründet war, versagten ihre Partnerschaft. Die Donaumonarchie befand sich mit Großbritannien und Frankreich noch nicht im Krieg, und der k. u. k. Marinekommandant hatte vom Ministerium des Äußeren strengen Auftrag, jede wie immer geartete unfreundliche Handlung gegen englische Schiffe und Waren unbedingt zu vermeiden. Dann traf vom Armeeoberkommandanten Erzherzog Friedrich eine erläuternde Weisung ein: „Da Ministerium des Äußeren Krieg mit England zu vermeiden hofft und Unternehmungen gegen englische Schiffe diesen herbeiführen würden, scheint Unterstützung von ‚Goeben' und ‚Breslau' nur dann angezeigt, wenn sich diese Schiffe in die Adria unter Schutz durch unsere Flotte oder in unsere Territorialgewässer begeben sollten."

Dem Admiral blieb kein anderer Ausweg, als die Bitte des Verbündeten, nach Messina zu gehen, abzuschlagen. Am 6. August wurde er vom deutschen Admiralstab verständigt, daß die beiden Kreuzer den Hafen von Messina verlassen hatten und vielleicht in die Adria einlaufen würden. Daraufhin lief Admiral Haus mit allen verfügbaren Einheiten gegen Süden aus, um die deutsche Schiffsabteilung aufzunehmen. Souchon versuchte aber nicht, in die Adria durchzubrechen, sondern steuerte in Richtung Dardanellen. Haus kehrte nach Pola zurück. Den beiden deutschen Kriegsschiffen gelang es tatsächlich, sich nach Istanbul durchzuschlagen. (Sie wurden in der Folge von der türkischen Marine übernommen.)

Der Umstand, daß die beiden deutschen Einheiten trotz überwältigender feindlicher Übermacht entkommen konnten, bewies eine mangelnde Koordination zwischen England und Frankreich. Doch zwischen den beiden Verbündeten Deutschland und Österreich-Ungarn herrschte nicht nur mangelnde Koordination, sondern auch ein völliges Nichtverstehenwollen des Bundesgenossen. Wie anders hätte sonst kurz nach dem Durchbruch der „Goeben" und der „Breslau" in die türkischen Gewässer der deutsche Admiralstab dem Admiral Haus nahelegen können, mit der gesamten k. u. k. Flotte in das Schwarze Meer zu gehen, um gegen die Russen zu kämpfen und die Balkanvölker auf die Seite der Mittelmächte zu ziehen?

Selbst wenn die österreichisch-ungarische Flotte für ein solches Unternehmen zahlenmäßig stark genug gewesen wäre, hätte sie dem deutschen Wunsch nicht Folge leisten können. Denn auch ein Sieg über die russische Schwarzmeerflotte hätte es nicht gerechtfertigt, die heimischen Küsten ohne jede Verteidigung von See aus zu lassen – mit einem möglicherweise feindlichen Italien an der Flanke und weit überlegenen Seestreitkräften zwischen den k. u. k. Schiffsdivisionen und ihren heimischen Stützpunkten.

Das deutsche Ansinnen hätte ungefähr das gleiche bedeutet, wie wenn Österreich-Ungarn von der deutschen Hochseeflotte verlangt hätte, durch den Englischen Kanal und die Straße von Gibraltar zu laufen, um den „weichen Unterleib" Frankreichs anzugreifen. Es ist kaum anzunehmen, daß irgendein deutscher Admiral

Donaumonitor „Temes“ im Einsatz.
Das später in „Bosna“ umgetaufte Kriegsschiff war die modernste und stärkste Einheit der Flotille (600 t; zwei 12-cm-Geschütze und drei 12-cm-Haubitzen).

etwas Derartiges unternommen hätte. Nur Unkenntnis der Sachlage oder Mißachtung der Interessen des Bundesgenossen konnten einen solchen Vorschlag zeitigen.

Die mangelnde Unterstützung österreichischerseits beim Durchbruch der beiden deutschen Kriegsschiffe wird manchmal zum Anlaß genommen, um die Leistungen der k. u. k. Kriegsmarine im Ersten Weltkrieg herabzusetzen. Aber wenn man ihre gewaltige materielle Unterlegenheit und die Ungunst der Verhältnisse bedenkt (die alliierte Übermacht zur See war im Mittelmeer dreimal so groß wie in der Nordsee), so stand die österreichisch-ungarische Kriegsmarine an Angriffslust und Tatenfreudigkeit der deutschen in keiner Weise nach.

DIE EREIGNISSE AUF DEN FLÜSSEN

Die ersten Schüsse des Weltkriegs 1914–1918 fielen am 29. Juli um 2.20 Uhr, als der Monitor „Temes“ der k. u. k. Donauflottille die Befestigungen von Belgrad unter Feuer nahm. In dieses Artillerieduell schalteten sich bald nachher auch die beiden Monitoren „Bodrog“ und „Szamos“ ein. Von jenem Tage an war die Donauflottille an jeder größeren Aktion auf der Donau und Save beteiligt. Abge-

Ein russisches U-Boot in der Donau.
Die Russen wollten den Schiffsverkehr auf der Donau durch kleine Fluß-U-Boote stören. Der Versuch scheiterte. Im Bild der bewaffnete österreichisch-ungarische Dampfer „Samson“ mit dem in rumänischen Gewässern aufgebrachten U-Boot.

sehen von den Flußkanonenbooten im amerikanischen Sezessionskrieg, stand die österreichisch-ungarische Donauflottille wahrscheinlich mehr im Einsatz als die Einheiten irgendwelcher anderer Flußstreitkräfte in der Geschichte.

Auch Rumänien und Rußland besaßen Flußkampfschiffe, aber sie traten mit den Einheiten der Donaumonarchie nur selten in Gefechtsberührung. Die k. u. k. Donauflottille hatte nicht nur gegen die feindlichen Landtruppen, gegen Barrikaden und Minen zu kämpfen, sondern auch gegen das Unverständnis und die geringe Erfahrung der eigenen Armeekommandanten in bezug auf die Möglichkeiten des Eingreifens der Flottille. Denn, wie schon früher erwähnt, unterstanden sie dem Armeebefehlshaber, in dessen örtlichem Bereiche sie zeitweilig operierten.

Viele der Unternehmungen der Landarmee wären ohne Unterstützung durch die Flottille nicht geglückt. Jedesmal, wenn die Armee die Donau überschritt, hatten die Monitoren und die Patrouillenboote den Übergang zu decken. Durch das Räumen von Minen und Barrikaden sorgten sie für den Materialnachschub für die vorrückenden Truppen und öffneten nach der Niederkämpfung von Serbien den Mittelmächten den Verbindungsweg in die Türkei.

Patrouillenboote „Wels“ und „Barsch“.

Die Donauflottille beteiligte sich an der österreichisch-ungarischen Offensive gegen Serbien und deckte den Rückzug der Truppen aus diesem Land. Sie war beim Angriff auf Serbien im Herbst 1915, der zweiten Offensive, zur Stelle; nach der Kriegserklärung Rumäniens an die Donaumonarchie vom 27. August 1916 beschoß sie den Hafen von Giurgiu und versenkte zwei rumänische Patrouillenboote; sie zerstörte eine rumänische Schiffsbrücke bei Rajhovo und machte damit einen Angriff der Rumänen gegen die Nachhut der vorrückenden k. u. k. und deutschen Truppen zunichte.

Nach der Niederlage Rumäniens im Jahre 1917 säuberten die österreichisch-ungarischen Minenräumer den Unterlauf der Donau von allen Hindernissen und ermöglichten damit den Transportverkehr, vor allem die Beförderung des für die Mittelmächte lebenswichtigen Heizöls, auf dem Strom. Sie nahmen die Häfen des Gegners in Besitz und bemächtigten sich ihrer Anlagen, noch bevor diese vom abziehenden Feind zerstört werden konnten.

Neue Aufgaben traten an sie heran, als im Frühjahr 1918 die Armeen der Mittelmächte die Ukraine besetzten. Da es dort keine Schiffe gab, die entlang der Flüsse den Truppen Deckung bieten konnten, wurden mehrere Monitore und Patrouillenboote Dnjepr aufwärts entsandt. Sie kamen bis nach Alexandrowsk, nördlich von Rostow am Asowschen Meer. Dabei mußten sie das Schwarze Meer überqueren, eine für flachbordige Fahrzeuge mit geringem Tiefgang ganz gewaltige navigatorische Leistung.

DIE BLOCKADE VON MONTENEGRO

Im Jahre 1914 fiel der k. u. k. Flotte vorerst die Aufgabe zu, das kleine Königreich Montenegro an der Südküste der Adria zu blockieren. Diese Blockade wurde gemäß den internationalen Gepflogenheiten am 10. August ausgesprochen. Die zweite Aufgabe bestand darin, die Geschütze auf dem fast 1800 m hohen Lovčen zum Schweigen zu bringen, da von diesem Berge aus die Montenegriner die Befestigungsanlagen des Golfes von Cattaro beherrschten und jede Bewegung auf seinen Gewässern beobachten konnten.

Die optische Überwachung des Golfes durch den Gegner und der geringe Fahrbereich der österreichisch-ungarischen Einheiten verhinderten Überraschungsangriffe auf die britischen und die französischen Kriegsschiffe – Großbritannien und Frankreich hatten am 12. August der Donaumonarchie den Krieg erklärt –, welche die Straße von Otranto versperrten. Um solche Unternehmungen bei Nacht durchführen zu können, hätten die k. u. k. Einheiten bei Tag aus dem Golf auslaufen müssen, wären gesichtet worden, und der Gegner wäre vorzeitig gewarnt worden.

Am 14. August erhielt Vizeadmiral de Lapeyrère, der sich mit der französischen Flotte in Malta befand, den Befehl, in der Nähe des Golfes von Cattaro zu kreuzen, um die Absperrung der montenegrinischen Küste durch die k. u. k. Seestreitkräfte zu durchbrechen. Mittlerweile hatten die beiden kleinen k. u. k. Kreuzer „Szigetvár" und „Zenta" am 8. August mit ihren 12-cm-Geschützen die Hafeneinrichtungen von Antivari zerstört, wobei S. M. S. „Szigetvár" die ersten Schüsse abgab, die im Ersten Weltkrieg in der Adria fielen.

Die gesamte französische Mittelmeerflotte, der sich zwei britische Kreuzer und 12 Torpedobootszerstörer angeschlossen hatten, sichtete am 12. August, als sie ein Nachschubschiff in den Hafen von Antivari konvoiieren wollte, den kleinen Kreuzer „Zenta" und den 400-t-Zerstörer „Ulan", die als Blockadeeinheiten an der montenegrinischen Küste kreuzten. Die 30,5-cm-Geschütze der französischen Schlachtschiffe eröffneten das Feuer auf eine Entfernung, die weit jenseits der Reichweite der Artillerie der „Zenta" lag. Bald schlugen die Granaten auf dem wehrlosen k. u. k. Kreuzer ein und setzten die Maschinen außer Betrieb. Aber die „Zenta" schoß aus allen Rohren weiter, bis sie mit wehender Flagge sank.

Inzwischen eilte der „Ulan" im Hagel der Geschosse von den Schlachtschiffen, Kreuzern und Torpedoeinheiten der Feinde gegen Cattaro. Obwohl sich die Verfolger dem kleinen Zerstörer bis auf 4000 m genähert hatten, entkam der Gejagte ohne Treffer und Verluste in den rettenden Hafen.

Die Franzosen hatten wohl die sechs Tage alte Blockade durchbrochen, aber es war für sie trotzdem kein stolzer Tag: das Aufgebot ihrer ganzen Flotte mit 500 Geschützen hatte einen altersschwachen kleinen Kreuzer vernichtet, und der Zerstörer war ihnen entschlüpft.

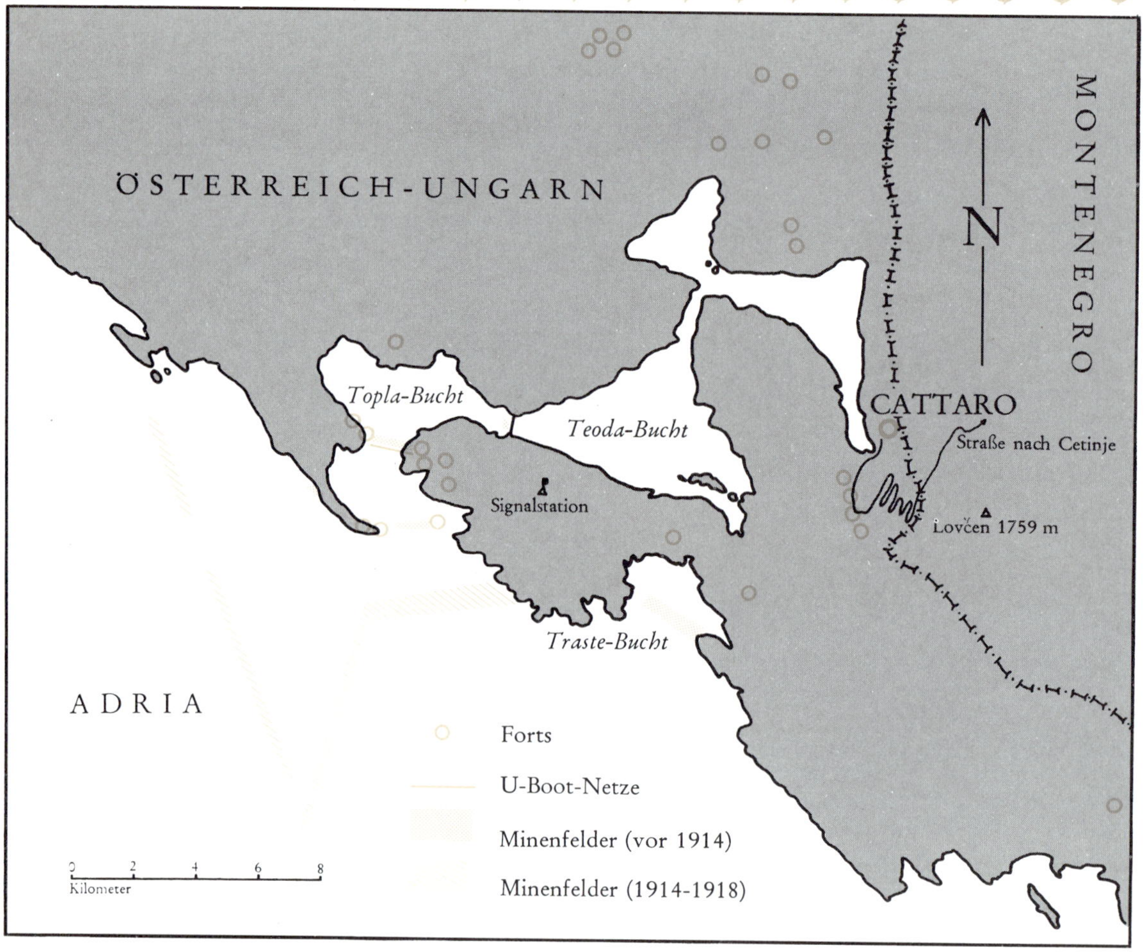

GOLF VON CATTARO 1914–1918

In den nächsten Monaten griffen die k. u. k. Seestreitkräfte den Hafen von Antivari noch mehrere Male an. Dabei wurde die königliche Yacht „Rumija", die für Materialtransporte, zumeist als Schlepper, verwendet wurde, in einem kühnen Handstreich des Fregattenleutnants Paul Meixner vom Torpedoboot „58" weggeführt.

Die für Montenegro bestimmten Frachten wurden von französischen Kriegsschiffen geleitet. Dabei benutzte Admiral de Lapeyrère manchmal die Zeit, die diese Handelsschiffe für das Löschen ihrer Ladung in den montenegrinischen Häfen benötigten, um mit seinem Geschwader vor dem Golf zu erscheinen und dessen Vorwerke zu beschießen. Ein Erfolg blieb diesen Unternehmungen aber versagt. Das französische Marinekommando erwog auch den Plan, gemeinsam mit der montenegrinischen Armee Cattaro zu erobern. Dieser Hafen wäre für die französi-

Der k. u. k. Panzerkreuzer „Karl VI.“ bei der Beschießung der montenegrischen Forts auf dem Lovčen. Die Stellungen wurden im Januar 1916 von den österreichisch-ungarischen Truppen gestürmt.

schen Operationen in der Adria ein vorzüglicher Stützpunkt gewesen. Sicherlich wäre es den Angreifern bei Beginn des Krieges nicht schwergefallen, sich des Golfes zu bemächtigen. Dessen Besatzung zählte nicht mehr als 10.000 Mann, und die im Hafen liegenden Kriegsschiffe besaßen wegen ihres hohen Alters nur einen geringen Gefechtswert. Den Franzosen hingegen standen 12.000 Mann eigener Truppen und die montenegrinische Armee, etwa 30.000 Mann, zur Verfügung. Alte französische Schiffe sollten die Landungsoperationen decken, während das Flottengros bereit sein sollte, Admiral Haus für den Fall entgegenzutreten, daß er in den Gewässern des Golfes erscheinen würde.

Der Plan wurde wahrscheinlich wegen der schlechten Lage der Alliierten an der Westfront fallengelassen. Damit ging für die Westmächte eine Gelegenheit verloren, die niemals wiederkehrte.

Die montenegrinischen Batterien fügten den Befestigungswerken des Golfes schweren Schaden zu und zwangen die österreichisch-ungarischen Kommandostellen, einen Weg zu finden, der geeignet wäre, diese Gefahren auszuschalten. Am 21. Oktober 1914, unmittelbar nachdem schwere französische Geschütze die montenegrinischen Batterien auf dem Lovčen verstärkt hatten, wurde das Schlachtschiff „Radetzky“ vom „Vor-Dreadnought-Typ“ in den Golf entsandt. Es wurde künstlich gekrängt, um den 30,5-cm-Batterien eine für das Erreichen der hochgelegenen Ziele ausreichende Elevation zu bieten. In wenigen Tagen wurde es auf dem Lovčen still. Einige Wochen später verließen die Franzosen das Land, wobei sie ihre Geschütze den Montenegrinern überließen.

Der französische Panzerkreuzer „Ernest Rénan“ im September 1914 vor der Bucht von Cattaro.

DIE FRANZÖSISCHE FLOTTE IN DER ADRIA

Die Operationen der Franzosen in der Adria litten unter der gleichen Schwierigkeit wie die k. u. k. Kriegsmarine bezüglich des Mittelmeers: der Ungunst der Entfernungen. Da ihr nächster Stützpunkt Malta war, konnten die Franzosen nicht lange in der Adria verweilen, denn auch ihre Einheiten verbrauchten den Großteil ihrer Heizvorräte beim bloßen An- und Rückmarsch. Bald aber erlangte Frankreich die Erlaubnis, sich der Häfen in den griechischen Inseln zu bedienen, und dies erleichterte die Tätigkeit der Flotte unter der Trikolore in der Adria.

Manchmal kam die französische Flotte bis in die nördliche Adria, d. h. bis zu den Inseln Pelagosa und Lissa, und zerstörte dort einige Leuchttürme und telegraphische Anlagen. Aber wenn die k. u. k. Flotte aus Pola auslief, zog sich das französische Geschwader zurück.

Als am 1. November 1914 die Franzosen vor Lissa erschienen, hätte Admiral Haus den Befehl zum Auslaufen geben müssen. Doch er verzichtete auf einen Waffengang mit der französischen Eskader. Wohl waren die feindlichen Seestreitkräfte den österreichisch-ungarischen materiell stark überlegen, aber die Franzosen waren von ihren Stützpunkten weit entfernt und überdies von ihrem langen und anstrengenden Einsatz hergenommen, während die k. u. k. Flotte noch frisch war. Und noch etwas hätte sich für Admiral Haus günstig ausgewirkt: Lapeyrère hatte einige Einheiten nach Lagosta entsandt, 40 Seemeilen von Lissa entfernt, so daß die ihm verbliebenen Streitkräfte ernstlich geschwächt waren. Tegetthoff hätte sich eine solche Gelegenheit niemals entgehen lassen.

Da die k. u. k. Flotte nicht in der Lage war, die Adria zu verlassen, um gegen den Feind zu kämpfen, blieb ihr nur eine Möglichkeit, auf den Kriegsverlauf Einfluß zu nehmen: die gegnerischen Schiffsabteilungen oder Einheiten, die sich in der Adria zeigten, anzugreifen. Es kann nicht angenommen werden, daß sich aus den Ereignissen bei Lissa unbedingt ein Sieg der k. u. k. Flotte ergeben hätte. Die Aussichten auf einen solchen waren jedoch gegeben, wenn er auch sicherlich mit Verlusten verbunden gewesen wäre. Wären die Franzosen besiegt worden, hätte dies weitreichende Folgen gezeitigt. Wahrscheinlich wäre Italien, das sich auf den Eintritt in den Krieg vorbereitete, von der Verwirklichung dieses Schrittes abgehalten worden. Überdies wären die Balkanstaaten in hohem Maße beeinflußt worden, was den Mittelmächten den Weg in das Mittelmeer und in die Türkei freigemacht hätte.

Nur die in Sebenico stationierten Einheiten erhielten den Befehl, den Feind anzugreifen. Das einzige, was sie unternehmen konnten, war, die Franzosen auf die um Sebenico ausgelegten Minenfelder zu locken. Aber Lapeyrère steuerte in die entgegengesetzte Richtung und verließ die Adria.

Der Dardanellen-Feldzug, der im Februar 1915 begann, stand nur insofern in Beziehung zur k. u. k. Flotte, als die Deutschen wie auch einige hohe österreichisch-ungarische Stellen verlangten, daß die Flotte der Donaumonarchie in die Dardanellen abgehe. Die neueren Schlachtschiffe und einige Kreuzer hätten zuerst die Otrantosperre durchbrechen, dann an den französischen Stützpunkten in Griechenland vorbeilaufen müssen und wären dann in den Wirkungskreis der britischen Kriegsschiffe geraten. Eine Strecke von rund 1000 Seemeilen war zurückzulegen, zumeist durch feindliche Gewässer, ohne den Schutz durch Torpedoboote und durch einen langsamen Flottentroß belastet. Die Gründe, die man schon früher für die Ablehnung eines solchen Begehrens und Abenteuers ins Treffen geführt hatte, waren also nach wie vor stichhaltig.

Die Seekriegführung in der Adria übte während der zehn Monate vor dem Eintritt Italiens in den Krieg keinen besonderen Einfluß auf die Ereignisse zur See aus. Es gab im Mittelmeer eine Kriegsschifftonnage von insgesamt mehr als 1,000.000 t, aber wie schon angeführt, vermieden es beide Flotten, sich in einem entscheidenden Waffengang zu messen. Daran änderte sich auch nichts, nachdem Italien sich im Mai 1915 den Westmächten angeschlossen hatte. Es schien, als würden die Seestreitkräfte im Mittelländischen Meer trotz ihrer Stärke nicht mehr das Wagnis einer Seeschlacht auf sich nehmen wollen und sich damit zufriedengeben, nur ein Anhängsel ihrer Landarmeen zu sein.

AN DECK VON S.M.S.
„VIRIBUS UNITIS“

(Nach einem Gemälde von Erwin Puchinger)

X.

Der Krieg auf hoher See 1915–1916

DER KRIEGSEINTRITT ITALIENS –
DER ANGRIFF AUF DIE ITALIENISCHEN KÜSTEN –
PELAGOSA – ITALIENISCHE SCHLACHTSCHIFFVERLUSTE –
DIE EVAKUIERUNG DER SERBISCHEN ARMEE –
DAS GEFECHT IN DER OTRANTOSTRASSE, 22. 12. 16 – DIE MAS

AM 23. MAI 1915 ERKLÄRTE ITALIEN DEN MITTELMÄCHTEN den Krieg. Bei der Beurteilung der italienischen Handlungsweise müssen zwei Tatsachen berücksichtigt werden, die es dem Königreich Italien ratsamer erscheinen ließen, lieber gegen die Donaumonarchie Krieg zu führen, als an ihre Seite zu treten.

Italien betrachtete gewisse zu Österreich-Ungarn gehörige Gebiete als seinen ihm rechtlich zustehenden Besitz, obwohl diese Länder schon seit sechs Jahrhunderten der österreichischen Oberhoheit unterstanden. Es sehnte sich nach der Vergeltung für Custoza und Lissa. Gleichermaßen, wenn nicht mehr, fiel ins Gewicht, wie sehr Italien von der Einfuhr lebensnotwendiger Güter abhängig war. Diese mußten zum größten Teil über See herangeführt werden, und auf den Meeren herrschten die Alliierten. Wäre das Königreich mit Deutschland und der Doppelmonarchie verbündet geblieben, so hätte es sich selbst dadurch auf Gnade und Ungnade Großbritannien und Frankreich ausgeliefert. Denn die Flotten dieser beiden Großmächte wären imstande gewesen, die Apenninenhalbinsel von der Außenwelt abzuschneiden und Rom zu vollständiger Ohnmacht zu verurteilen.

Italien hegte überdies die Hoffnung, daß ihm die westlichen Alliierten zu einer Ausweitung seines Kolonialbesitzes verhelfen würden.

In den ersten Tagen des Weltkrieges stellte Italien an die Doppelmonarchie sehr weitreichende Ansprüche: die Abtretung von Südtirol, Triest mit Istrien sowie Teilen von Dalmatien, obwohl die Bevölkerung dieser Länder nur zu einem geringen Teil italienischer Herkunft war. Die Erfüllung dieser Forderung hätte nicht nur die Donaumonarchie von der See abgeschnitten, sondern auch das Prestige Österreich-Ungarns als Großmacht für immer zerstört. Der italienische Vorschlag wurde abgelehnt. Daraufhin nahm Italien Verhandlungen mit dem Westen auf. Die Alliierten sicherten den Italienern vertraglich die Erfüllung ihrer territorialen Wünsche zu und verbrieften ihren Anspruch auf die Inseln des Dodekanes, die sie seinerzeit den Türken entrissen hatten. Darüber hinaus wurde dem Königreich auch die türkische Provinz Adalia und eine Erweiterung seiner Kolonien in Libyen, Eritrea und in Somaliland versprochen.

Während dieser Verhandlungen hatte Italien sich auf den Krieg vorbereitet. Sein Schiffbauprogramm war nahezu vollständig durchgeführt und die Armee für den kommenden Waffengang gerüstet. Um einem immerhin noch möglichen Endsieg der Donaumonarchie vorzubeugen, hatte das Königreich schon im September 1914 den albanischen Hafen von Valona besetzt, ohne daß von österreichisch-ungarischer Seite etwas dagegen geschehen wäre. Später erwies sich der Besitz von Valona als ein großer Vorteil für die Herrschaft der Alliierten über die südliche Adria.

Ein am 10. Mai 1915 in Paris geschlossenes Übereinkommen zwischen Italien, Großbritannien und Frankreich sah die Bildung zweier „alliierter Flotten“ vor. Die eine von ihnen, mit Brindisi als Stützpunkt, umfaßte den größeren Teil der italienischen Flotte, ferner 12 Zerstörer und 6 U-Boote der Franzosen sowie 4 Vor-Dreadnoughts, 4 Kreuzer, einige kleinere Marineeinheiten und zahlreiche Flugzeuge der britischen Seestreitkräfte im Mittelmeer. Zum Oberbefehlshaber dieser Flotte wurde Vizeadmiral Luigi von Savoyen, Herzog der Abruzzen, bestimmt, dem auch die gesamte italienische Kriegsmarine unterstand. Ihm oblagen alle Planungen und Operationen in der Adria.

Auch die zweite Flotte war eine Vereinigung von britischen, französischen und italienischen Kriegsschiffen. Dem Oberbefehlshaber der französischen Streitkräfte unterstellt, verfügte sie über die Häfen von Tarent, Malta und Bizerta in der Cyrenaika sowie auch über andere italienische Häfen und sollte der ersten Flotte als Rückhalt dienen.

Bei einem allfälligen Eintritt der Ersten Flotte in die nördliche Adria sollte Venedig ihr Liegehafen sein, wo schon drei alte Schlachtschiffe, zwei Panzerkreuzer, 11 Zerstörer und 13 U-Boote ständig stationiert waren. Beim Abgehen der Ersten Flotte in die adriatischen Gewässer hatte die Zweite Flotte nach Tarent und nach Brindisi nachzurücken.

DIE MITTELMÄCHTE UND DIE ALLIIERTEN
IM ERSTEN WELTKRIEG

Als dieser Vertrag geschlossen wurde, besaß Italien 12 Schlachtschiffe (4 davon vom „Dreadnought“-Typ; zwei weitere Einheiten waren nahe vor der Fertigstellung), 9 Panzerkreuzer, 10 kleine Kreuzer und mehr als 30 Zerstörer. Die gesamte Wasserverdrängung dieser Einheiten betrug 300.000 t, während die österreichisch-ungarische Flotte nur 230.000 t zählte. Nur bei der Luftwaffe war die Donaumonarchie besser gestellt; ihren 60 Seekriegsflugzeugen standen auf italienischer Seite nur 15 gegenüber. Die Italiener besaßen allerdings auch zwei Lenkluftschiffe. Als ein Vorteil für die k. u. k. Kriegsmarine kam noch in Betracht, daß die Bemannungen ihrer Schiffe schon auf einige Monate Kriegsdienst zurückblicken konnten, während die Italiener noch keine Erfahrung aufwiesen.

In der Pariser Konferenz vom Mai 1915 erörterten die Alliierten auch die Möglichkeiten, wie sie ihre erdrückende Übermacht am besten zum Tragen bringen könnten. Der Vertreter Italiens legte einen Plan vor, wie die uneingeschränkte Herrschaft der Westmächte über die Adria durch die vollständige Vernichtung der k. u. k. Flotte zu erreichen wäre. Die anderen Mitglieder der Kommission zeigten aber für eine tatkräftige Unterstützung dieses Planes durch eine wirkungsvolle Unternehmung keine Begeisterung. Schließlich wurde beschlossen, daß die alliierten Flotten erst dann zum Angriff schreiten sollten, wenn die italienischen Armeen tief in das Innere von Österreich eingedrungen wären. Da dies später nie geschah, wurden die von der Konferenz gefaßten Entschlüsse auch nie verwirklicht. Weder die italienische noch die übrigen alliierten Flotten wagten es, vor dem Kriegsende weit in die Adria vorzustoßen.

Italiens maritime Pläne sahen die Vernichtung der k. u. k. Flotte und danach die Besetzung der wichtigsten feindlichen Häfen vor, was ja auch den italienischen Kriegszielen des Jahres 1866 nahekam. Doch Italien hatte wohlbegründete Bedenken, die Offensive allein auf sich gestellt zu ergreifen. Im Hinblick auf die Haltung der Verbündeten unterblieb auch jeder Versuch eines Angriffs.

DER ANGRIFF AUF DIE ITALIENISCHEN KÜSTEN

Österreich-Ungarn erwartete, daß nach der italienischen Kriegserklärung ein Angriff der königlichen Flotte gegen die adriatische Ostküste erfolgen werde, und die k. u. k. Kriegsmarine war darauf vorbereitet. Als der Eintritt Italiens in den Krieg nur mehr eine Frage von Stunden war, rüstete sich die Flotte der Habsburger zum großen, entscheidenden Waffengang. Längs der Linie Kap Gargagno – Pelagosa – Lagosta waren Spähkreuzer postiert, um das Nahen der italienischen Schlachtflotte zu melden. Admiral Haus, der sich passiv verhalten hatte, als er die französische Flotte bei Lissa hätte angreifen können, zeigte dem neuen Feind gegenüber keine Zurückhaltung. Unterstützt wurde er bei diesen Plänen durch die angriffslustige Stimmung, die sowohl bei den Offizieren als auch bei der Mannschaft herrschte. Der Kampf gegen den abtrünnigen Verbündeten wurde von allen Angehörigen der Kriegsmarine unter der rotweißroten Kriegsflagge geradezu als eine Erlösung von einem lange über der Donaumonarchie schwebenden Druck der Ungewißheit erwartet.

Innerhalb von zwei Stunden nach Italiens Kriegserklärung waren die Einheiten der k. u. k. Flotte schon unterwegs, um die längs der italienischen Ostküste verlaufende Bahnlinie zu zerstören. Der Marinekommandant beabsichtigte damit, durch die Vernichtung dieser Transportwege den Aufmarsch der feindlichen Armeen zu

Torpedoboot in voller Fahrt vor der italienischen Ostküste.

verzögern. Während der Nacht sichtete der am weitesten nach Süden vorgeschobene Kreuzer, S. M. S. „Szigetvár", den italienischen Lenkluftballon „Città di Jesi", der durch das Geschützfeuer des Kreuzers vertrieben wurde. Davon abgesehen, war vom Gegner nichts zu sehen.

Vor Ancona zerstreuten sich die einzelnen Einheiten nach Norden und nach Süden. Zwei Zerstörer liefen in den inneren Hafen von Ancona ein, versenkten einen Dampfer und zerstörten die Eisenbahnlinie wie auch verschiedene Hafeneinrichtungen. In schneller Aufeinanderfolge beschoß das Flottengros den Hafen und richtete dabei an den Küstenbatterien, Werften, Lagerräumen, Öltanks, den Radio- und Semaphorstationen sowie auf den Kasernen und anderen militärischen Gebäuden schweren Schaden an.

Inzwischen waren auch die anderen k. u. k. Einheiten nicht untätig geblieben. Der Kreuzer „Novara" und der Zerstörer „Scharfschütze" wandten sich nordwärts, zur neuerrichteten Torpedostation Porto Corsini. Der Zerstörer lief in den engen Kanal ein, traf aber auf keine feindlichen Schiffe und mußte sich damit begnügen, Verteidigungsanlagen auf dem Lande unter Feuer zu nehmen. Der Panzerkreuzer „Sankt Georg" und zwei Torpedoboote erschienen vor Rimini, das Schlachtschiff „Zrinyi" und zwei Torpedoboote nahmen Senigaglia aufs Korn. Auch dort trafen sie kein italienisches Kriegsschiff an. Sie zerstörten mit ihrem Geschützfeuer Eisenbahnbrücken, Bahnstationen und Hafeneinrichtungen, während gleichzeitig k. u. k. Seeflugzeuge Venedig mit Bomben bewarfen und den zweiten italienischen Lenkballon verjagten.

Rückkehr des österreichisch-ungarischen Flottenverbandes nach der erfolgreichen Beschießung italienischer Hafenstädte am 21. Mai 1915.

Das Schlachtschiff „Radetzky“, die Kreuzer „Admiral Spaun“ und „Helgoland“ sowie die Torpedobootszerstörer „Orjen“, „Lika“, „Csepel“ und „Tátra“ deckten einstweilen ihre Kameraden, die sich nach den Angriffen im Süden sammelten. Da sie bald erkannten, daß ihnen von der italienischen Flotte keine Gefahr drohe, beschossen sie die Häfen Termini, Campomarino, die Tremiti-Inseln, Vieste, Manfredonia und Barletta. Als sie den Golf von Manfredonia verließen, stießen sie auf zwei italienische Torpedobootszerstörer. Einer von ihnen drehte sogleich ab, der zweite, die „Turbine“, geriet in das Geschützfeuer von „Csepel“, „Tátra“ und „Lika“. Nach einigen Treffern blieb die „Turbine“ liegen und versank.

Diese gut vorbereiteten und erfolgreich durchgeführten Angriffe auf die italienische Küste bewiesen, daß trotz der Gefahr, feindlichen U-Booten zu begegnen oder auf Minen zu geraten, bei einer zur Offensive entschlossenen Kriegführung die Flotte sehr wirksam eingesetzt werden konnte. Jedenfalls erreichte das Unternehmen seinen Zweck: Es dürfte den Aufmarsch der italienischen Armeen um zwei Wochen verzögert haben und gab der k. u. k. Obersten Heeresleitung die Möglichkeit, in dieser Zeit ihre Verteidigungslinien an der Alpenfront zu verstärken.

Die Beschießung der Heimatküsten löste in der italienischen Öffentlichkeit Bestürzung aus. Nicht nur, weil dem Angriff kein Widerstand entgegengesetzt worden war, sondern weil die für den Schutz der Litorale verantwortlichen Stellen anscheinend völlig überrascht wurden. So hatte der kaum erst begonnene Krieg für das Königreich schon üble Folgen. Das Volk wußte nicht, daß seine Führer zur See auf den Einsatz der Flotte buchstäblich verzichtet hatten, und fragte, wo denn die italienischen Kriegsschiffe seien. Es war so wie im Jahre 1866.

Nicht alle Kriegshandlungen freilich gingen von der Doppelmonarchie aus. Italien erklärte die Blockade der österreichischen und ungarischen Küsten. Leichte Seestreitkräfte beschossen die Werft von Monfalcone und deckten den Vormarsch der eigenen Truppen. Im Juli 1915 entschloß sich das italienische Marinekommando, zur besseren Überwachung der gegnerischen Schiffsbewegungen in der Nähe der dalmatinischen Küste eine Signalstation zu errichten. Die Italiener besetzten die an und für sich für diese Aufgabe wenig geeignete Insel Pelagosa, die unverteidigt war, und stationierten dort einige U-Boote.

In den darauffolgenden Monaten unternahmen die k. u. k. wie auch die italienischen Seestreitkräfte gelegentlich Angriffe auf die Feindküsten, aber die Flotte der Doppelmonarchie wiederholte ihre Aufforderung an die Italiener, ihre Häfen zu verlassen und sich zur Schlacht zu stellen, nicht mehr. Der Krieg zur See löste sich in eine Reihe von Streifzügen leichter Einheiten, nächtlichen U-Boot-Angriffen und kleineren Operationen auf.

PELAGOSA

Obwohl die Besetzung der Insel Pelagosa durch die Italiener im Juli 1915 für Österreich-Ungarn keine besondere Gefahr bedeutete, konnte sie auf die Dauer nicht ruhig hingenommen werden. Am 27. Juli erschienen 2 Kreuzer, 6 Torpedobootszerstörer und 2 Torpedoboote vor der Insel. Die Luftaufklärung hatte die Zahl der Verteidiger nicht festzustellen vermocht; die hundert Seeleute, die von den Schiffen zum Angriff an Land gesetzt worden waren, erwiesen sich zahlenmäßig als zu schwach, um den Gegner niederzukämpfen, und mußten zurückgezogen werden.

Am 16. August wurde der Angriff auf die Insel wiederholt, blieb aber wieder ohne Erfolg. Als aber am 9. September eine österreichisch-ungarische Matrosenabteilung neuerlich auf der Insel landete, fand sie die Insel verlassen. Die Italiener hatten offenbar erkannt, daß das Eiland eine ständige Verteidigungsbereitschaft nicht wert sei und es freiwillig geräumt.

Der Anschlag auf das italienische Linienschiff „Benedetto Brin“ im Hafen von Brindisi, 27. September 1915. Bei der Explosion fand die Hälfte der Besatzung von über 900 Mann den Tod.

Bei den Angriffen auf die Insel trug auf österreichisch-ungarischer Seite nur das Torpedoboot „51 T“ Beschädigungen davon; es wurde vom französischen U-Boot „Papin“ anlanziert, konnte aber dennoch mit eigener Kraft in den Heimathafen zurückkehren.

ITALIENISCHE SCHLACHTSCHIFFVERLUSTE

Ende September 1915 vernichtete im Hafen von Brindisi eine Explosion das 13.000-t-Schlachtschiff „Benedetto Brin“. Das Kriegsschiff war ein indirektes Opfer der Seekriegführung. Nachforschungen ergaben, daß der „Benedetto Brin“ einem Sabotageakt zum Opfer gefallen war: eine österreichisch-ungarische Marinestelle hatte Saboteure angeworben, die mehrere Bomben an Bord schmuggelten und im Schiffsinneren zur Detonation brachten. Der Vorfall erweckte in Italien größtes Aufsehen. (Der „Benedetto Brin“ wurde später wieder gehoben.)

Die Öffentlichkeit erzwang einen Personenwechsel in den höheren Kommandostellen der italienischen Marine. Trotzdem flog am 2. August 1916 der moderne 22.000-t-Dreadnought „Leonardo da Vinci“ in die Luft. Ein drittes Schlachtschiff, die „Regina Margherita“, ein Schwesterschiff des „Benedetto Brin“, geriet im Dezember vor Valona auf Minen und sank binnen weniger Minuten.

DIE EVAKUIERUNG DER SERBISCHEN ARMEE

Als die Armeen der Mittelmächte im Herbst 1915 in Serbien und in Albanien einrückten, entstanden für die Kriegführung neue Probleme. Der Zweck des Vormarsches war die Herstellung der Landverbindung zur Türkei, die unter dem Angriff der Alliierten auf die Dardanellen und dem Druck durch die Russen schwer gelitten hatte. Die Offensive der Zentralmächte überrollte Serbien, und seine Truppen mußten sich vor den österreichisch-ungarischen, deutschen und bulgarischen Divisionen zurückziehen. Vorher hatten die Serben ihre österreichisch-ungarischen Kriegsgefangenen in Nisch versammelt und trieben sie nun vor sich her.

Die Westmächte waren gezwungen, die demoralisierten und erschöpften Serben, denen es an Nahrung und Bekleidung fehlte und von denen viele an schweren Seuchen erkrankt waren, zu unterstützen. Sie entschlossen sich, die serbische Armee und die mit ihr geflüchteten Zivilpersonen aus Albanien in ein Gebiet zu überführen, wo sie sich erholen und neu ordnen konnten.

Die Einschiffung der Flüchtlinge endete in San Giovanni di Medua am 24. Jänner 1916, die letzten Transporte serbischer Militär- und Zivilflüchtlinge erfolgten in Durazzo am 6. Februar. Während in den nördlichen Häfen Albaniens die an der Küste eintreffenden Heeresverbände aufgenommen wurden, ging in Valona vom 16. Dezember 1915 an die Einschiffung der von den Serben kriegsgefangenen k. u. k. Militärpersonen vor sich. Nach dem 28. Januar trafen in diesem Hafen auch die noch besser marschfähigen serbischen Fußtruppen und die Kavallerie ein.

Nach italienischen Quellen sollen von Nisch insgesamt 70.000 Mann österreichisch-ungarischer Kriegsgefangener aufgebrochen sein. Die unter ihnen wütende Cholera forderte beispielsweise auf den Dampfern „Rè Vittorio“ und „Cordova“ während der Überfahrt allein gegen 500 Todesopfer.

Die Westmächte hatten sich geeinigt, die Flüchtlinge nach Korfu zu führen. Die Überschiffung auf diese Insel begann Ende 1915 und nahm mehrere Monate in Anspruch. Trotz der zahlreichen Angriffe österreichisch-ungarischer Seestreitkräfte und Seeflieger auf die Transporte wurden gegen 260.000 Mann, 10.000 Pferde und 68 Geschütze unter nur geringen Verlusten von Albanien nach Korfu überschifft. Ein sehr schwieriges Unternehmen war in höchst erfolgreicher Weise durchgeführt worden.

An Bord von S. M. S. „Helgoland“.

Zwei Angriffe auf die Überschiffungsaktion verdienen besondere Erwähnung: Am 5. Dezember 1915 beschossen der kleine Kreuzer „Novara“ und mehrere alte Zerstörer den albanischen Hafen San Giovanni di Medua (Senjin), der sich in den Händen der Alliierten befand. Trotz des Feuers der Küstenbatterien wurden drei Dampfer und fünf Segelschiffe, alle schwer beladen, versenkt, ein Dampfer und zehn Segler entweder beschädigt oder in Brand gesteckt. Beim Rückzug sichtete die k. u. k. Flottenabteilung das auf einer Sandbank gestrandete französische U-Boot „Fresnel“, vernichtete es und nahm die Bemannung gefangen.

Am 28. Dezember meldete die Luftaufklärung das Auslaufen von zwei italienischen Zerstörern aus Durazzo mit Kurs auf Brindisi. Der kleine Kreuzer „Helgoland“ mit den Zerstörern „Csepel“, „Lika“, „Triglav“, „Tátra“ und „Balaton“ gingen vom Golf von Cattaro in See, um den beiden Gegnern den Weg abzuschneiden. Unterwegs rammte und versenkte die „Balaton“ das französische U-Boot „Monge“ und rettete die Bemannung außer dem Kommandanten, der mit dem Boot

Der kleine Kreuzer „Helgoland“ vor dem Auslaufen zum Durchbruch am 28. Dezember 1915.

unterging. In Durazzo fand die „Helgoland“-Gruppe zwar keine feindlichen Einheiten vor, bombardierte aber die Hafenanlagen und versenkte mehrere Transportschiffe. Dann aber gerieten „Lika“ und „Triglav“ auf Minen.

Die Seeflugzeuge aus Cattaro unternahmen fast täglich Flüge über die albanischen Häfen und berichteten dabei über die Minenverlegungen; das Minenfeld von Durazzo hatten sie nicht entdeckt. „Lika“ sank schnell, doch bei „Triglav“ schien es, als ob er noch gerettet werden könnte. „Csepel“ kam langseit und wollte ihn in Schlepp nehmen. Das Manöver gelang ihr trotz des heftigen Sperrfeuers der Landbatterien, aber beim Auslaufen wurden die Propeller von „Csepel“ unklar, und sie mußte den Schleppversuch aufgeben. Nun eilte „Tátra“ herbei, um die Schlepptrosse zu übernehmen, während „Helgoland“ ihr Feuerschutz gab.

Bald nach Beginn des Angriffs auf Durazzo, der sogleich nach Brindisi gemeldet wurde, waren von dort zwei italienische und zwei britische Kreuzer sowie fünf französische und vier italienische Zerstörer – mit sechzehn 15-cm-, zwölf 12-cm- und zehn 10-cm-Geschützen (was einer Feuerkraft von zirka 45.000 mt entspricht, verglichen mit 8000 mt der k. u. k. Einheiten) – in See gegangen. Das Abschleppen von „Triglav“ erlaubte den k. u. k. Einheiten nicht mehr als sechs Knoten Fahrt, und bevor Hilfe aus Cattaro eingetroffen war, hatte der Feind die Abteilung gestellt.

Die hilflose „Triglav“ wurde, als es für die österreichisch-ungarischen Einheiten gefährlich zu werden begann, von ihnen selber versenkt. Obwohl die k. u. k. Schiffe nur über fünfzehn 10-cm-Geschütze verfügten, zog sich der Feuerwechsel stundenlang hin. Trotz Maschinenschadens lief die „Helgoland“ 29 kn – 2 kn mehr als die vorgesehene Höchstgeschwindigkeit. Im Schutze eines Nebelvorhangs gelang es endlich, sich von den Verfolgern abzusetzen. Ohne jeden weiteren Verlust erreichte die Abteilung in der Nacht den heimatlichen Hafen.

Die taktische Durchführung dieser Aktion war hervorragend, aber sie kostete die österreichisch-ungarische Flotte zwei Zerstörer, während auf der Gegenseite nur ein U-Boot und mehrere Nachschubschiffe ausgefallen waren. Der im Golf von Cattaro kommandierende Admiral hätte der „Helgoland“-Abteilung rechtzeitig zu Hilfe kommen müssen, was er jedoch unterließ. Er wurde bald darauf von seinem Posten abgelöst.

Die Frage bleibt offen, warum nicht mehr Seestreitkräfte für solche Angriffe eingesetzt wurden, warum man zu ihrer Unterstützung nicht größere Einheiten bereithielt und warum gegen die Geleitzüge der Serben nicht häufiger vorgegangen wurde.

Die Antwort auf diese Fragen ergibt sich teilweise aus dem Umstand, daß der zu dieser Zeit in Albanien erfolgende Vormarsch der Mittelmächte der Unterstützung durch die Flotte bedurfte. Im Januar 1916, also bald nach der „Helgoland“-Aktion, wurde der Lovčen erobert. Damit wurde der Golf von Cattaro von Feindbedrohung befreit und avancierte nun zum Hauptliegehafen der k. u. k. Kreuzer und Torpedoeinheiten.

Im Februar 1916 kam nach der Eroberung Durazzos die österreichisch-ungarische Offensive in Albanien ins Stocken, wobei Valona, der beste Hafen Albaniens, in Feindesland verblieb. Wäre den Mittelmächten die Eroberung dieses Hafens gelungen, wären die Westmächte sogar gezwungen gewesen, ihre großen Schiffe aus Brindisi abzuziehen. Auf jeden Fall hätten österreichisch-ungarische U-Boote von Valona aus wesentlich leichter operieren können.

Obwohl der Erfolg der Landstreitkräfte nicht vollkommen war, so bedeutete er für die Flotte einen solchen Zuwachs an Aufgaben, daß sie weder die Zeit noch die Mittel hatte, all den vielen lockenden Zielen nachzugehen. Eine viel längere Küste als früher mußte verteidigt werden, ausgedehnte Minenfelder waren zu räumen, eigene waren auszulegen, und schließlich mußte auch das Geleitzugwesen nach und von den albanischen Häfen eingerichtet werden. Letztere Aufgabe war keineswegs gering, denn die k. u. k. Armee in Albanien war fast zur Gänze von ihrer Seeverbindung mit der Monarchie abhängig. Und dies nicht nur für den Zuschub an Nahrungsmitteln und Kriegsmaterial sondern auch für den Abtransport der vielen Malariakranken.

Außerdem mußte für die deutschen und die österreichisch-ungarischen U-Boote der Weg in das Mittelmeer freigehalten werden. Das nahm einen Großteil der zahlenmäßig geringen Seestreitkräfte des inzwischen zum Großadmiral ernannten Marinekommandanten Haus in Anspruch.

Es muß daran erinnert werden, daß Admiral Haus bei Kriegsbeginn das Schiffbauprogramm so gut wie aufgegeben hatte, weshalb nur vier Torpedobootszerstörer und einige U-Boote auf Stapel gelegt wurden. Die vollendeten Einheiten aber waren nach zweijährigem Einsatz schon stark mitgenommen. Besser war es um den neuen Dienstzweig der Kriegsmarine, die Luftwaffe, bestellt; denn während des Krieges wurden 602 Flugzeuge in Dienst gestellt.

Warum schalteten sich die großen Schiffe nicht in die Aktion gegen den Abzug der Serben aus Albanien ein, und warum blieben sie untätig im Hafen? Wahrscheinlich deshalb, weil Kreuzer und Torpedoboote für solche Angriffe besser geeignet waren als Schlachtschiffe. Vielleicht auch, weil, wie die Dinge nun einmal lagen, die Vorräte der Flotte an Kohle und Heizöl wie auch an anderem Material rasch dahinschwanden. Vielleicht auch deshalb, weil es in der Adria keine Flotte gab, die anzugreifen für die Schlachtschiffe eine Aussicht auf Erfolg geboten hätte. Alle diese Gründe haben sicher ein gewisses Gewicht. Trotzdem muß die Zurückhaltung der Flotte als ein schwerer Fehler der k. u. k. Marineleitung angesehen werden. Man braucht sich nur auszumalen, wie das Gefecht vom 28. Dezember 1915 geendet hätte, wenn einige schwere Schiffe dem Linienschiffskapitän Seitz und seiner Abteilung zu Hilfe gekommen wären.

Aber auch den Admiralen der Alliierten muß der Vorwurf gemacht werden, daß sie zu diesem Zeitpunkt nicht mit einer tatkräftigen Offensive zur See begonnen hatten. Sie versuchten nicht einmal, den österreichisch-ungarischen Nachschub zur See nach Albanien ernstlich zu unterbrechen.

Um die Mitte 1915 gelangten die Alliierten zu der Überzeugung, daß eine lückenlose Blockade genügen werde, um die Mittelmächte niederzuzwingen, so daß es nicht notwendig sein würde, das Wagnis einer Seeschlacht auf sich zu nehmen. Während der beiden folgenden Jahre bewies der deutsche uneingeschränkte U-Boot-Krieg, der leicht zu einer Niederlage der Alliierten hätte führen können, wie grundlegend falsch dieses strategische Konzept war. Im Mittelmeer hätte es sicher keinen uneingeschränkten U-Boot-Krieg gegeben, wenn im Jahre 1916 eine entschlußkräftige und zielbewußte Aktion gegen die k. u. k. Flotte unternommen worden wäre. Admiral Haus bezeichnete das Zögern der Westmächte, die ihre Chance auch dann nicht wahrnahmen, als sich ein wichtiges Ziel und dessen Erreichbarkeit anboten, als „pathologisches Phänomen unserer Gegner zur See“.

Andererseits wurde bewiesen, daß trotz der großen Verluste der Briten in der Seeschlacht am Skagerrak, Mitte 1916, die Streitkräfte der Mittelmächte nur wenig unternehmen konnten, um den Druck der Blockade zu mildern. Im Hinblick auf das Widerstreben der Alliierten, in der Adria irgendwelche Risiken auf sich zu nehmen, muß die k. u. k. Flotte als Versicherungspolizze für die Sicherheit der österreichischen und der ungarischen Küsten angesehen werden. Wäre diese Flotte eingesetzt und vernichtet worden, so hätten die Westmächte auch keine weiteren Hemmungen gehabt, an der dalmatinischen oder italienischen Küste zu landen. Ein Angriff im Rücken der österreichisch-ungarischen Front gegen Italien aber hätte wohl den Zusammenbruch dieser Front und damit die vorzeitige Niederlage Österreich-Ungarns bedeutet.

DAS GEFECHT IN DER OTRANTOSTRASSE VOM 22. DEZEMBER 1916

Der erste größere Versuch, die Sperrfahrzeuge in der Otrantostraße unmittelbar anzugreifen, erfolgte am 22. Dezember 1916. Die alten Torpedobootszerstörer „Scharfschütze“, „Reka“, „Velebit“ und „Dinara“ beschossen einige Schleppdampfer und Drifter, bevor sie mit einigen französischen Zerstörern in nächtliche Gefechtsberührung traten. Da sie es mit einem materiell weit überlegenen Feind zu tun hatten, setzten sie Kurs auf den Heimathafen. Der französische Fregattenkapitän Frochot, der an dem Gefecht teilnahm, schreibt: „Obwohl wir sie (die k. u. k. Schiffe) überraschten, vermochten sie uns tatkräftigen Widerstand zu leisten. Aber es wäre der helle Wahnsinn für sie gewesen, bis zum Ende zu kämpfen. Sie befanden sich weit im Süden und konnten (durch aus Brindisi kommende Einheiten) abgeschnitten werden ...“

Obwohl die k. u. k. Abteilung das Kampffeld verlassen hatte und obzwar in Hinkunft die Durchfahrt durch die Otrantostraße eher schwieriger als leichter wurde, ist diese Aktion doch als Erfolg für die österreichisch-ungarische Kriegsmarine zu werten. Nicht nur, weil die k. u. k. Zerstörer auf ihrem französischen Gegner einige Treffer erzielt hatten und durch ihr Geschützfeuer Wachschiffe an der Sperre versenkt hatten, ohne selber Verluste zu erleiden. Darüber hinaus hatten sie es dem deutschen U-Boot „U 38“, das sich in den Netzen verfangen hatte, ermöglicht, zu entkommen. Am nächsten Tage waren die Wachfahrzeuge noch nicht auf ihrem Posten, und das deutsche U-Boot „U 52“ konnte diesen Umstand ausnützen, um die Sperre in Oberwasserfahrt ungehindert zu passieren.

Befestigung der Torpedoschutznetze. Die Kriegsschiffe waren zur Abhaltung von Torpedos mit Netzen versehen.

Es ist nicht uninteressant, daß einer der k. u. k. Zerstörerkommandanten in der Unternehmung vom 22. Dezember 1916 ein Pole, der zweite ein Slowene, der dritte ein Tscheche und der vierte ein Rumäne war. Dies beweist, daß selbst in den letzten Jahren der Donaumonarchie die verschiedenen Nationalitäten treu, tapfer und erfolgreich ihrem Vaterland und der angestammten Dynastie in gemeinsamem Zusammenwirken dienten.

DIE MOTOSCAFI-MOTORTORPEDOBOOTE (MAS)

Im Jahre 1916 entwarf und baute der k. u. k. Linienschiffsleutnant Dagobert Müller von Thomamühl in Pola ein „Hydrokiel-Boot", das von vier Propellern mit insgesamt 480 PS angetrieben wurde und eine Geschwindigkeit von 40 kn erreichte. Diese Erfindung wurde nicht weiter verfolgt, aber im gleichen Jahr tauchten in der italienischen Kriegsmarine die ersten MAS (Motoscafi antisommergibili = Motorboote gegen Unterseeboote) auf. Von diesem Typ, von dem man sich große Erfolge erhoffte, wurden insgesamt 300 Einheiten gebaut. Die meisten von ihnen waren ungefähr 16 m lang, führten zwei Torpedos und liefen 25 kn. Ihre ersten Erfolge errangen sie am 7. Juni 1916, als mehrere von ihnen in den Hafen von Durazzo eindrangen und ein Transportschiff versenkten. Anfang November unternahmen sie einen kühnen Angriff auf Fasana bei Pola. Ein italienisches Torpedoboot schleppte ein MAS bis wenige Seemeilen vor diese Reede. Dort traf das Motortorpedoboot auf Balkenbarrikaden, drückte die Holzstämme unter Wasser und befestigte an ihnen schwere Gewichte, so daß es dem MAS mit seinem geringen Tiefgang möglich war, über die Sperre hinweg zu fahren. Innerhalb der Reede mußte das MAS erst drei Stunden lang suchen, bis es das alte Wachschiff „Mars" (den 1878 gebauten „Tegetthoff") fand. Die zwei Torpedos, die nun diesem Schiffe galten, explodierten aber nicht und wurden am nächsten Tag von der Bemannung des „Mars" gefunden. Dem Motortorpedoboot gelang es zu entkommen und zu seinem Begleitboot zurückzukehren.

Am 10. Dezember 1917 war Linienschiffsleutnant Luigi Rizzo Kommandant einer der beiden MAS, die im Golf von Triest patrouillierten. Das ihm aufgetragene Unternehmen war gut geplant; obwohl über dem Golf leichter Nebel lag, fand der Kommandant die Netzbarrikaden von Triest und durchschnitt sie. Dann näherte er sich im Schutze der nun dicht gewordenen Nebelbank dem im vorigen Jahrhundert als „Küstenverteidiger" gebauten 5600-t-Schlachtschiff „Wien", versenkte es mit Torpedoschuß und entkam. Damit hatte Rizzo der italienischen Kriegsmarine den ersten größeren Erfolg verschafft, aber der Krieg war zu diesem Zeitpunkt auch schon drei Jahre alt. Österreich-Ungarn hatte bis dahin durch Kampfhandlungen kein größeres Schiff als den kleinen Kreuzer „Zenta" verloren. Dagegen hatten die französischen und die italienischen Flotten verhältnismäßig schwere Verluste erlitten, darunter drei Schlachtschiffe mit einer Gesamtwasserverdrängung von 50.000 t.

Ein anderer neuartiger Schiffstyp der italienischen Kriegsmarine, der dem MAS ähnlich war, unternahm gleichfalls einen kühnen Angriff gegen den österreichisch-ungarischen Feind. Es war ein an die 11 m langes, mit einer Raupenkette ausgerüstetes Fahrzeug, das fähig war, Draht- und Balkenbarrieren zu überklettern. Diese eigenartige Erfindung wurde „Grillo" (Grille) genannt. Am 13. Mai 1918 gelangte der „Grillo", ohne gesichtet zu werden, in das Hafeninnere von Pola. Als er dabei war, die fünfte Balkenbarrikade zu überwinden, wurde er entdeckt, unter Feuer genommen und getroffen. Da er bewegungsunfähig geworden war, wurde er von seiner Bemannung versenkt.

Das Wrack des in den Hafen von Pola eingedrungenen und dort zerstörten italienischen Raupenkampfbootes „Grillo“, April 1918.

Auch für die k. u. k. Kriegsmarine wären Motortorpedoboote für den Einsatz in der Adria besonders geeignet gewesen. Aber außer dem oben erwähnten Versuchs-„Hydrokiel-Boot“ konnte die Marineleitung keine solchen Boote bauen, da ihr die dazugehörigen Motoren fehlten. Das Beste, was man tun konnte, war, sie den Italienern zu entreißen.

Eine Gruppe von sechs Seekadetten und 55 Mannschaftspersonen unter dem Kommando von Linienschiffsleutnant Josef Veith unternahm einen tollkühnen wenn auch unrealistischen Versuch, in den Hafen von Ancona einzudringen, eines der dort liegenden MAS zu kapern, um es daheim nachbauen zu können, und die anderen Einheiten zu zerstören. Die Abteilung landete nördlich von Ancona und marschierte völlig offen und ungestört in den Hafen. Die Italiener, die ihnen auf dem Wege begegneten, hielten die k. u. k. Seeleute für Briten und legten ihnen kein Hindernis in den Weg. Als die Abteilung Veith endlich zum Liegeplatz der MAS kam, mußte sie erkennen, daß einige der erhofften Opfer ausgelaufen waren, und die anderen sich nicht dort befanden, wo man sie vermutet hatte. Zu allem Überfluß waren in den noch verbliebenen Motorbooten die Motoren auseinandergenommen. Mittlerweile waren die Italiener endlich auf die kleine Gruppe aufmerksam geworden, sie wurde umzingelt und mußte sich gefangengeben. Später stellte es sich heraus, daß das Unternehmen von einem der Beteiligten, der italienischer Abstammung war, während des Weges in das Hafeninnere verraten worden war.

XI.

Der Kampf in der Luft und unter Wasser

DER U-BOOT-KRIEG – DER LUFTKRIEG ZUR SEE –
DIE WEITERFÜHRUNG DES U-BOOT-KRIEGES

DER UNTERSEEBOOTKRIEG

Schon von den ersten Tagen des Krieges an entwickelten die U-Boote bei Freund und Feind eine lebhafte Tätigkeit. Französische U-Boote griffen die österreichisch-ungarischen Schiffe an der Küste von Montenegro und Albanien an, aber es gelang ihnen keine einzige Versenkung. Sie versuchten auch einige Male in den Golf von Cattaro einzudringen, und am 19. November 1914 kam das französische U-Boot „Cugnot" tatsächlich bis in das Innere des Golfes, ohne beim Eintritt in die Binnengewässer entdeckt zu werden. Bald aber wurde es gesichtet und verjagt, ohne Schaden angerichtet zu haben.

In Plateali auf der griechischen Insel Vathy, nahe am Eingang zur Adria, lag das alte französische Schlachtschiff „Marceau", das den U-Booten als Mutterschiff diente. Am 16. Dezember wurde das U-Boot „Curie" vom Panzerkreuzer „Jules Michelet" von Plateali durch die ganze Adria bis auf die Höhe der Insel Pelagosa geschleppt, insgesamt 350 sm. Von da an ging das Boot unter eigener Kraft in die Gewässer von Pola, erkundete am 19. Dezember die Hafeneinfahrt und lief im Kielwasser eines Torpedobootes durch die Minensperre. Als die „Curie" am nächsten Tage versuchte, in das innere Hafenbecken zu gelangen, verfing es sich in den

„U-20" auf hoher See.

Netzen der Einfahrt. Je mehr es trachtete, sich von den stählernen Fesseln zu befreien, desto mehr verwickelte es sich in ihnen. Da die Luft im U-Boot schließlich so stickig wurde, daß sich bei der Mannschaft schwere Übelkeiten einstellten, entschloß sich der Kommandant, Linienschiffsleutnant O'Byrne, das Boot auf den Grund zu legen und die Übergabe vorzubereiten.

Die Bewegungen des Netzes waren bemerkt worden, und als sich der Rumpf des Bootes endlich aus dem Wasser hob, wartete man schon auf das Opfer der Sperre. Die „Curie" wurde von den Granaten einer Küstenbatterie und der kleinen Einheit, die das Netz bewachte, versenkt; die Bemannung geriet in Gefangenschaft.

Das 400-t-Boot wurde dann gehoben und als „U 14" in die k. u. k. Flotte eingereiht. Es wurde die größte Einheit der U-Boot-Flottille.

Die Ausbesserungsarbeiten an der „Curie" bereiteten den Marine-Baubehörden mancherlei Sorgen, viel mehr, als es sonst bei gesunkenen und wiedergehobenen U-Booten der Fall gewesen wäre. Sie ergaben sich vor allem aus dem unglaublichen Mangel an Folgerichtigkeit in den einzelnen Bauteilen des Bootes. Jedwede Konsequenz in der Handhabung der Ventile fehlte; manche Ventile waren, um sie zu

Unheimliche Begleiter: Menschenhaie umkreisen ein U-Boot auf Überwasserfahrt.

öffnen, über links zu drehen, andere wieder über rechts. Einige Hähne für das Ausblasen der Luft oder für das Ablassen von Wasser waren offen, wenn der entsprechende Handgriff in der Richtung der Rohrleitung lag, andere wieder waren in diesem Falle geschlossen. Einige Schrauben mußten beim Öffnen nach oben, andere wieder nach unten gedreht werden. Die Torpedorohre befanden sich außenbords, und als sie überprüft wurden, zeigte es sich, daß ihre Achse gegenüber der Kiellinie einen unbeabsichtigten Winkel von 7,5% aufwies. Wären diese Mängel nicht beseitigt worden, hätte die k. u. k. Bemannung mit so manchen Schwierigkeiten zu kämpfen gehabt. Aber die Fehler wurden behoben, und als das Boot nach dem Krieg an die französische Kriegsmarine zurückgegeben wurde, bemerkte einer ihrer Offiziere, daß die Österreicher einen schwimmenden Sarg in ein dienstfähiges U-Boot verwandelt hätten.

Die k. u. k. U-Boote waren so aktiv, als es ihr enger Fahrbereich und ihre geringe Geschwindigkeit nur immer gestatteten. Ihre Langsamkeit machte es ihnen schwer, manchmal sogar unmöglich, in die für den Abschuß der Torpedos richtige Stellung zu gelangen. Auf „U 12“ traf dies aber am 20. Dezember 1914, dem Tage, an dem die „Curie“ vergeblich versuchte, in das Hafeninnere von Pola zu gelangen, nicht zu. An diesem Tage sichtete dieses von Whitehead angekaufte Boot unter Linienschiffs-

Der Kommandant von „U-5“, Linienschiffsleutnant Georg Ritter von Trapp, Ritter des Maria-Theresien-Ordens, mit seiner Mannschaft.

leutnant Egon Lerch die französische Flotte, als diese vor der albanischen Küste taktische Übungen durchführte. Während „U 12“ die Bewegungen der feindlichen Schiffe beobachtete, sah es plötzlich, wie alle Einheiten des Gegners stillzustehen schienen. Es nützte diese Gelegenheit sogleich aus und feuerte seine Torpedos auf eine Entfernung von 500 m bis 650 m auf das französische Flaggschiff „Jean Bart“ ab. Einer der Torpedos traf das mächtige Schlachtschiff am Bug und beschädigte es schwer. Es mußte zur Reparatur nach Malta abgeschleppt werden.

Der Angriff hatte die Franzosen vollkommen überrascht. Sie hatten bis dahin geglaubt, daß die österreichisch-ungarischen U-Boote für weit von Pola entfernte Operationen zu klein seien. Sie zogen ihre großen Einheiten zurück und überließen die Blockade der Straße von Otranto den Panzerkreuzern, was sie allerdings schon früher hätten tun sollen. Niemals wieder wagte sich die französische Schlachtflotte in die adriatischen Gewässer.

Viele Angriffe der kleinen k. u. k. U-Boote blieben erfolglos, aber „U 5“ konnte im April 1915 doch einen großen Erfolg für sich buchen. Mehrere Tage lang hatte Linienschiffsleutnant Georg von Trapp (der später den Chor der Trappfamilie gründete) mit seinem Boot, das es nur auf 6 kn Fahrgeschwindigkeit brachte, den französischen Panzerkreuzer „Léon Gambetta“ auf dessen nächtlichen Kreuzfahrten in der Otrantostraße verfolgt. Obwohl sechs Monate vorher an der holländischen Küste drei britische Kreuzer ähnlicher Bauart von dem deutschen „U 9“ versenkt worden waren, hatte „Léon Gambetta“ keine Bedeckung durch Torpedo-

„U-5“ läuft nach Versenkung des französischen Schlachtschiffes „Léon Gambetta“ in den Hafen von Cattaro ein.

bootszerstörer. Endlich, am 27. April 1915, bot sich dem Linienschiffsleutnant die ersehnte Gelegenheit zum Torpedoschuß. Er versenkte den Kreuzer, noch bevor dieser die Möglichkeit hatte, Funkmeldungen über das Geschehen auszustrahlen. Der Panzerkreuzer war das Flaggschiff des Kommandanten der Zweiten Kreuzerdivision, des Konteradmirals Sénès. Als der Admiral sah, daß sich der Bemannung Panik bemächtigte, rief er seinen Leuten zu: „Warum in einer solchen Eile? Die Boote sind für euch, wir anderen bleiben hier.“ Er stand zu seinem Wort. Er und alle seine Offiziere gehörten zu den 684 Mann, die mit ihrem Schiff untergingen. Erst einige Tage später erfuhren die Franzosen durch die Italiener, die einige Überlebende aufgefischt hatten, von der Katastrophe.

Nach der Versenkung des Panzerkreuzers ging die französische Flotte nach Pylos in Südgriechenland und setzte die Blockade der Straße von Otranto von dort aus fort. Ein paar k. u. k. U-Boote hatten die machtvolle Flotte Frankreichs aus der Adria vertrieben.

Ein U-Boot im Schlepp eines Torpedobootes.

Im Frühjahr 1915, als die Kämpfe um die Dardanellen begannen, forderte der deutsche Admiralstab die Abstellung von U-Booten an die Front. Die k. u. k. Kriegsmarine besaß zu dieser Zeit sieben Vertreter dieser Schiffsklasse, aber nur zwei von ihnen waren im Augenblick frontbereit, und kein einziges unter ihnen verfügte über einen ausreichenden Fahrbereich, um die türkischen Gewässer mit eigener Kraft zu erreichen. Um diesen Mangel an tauglichen Unterwasserfahrzeugen zu beheben, zerlegten die Deutschen fünf von ihren kleinen Booten und sandten sie mit der Bahn nach Pola. Sie erhielten die Bezeichnung „U 7" bis „U 11". Drei von ihnen hatten in die Meerengen auszulaufen und wurden deshalb unter deutschen Befehl gestellt. Da aber ihr Aktionsradius für den Weg in die Türkei mit eigener Kraft nicht ausreichte, wurde am 2. Mai 1915 eines von ihnen, „U 8", von dem k. u. k. Kreuzer „Novara" durch die Straße von Otranto geschleppt, so daß man für einen ansehnlichen Teil des 1200 sm langen Weges nicht den Heizölvorrat des Bootes beanspruchte. Die Sperre wurde durchquert, ohne daß die beiden Einheiten gesichtet wurden, was der früheren Tätigkeit der österreichisch-ungarischen U-Boote in diesem Seeraum zu verdanken war. Als westlich von Kephalonia die ersten feindlichen Kriegsschiffe erschienen, wurde das Schlepptau gekappt und die

„Novara“ kehrte in den Golf von Cattaro zurück. „U 8“ brachte die weiteren 475 sm der Strecke in die Dardanellen unbehindert hinter sich und traf am 11. Mai in seinem Bestimmungsort ein.

Wenige Tage später schleppte der k. u. k. Zerstörer „Triglav“ das deutsche „U 7“ einen Teil der Fahrt in die Meerengen, und auch dieses Boot erreichte sein Ziel ohne Hindernisse. Das dritte U-Boot, die „U 9“, wurde nach dem Verlassen der Adria nie mehr wiedergesehen.

Eine neue Art der maritimen Zusammenarbeit der beiden verbündeten Flotten begann am 13. Mai 1915, als das große deutsche U-Boot „U 21“, nachdem es die Straße von Gibraltar passiert hatte, zur Ergänzung seiner Heizölvorräte in den Golf von Cattaro einlief. Es hatte den ganzen Weg von Deutschland bis nach Cattaro mit eigener Kraft zurückgelegt und versenkte nach seiner Ankunft in den Dardanellen die beiden britischen Schlachtschiffe „Triumph“ und „Majestic“. Von da an verwendete man Cattaro als Stützpunkt für die deutschen U-Boote, die im Mittelmeer operierten.

Hätte Österreich-Ungarn nach dem Kriegsausbruch über die in Deutschland bestellten U-Boote verfügen können, wäre der Mangel an eigenen Unterseebooten nicht so schmerzlich gewesen. Diese Boote mit einer Wasserverdrängung von 685 t und einer Oberwassergeschwindigkeit von 16 kn wurden von der deutschen Kriegsmarine zurückgehalten und in ihre eigene Flottille eingereiht. Zum Ausgleich sandten die Deutschen später einige 127-t-Boote, die über eine Oberwassergeschwindigkeit von nur 6 Knoten verfügten, aber auch diese kamen erst nach der Kriegserklärung Italiens an die Donaumonarchie zur Auslieferung.

DER LUFTKRIEG ZUR SEE

In den ersten zwei Jahren besaß Österreich-Ungarn über der Adria die unbestrittene Luftherrschaft. Die Flugzeugindustrie hielt in ihrer Produktion mit dem Bedarf an Apparaten Schritt, bis sie gegen Kriegsende nicht mehr genug Material für die Fertigung der Flugzeuge erhielt.

Während des Krieges benützte die Marineluftwaffe aus Deutschland stammende und von Land aus eingesetzte Flugzeuge für den Luftkampf wie auch Seeflugzeuge aus eigener Erzeugung. Da die Armee niemals über genügend Flugzeuge verfügte, um alle ihre Ziele angreifen zu können, und da die italienischen Kriegsschiffe sich nur selten zeigten, wurden die Flugzeuge der k. u. k. Kriegsmarine oft auch zur Bekämpfung von Landzielen eingesetzt. So war es ihre Aufgabe, am 12. August 1914 die montenegrinischen Stellungen auf dem Lovčen zu bombardieren. Im Oktober griffen sie zum ersten Male französische Schiffseinheiten an, und einen Monat später wurden die ersten Nachteinsätze geflogen.

TORPEDIERUNG DES SCHLACHT-
SCHIFFES „JEAN BART", 1914
(Nach einem Gemälde von Alexander Kircher)

Gottfried Freiherr von Banfield, Maria-Theresien-Ordensritter, der erfolgreichste Kampfflieger der k. u. k. Kriegsmarine, in der Kanzel seines Flugzeugs.

1915 leisteten die Seeflugzeuge einen wichtigen Beitrag zur Verteidigung von Triest, und der Kommandant des Flughafens, Linienschiffsleutnant Gottfried Banfield, der spätere Maria-Theresien-Ordensritter, wurde zum berühmtesten k. u. k. Seeflieger. Die Seeflugzeuge von Triest griffen fast ununterbrochen die italienischen Truppen an. Die in Cattaro stationierten Apparate fanden ihre Ziele zumeist in Serbien und in Montenegro, warfen ihre Bomben aber auch über Albanien und über dem italienischen Binnenland ab.

Am 6. Juli 1915 wurde der italienische Lenkballon „Città di Ferrara" von einem k. u. k. Flugzeug über Lussin abgeschossen. Einen Monat später fiel das lenkbare Luftschiff „Città di Jesi", das am 23. Mai von einem österreichisch-ungarischen Kreuzer nach Italien zurückgejagt worden war, der Abwehrartillerie von Pola zum Opfer. Ein dritter Lenkballon fing ein Jahr später bei Lissa Feuer und ging in der Nähe der Insel verloren.

Im September 1916 sichteten zwei k. u. k. Seeflugzeuge das getaucht fahrende französische U-Boot „Foucault" bei Cattaro. Sie konnten eine echte Premiere in der Seekriegführung feiern, indem sie mit ihren Bomben aus der Luft das U-Boot versenkten; danach gingen sie trotz schwerem Seegang nieder, fischten die 29 Mann Besatzung auf und brachten sie als Gefangene ein.

Der italienische Lenkballon „Città di Jesi", der im August 1915 über Brioni abgeschossen wurde.

DIE WEITERFÜHRUNG DES U-BOOT-KRIEGES

Als am 9. Juni 1915 ein aus britischen, französischen und italienischen Kriegsschiffen zusammengesetztes Geschwader den Leuchtturm von Kap Rodoni (Albanien) beschoß, erzielte das k. u. k. U-Boot „U 4" (230 t) unter Linienschiffsleutnant Rudolf Singule auf dem britischen Kreuzer „Dublin" einen Treffer, der den Kreuzer für mehrere Monate kampfunfähig machte. Am 17. Juli traf das gleiche U-Boot auf einige feindliche Kriegsschiffe, die, unter dem Befehl eines italienischen Admirals stehend, Ragusa bombardierten. Das U-Boot torpedierte und versenkte das italienische Flaggschiff, den alten Panzerkreuzer „Giuseppe Garibaldi". Die Alliierten ließen von diesem Tage an die dalmatinischen Küsten ungeschoren.

Während dieser Zeit waren andere k. u. k. U-Boote auch in der nördlichen Adria im Einsatz. Zwei der kleinen von Deutschland gelieferten Boote (die deutschen „UB 1" und „UB 11", die späteren österreichisch-ungarischen „U 10" und „U 15"), die zuerst mit deutschen Bemannungen sowie k. u. k. Seeoffizieren und

Mannschaften zur Einschulung fuhren, waren fast immer in See. Am 8. Juni versenkte „UB 11" seinen italienischen Artgenossen „Medusa" und einige Tage später das italienische Torpedoboot „Serpente". Am 27. Juni wurde das italienische Torpedoboot „5 PN" das Opfer des gleichen U-Boots. Am 6. Juli traf ein Torpedo des deutschen „UB 14" (das manchmal als das k. u. k. U-Boot „U 26" erwähnt wird, aber von den Deutschen niemals an die österreichisch-ungarische Flotte abgetreten wurde) den 10.000-t-Panzerkreuzer „Amalfi" und versenkte ihn an der Küste von Venedig. Von nun an wagten sich die großen italienischen Einheiten in der Nordadria nicht mehr in den Hafen.

Wenige Tage nach dem ersten österreichischen Angriff auf Pelagosa, Anfang August 1915, wurde das italienische U-Boot „Nereide" von „U 5" unter Georg von Trapp vor der Insel versenkt.

Nach dem Eintritt Italiens in den Krieg begann auf beiden Seiten auch die Verwendung von Minen eine wachsende Rolle zu spielen. Österreich-Ungarn besaß einen modernen 1100-t-Minenleger, den „Chamäleon", mit 21 kn Fahrgeschwindigkeit. Aber auch andere Schiffstypen, wie z. B. U-Boote, wurden für das Werfen von Minen herangezogen. Obwohl alle verfügbaren alten Schiffe, Boote und kleinen Dampfer, wenn sie nur ein Kabel einholen konnten, im Minenräumdienst eingesetzt wurden, fielen doch viele Kriegs- und Handelsschiffe dem Minenkrieg zum Opfer. Eines davon war „U 12", das im Jahre 1914 den französischen Panzerkreuzer „Jean Bart" torpediert hatte. Als das U-Boot am 8. August 1915 versuchte, im Kielwasser eines Dampfers in den Hafen von Venedig einzudringen, stieß es auf eine Mine und sank. Später wurde es von den Italienern gehoben. Zwei Tage später ging nach einem Minentreffer das italienische U-Boot „Jalea" in die Tiefe. Die österreichisch-ungarische Kriegsmarine verwendete zumeist alte Torpedoboote und einige Küstendampfer für das Minenräumen. Eigene neue Minenräumer wurden nicht gebaut.

Zwei Tage nachdem die „Jalea" gesunken war, griff das k. u. k. U-Boot „U 3" über Wasser den italienischen Hilfskreuzer „Città di Catania" an. In dem sich nun entspinnenden Duell zwischen dem U-Boot und dem Hilfskreuzer lief dieser unmittelbar über das Boot und beschädigte es dabei so schwer, daß es nicht mehr tauchen konnte. Französische Torpedobootszerstörer versenkten das Wrack am nächsten Tag. Zwölf Mitglieder der Bemannung wurden gerettet, aber der Kommandant, Linienschiffsleutnant Karl Strnad, zog es vor, mit seinem Boot unterzugehen.

Am 30. August gelang dem k. u. k. U-Boot „U 5" eine ungewöhnliche Tat, als es vor Durazzo den griechischen Dampfer „Cephalonia" mit 2000 t Kohlenladung kaperte und nach Cattaro führte – eines der 13 Handelsschiffe, die während des Krieges von österreichisch-ungarischen U-Booten als Prise aufgebracht wurden.

Opfer des U-Boot-Krieges: ein englischer Dampfer sinkt nach einem Torpedovolltreffer mittschiffs.

Die Mittelmächte beantworteten die Blockade der westlichen Alliierten mit dem Angriff gegen die Handelsschiffahrt des Feindes. Diese Kriegsführung begann im Februar 1915 und griff im August desselben Jahres vom Atlantik auf das Mittelländische Meer über.

Im November 1915 stellten die Deutschen eine „U-Boot-Flottille Mittelmeer" auf, deren Nachschub an Heizmaterial und sonstigem Bedarf von Cattaro und Pola aus erfolgte. Die deutschen U-Boote unterstanden operativ der k. u. k. Marineleitung, und manche von ihnen führten, obwohl von Deutschen bemannt, die k. u. k. Kriegsflagge. Einmal befanden sich 32 deutsche U-Boote gleichzeitig im Mittelmeer, während Österreich-Ungarn insgesamt nur 22 Vertreter dieser Schiffsklasse besaß. Als der U-Boot-Krieg begann, waren die k. u. k. U-Boote viel zu klein, um sich aus der Adria hinauszuwagen. Später aber standen einige größere U-Boote zur Verfügung und konnten sich den Operationen ihrer deutschen Kameraden anschließen.

Eines von ihnen, „U 27" unter Linienschiffsleutnant Zdenko Hudeček, vollbrachte eine sehr bemerkenswerte Leistung. Trotz seiner Wasserverdrängung von nur 275 t über Wasser blieb es unter fast unerträglichen Lebensverhältnissen, bei Hitze, Feuchtigkeit und zeitweilig auch giftigen Gasen im Bootsinneren 90 Tage in See. Dabei wurden 4200 sm zurückgelegt (davon 70 sm unter Wasser) und zahlreiche gegnerische Handelsschiffe versenkt.

Bald wurde der Einsatz deutscher U-Boote im Mittelmeer fühlbar. Im September 1915 versenkten sie 30.000 BRT alliierten Schiffsraumes, im Oktober 60.000 und im November 135.000 BRT. Der für die Mittelmächte im U-Boot-Krieg im Mittelmeer erfolgreichste Monat war der April 1917: 218.000 BRT wurden versenkt. Im Verlaufe des Krieges vernichteten die deutschen U-Boote im Mittelmeer 1315 Handelsschiffe der Alliierten mit einer Wasserverdrängung von insgesamt 3,096.189 BRT. Die kleinen k. u. k. U-Boote konnten auf ihr Konto die Versenkung von 94 Handelsschiffen mit zusammen 190.353 BRT verbuchen. Insgesamt wurden im Krieg an die 12 Millionen feindlichen Schiffsraumes versenkt, zumeist von U-Booten und hauptsächlich im Nordatlantik.

Die Taktiken der Seekriegführung wurden durch den Einsatz der U-Boote vollkommen verändert. Der Kampf gegen die U-Boote des Feindes wurde für die alliierten Flotten zur vordringlichsten Aufgabe. Zur Abriegelung der nur 35 sm breiten Straße von Otranto brachten die Westmächte im September 1915 Netze aus, die von Fischdampfern und Driftern geschleppt wurden. Großbritannien lieferte 65 der für diesen Dienst benötigten 120 Kleinfahrzeuge. Die Drifter verbrachten gewöhnlich die Hälfte ihrer Zeit in See. Jedes dieser Boote schleppte ein rund 800 m langes Netz, das etwa 18 m tief reichte und somit eine Barrikade im Wasser schuf. Als dann tiefer tauchende U-Boote erschienen, wurden auch die Netze tiefer. An einigen von ihnen waren Minen befestigt. Mehrere Kreuzer und Zerstörer in Brindisi und Korfu wie auch in den Häfen der benachbarten Inseln wurden bereitgehalten, um im Notfall den Fischdampfern und Driftern zu Hilfe zu kommen.

Diesen Maßnahmen zum Trotz liefen noch lange die U-Boote, wie sie nur wollten, durch die Sperre. Erst im Mai 1916 fiel ihr das k. u. k. U-Boot „U 6“ zum Opfer, als es versuchte, in das Mittelmeer durchzubrechen. Die Absperrung der Straße von Otranto wurde zwar von den U-Boot-Fahrern als schweres Hindernis betrachtet, doch soweit bekannt wurde, forderte sie nur das vorgenannte U-Boot. Ende März 1917 lief das k. u. k. U-Boot „U 30“ von Cattaro aus und wurde nicht mehr gesehen. Möglicherweise ist es in der Straße von Otranto verlorengegangen, ebenso wie ein oder zwei deutsche Boote, doch ist über die Art ihrer Vernichtung nichts bekannt geworden.

Nach der Errichtung der Schleppnetzsperre am Ausgang der Adria wurde es das Hauptziel der österreichisch-ungarischen Flotte, die U-Boote durch die Meerenge durchzuschleusen. Nachdem die Evakuierung der Serben durchgeführt war, begann für die Seekriegführung in der Adria eine ruhigere Zeit. Dies galt aber nicht für den Geleitdienst des Nachschubs, der nach Albanien ging und von dort kam. Für diese Aufgabe war der stete Einsatz leichter Überwassereinheiten, vor allem von U-Booten, von Seefliegern, aber auch von Torpedoeinheiten unerläßlich.

Um die Nachschubfahrten der k. u. k. Kriegsmarine und der für diesen Zweck verwendeten Handelsschiffe zu verhindern, hielten die Alliierten einige ihrer

Ein U-Boot nach erfolgreichem Durchbruch durch die Otrantosperre. Am Turm sieht man das gerissene Fangnetz mit den daran befestigten Schwimmkörpern.

U-Boote vor den Häfen der Donaumonarchie dauernd auf Station. Es ergab sich jedoch, daß dies für die U-Boote der Westmächte viel verlustreicher war als für die erhofften Ziele. Im Juli 1916 wurde vor Lissa das italienische U-Boot „Balilla" von den k. u. k. Torpedobooten „65 F" und „66 F" versenkt, und fast zur gleichen Zeit lief das italienische U-Boot „Giacinto Pullino" im Golf von Fiume auf eine Klippe. Die Bemannung wurde gefangengenommen. Im Jahre 1916 fielen den österreichisch-ungarischen U-Booten noch sechs andere Kriegsschiffe der Westmächte zur Beute.

Die Erfolge der k. u. k. U-Boote kamen für Freund und Feind gleicherweise überraschend. Die Unterseeboote der Alliierten konnten in ihrem Kampf gegen österreichisch-ungarische Einheiten weit weniger ausrichten. Das alte Torpedofahrzeug „Magnet" und der Zerstörer „Csepel" erlitten Torpedotreffer, das erste von einem nicht feststellbaren U-Boot, der letztere vom französischen U-Boot „Bernouilli". Das gleiche Schicksal traf das Spitalschiff „Elektra", doch konnten alle drei Einheiten gerettet und nach einer gründlichen Reparatur wieder in Dienst gestellt werden.

DAS GEFECHT
IN DER OTRANTOSTRASSE

(Gemälde von Johann Seits, Privatbesitz)

XII.

Die letzten beiden Kriegsjahre 1917–1918

OTRANTO – DIE VERTEIDIGUNG VON TRIEST –
MEUTEREIEN –
DIE VERSENKUNG DES „SZENT ISTVÁN" –
DIE LETZTEN GEFECHTE – DAS ENDE – EPILOG

ZWEI EREIGNISSE – EINES DAVON ENDE 1916, DAS ANDERE ZU Beginn des Jahres 1917 – beeinflußten die Tätigkeit der k. u. k. Flotte in besonderem Maße.

Am 21. November starb Kaiser Franz Joseph I., das Symbol des über den Nationalitäten stehenden Staatswesens, im 86. Lebensjahr, nachdem er 68 Jahre lang das weite Reich regiert hatte. Sein Tod zerriß viele der Bande, die die Völker der Donaumonarchie zusammengehalten hatten. Sein Nachfolger und Großneffe, Karl I., übernahm eine schier übermenschliche Bürde.

Nicht ganz drei Monate später, am 8. Februar 1917, raffte eine schwere Krankheit auch den Großadmiral Anton Haus dahin. Wiewohl er nicht ein zweiter Tegetthoff gewesen war, hatte er doch die Flotte aktiv eingesetzt und war unter den Führern zur See im Ersten Weltkrieg sicherlich einer der besseren.

An die Stelle von Großadmiral Haus trat nun Vizeadmiral Maximilian Njegovan. Er übernahm eine tüchtige, aber erschöpfte Flotte. Der Krieg dauerte nun schon über zweieinhalb Jahre, und in zunehmendem Maße machte sich Materialmangel bemerkbar. Die radikalsozialistische und die nationalistische Werbearbeit wurde immer stärker, und noch immer war der Endsieg nicht in Sicht. Außer im U-Boot-Krieg hatte Admiral Njegovan viel weniger Erfolg als sein Vorgänger.

Inzwischen verursachten auf seiten der Alliierten das Fehlen irgendeines Fortschritts in der Adria und vor allem die Erfolglosigkeit der Otrantosperre eine ziemliche Enttäuschung. Deshalb wurden von Zeit zu Zeit die Befehlshaber der Flotten gewechselt. Im Oktober 1915 löste Vizeadmiral Dartige de Fournet den Admiral Lepeyrère als Oberbefehlshaber der französischen Mittelmeerflotte ab; ihm folgte im Dezember 1916 Vizeadmiral Gauchet. Der Herzog der Abruzzen wurde in der Leitung der italienischen Flotte von Vizeadmiral Thaon di Revel abgelöst. So standen Anfang 1917 neue Führer der Seestreitkräfte einander gegenüber, aber die Seestrategie behielt auf beiden kriegführenden Seiten das alte Antlitz.

OTRANTO, 15. MAI 1917

Für die U-Boote der Mittelmächte wurde es von Mal zu Mal schwieriger, die Straße von Otranto zu passieren. Zu ihrer Entlastung wurde im Mai 1917 der wichtigste und eindrucksvollste Angriff auf die Sperre unternommen. Unter dem Befehl des Linienschiffskapitäns Nikolaus Horthy de Nagybánya verließen die 3500-t-Spähkreuzer „Novara", „Helgoland" und „Saida" den Hafen von Cattaro, um die Linie der Schleppdampfer und Drifter aufzurollen, während die 800-t-Zerstörer „Csepel" und „Balaton" die albanische Küste entlang steuerten, um einen Geleitzug zwischen Valona und dem italienischen Festland abzufangen.

Am Morgen des 15. Mai 1917, noch in der Dunkelheit, sichteten die beiden Zerstörer südlich von Valona drei Dampfer, die von dem italienischen Zerstörer „Borea" gedeckt wurden. Die „Csepel" eröffnete das Feuer und brachte mit einer ihrer ersten Granaten die „Borea" zum Sinken. Inzwischen waren zwei der Transporter von Torpedos der „Balaton" getroffen worden, der dritte wurde durch Geschützfeuer beschädigt. Das Ganze dauerte nur wenige Minuten, und da nun das Herannahen eines mächtigen feindlichen Geschwaders zu erwarten war, wurde es für die beiden Zerstörer Zeit, ihren Kurs nordwärts, gegen den Golf von Cattaro hin, zu richten. Sie hofften auf ihrem NW- und dann N-Kurs den Gegner in den Gewässern vor Durazzo zu vermeiden.

Zur ungefähr gleichen Zeit, 03.40 Uhr, sichteten die k. u. k. Kreuzer in der Otrantostraße sieben Gruppen zu je sieben Driftern. Da diese Dampfer kein Alarmsignal erhalten hatten, hielten sie die k. u. k. Kreuzer für eigene Einheiten. Diese Täuschung wurde dadurch erleichtert, daß die k. u. k. Kreuzer vor der Aktion ihre Silhouetten verändert hatten. Um bei Nacht nicht gleich erkannt zu werden, hatten sie ihre Großmasten gegen kurze Pfahlmasten umgetauscht. Hiedurch ähnelte ihr Schattenriß feindlichen Torpedobootszerstörern. Als solche wurden sie auch von

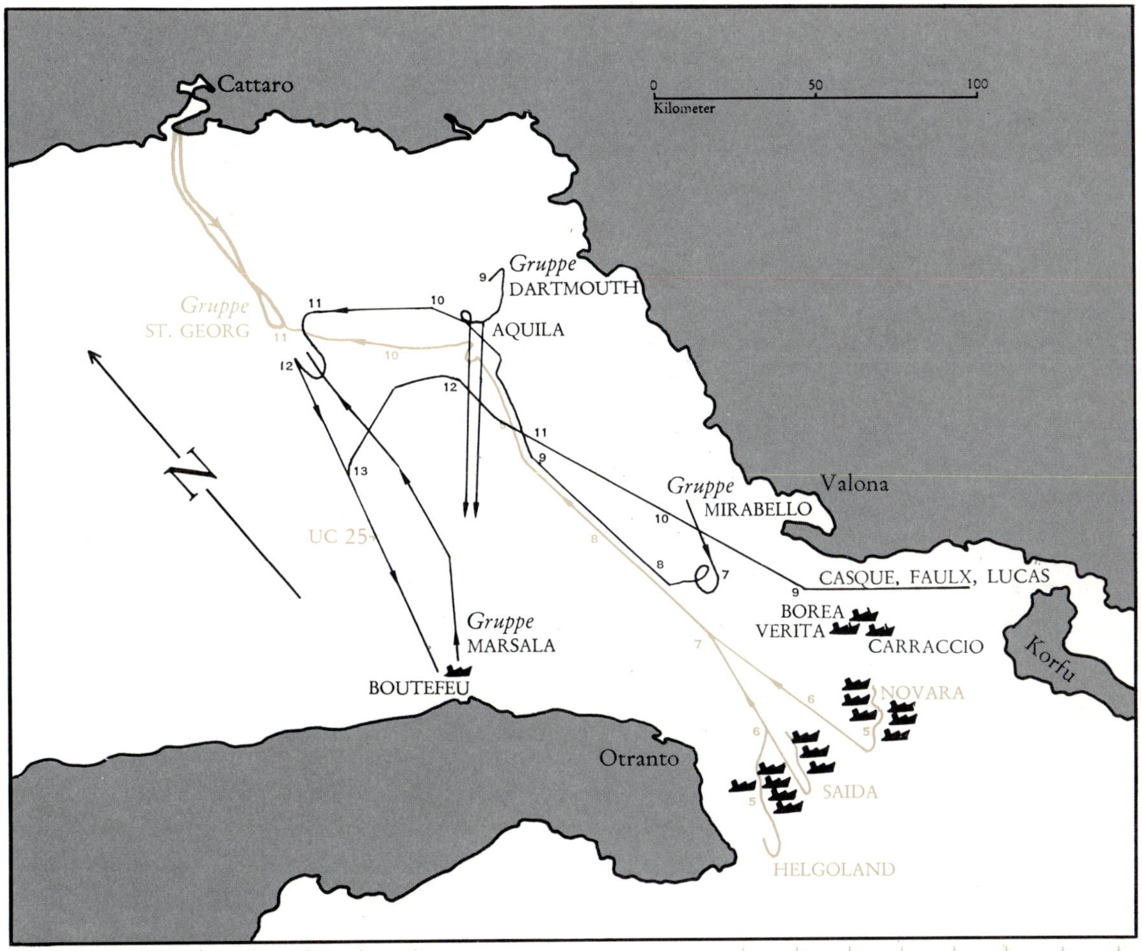

OTRANTO, 15. MAI 1917

den nördlichen Driftern angesprochen; diese ließen sie ungehindert passieren, so daß der Angriff bei Tagesanbruch überraschend von Süden aus erfolgen konnte. Erst als das Geschützfeuer der „Csepel"-Gruppe gehört wurde, regte sich der Verdacht, daß man es mit feindlichen Schiffen zu tun habe. Trotzdem blieben die Fischdampfer anfänglich auf ihren Posten.

Die angreifenden Einheiten fächerten sich auf, um in einem möglichst weiten Gebiet vorzugehen. Als die feindlichen Fischdampfer endlich ihren Irrtum erkannten, warfen sie ihre Netze los, um ihre Gegner in der Fahrt zu behindern, und ergriffen die Flucht. Trotzdem versenkten die Einheiten der Horthy-Gruppe innerhalb von zweidreiviertel Stunden 14 Drifter und beschädigten einige andere Schiffe. Nach dem Angriff schlossen sich die Einheiten wieder zusammen und steuerten gegen Cattaro.

Bis zu diesem Augenblick sah es aus, als seien die k. u. k. Einheiten vom Glück begünstigt; nun aber schien es sich der gegnerischen Seite zuzuneigen. Um 3.50 Uhr erfuhr Konteradmiral Alfredo Acton, der Kommandant der leichten Seestreitkräfte in Brindisi, von dem österreichisch-ungarischen Angriff. Unverzüglich befahl er dem italienischen Flottillenführer „Carlo Mirabello“ und vier französischen Zerstörern, die sich nördlich von Durazzo auf Patrouillenfahrt befanden, auf den Schauplatz des Geschehens abzugehen. Zwei Stunden später lief er mit dem britischen Leichten Kreuzer (5200 t) „Dartmouth“, dem etwas kleineren Kreuzer „Bristol“, dem italienischen Flottillenführer „Aquila“ und vier Zerstörern aus und steuerte nach NW, in der Hoffnung, den k. u. k. Schiffen den Rückweg abzuschneiden.

Bald danach lichtete noch eine andere Gruppe die Anker: der italienische Spähkreuzer „Marsala“ (3600 t), der Flottillenführer „Racchia“, ein Schwesterschiff des „Carlo Mirabello“, und fünf Zerstörer mit dem britischen Kreuzer „Liverpool“, dem Schwesterschiff der „Bristol“. So verstreute Acton über die südliche Adria 20 Einheiten mit 18 15-cm-, 12 12-cm- und 38 10-cm-Geschützen, denen die fünf österreichisch-ungarischen Schiffe bloß 31 10-cm-Geschütze entgegenstellen konnten. In Feuerkraft ausgedrückt, war das Verhältnis 65.000 mt zu 16.500 mt zugunsten des Feindes.

Die vorwiegend aus Zerstörern bestehende „Carlo Mirabello“-Gruppe jagte nach Süden und passierte gegen 6.00 Uhr die „Csepel“ und „Balaton“, ohne sie zu bemerken. Doch eine dreiviertel Stunde später entdeckte man die österreichischen Kreuzer und eröffnete aus einer Entfernung von über 9000 m das Feuer. Die Österreicher erwiderten es, woraufhin der alliierte Flottenverband Horthys Abteilung verfolgte, während italienische Flugzeuge Bomben auf die k. u. k. Kreuzer abwarfen, ohne Treffer zu erzielen. Dafür wurde von einem der Horthy-Kreuzer ein Flugzeug abgeschossen.

Die „Dartmouth“-Gruppe, die von Admiral Acton persönlich geführt wurde, stieß um 8.00 Uhr nicht weit von Durazzo auf die österreichisch-ungarischen Zerstörer und eröffnete mit ihren 15-cm-Geschützen auf etwa 10.500 m das Feuer. Die „Csepel“ und die „Balaton“ konnten es mit ihren viel kleineren Geschützen nicht erwidern und setzten ihre Artillerie erst ein, als sich die Entfernung auf zirka 5 Seemeilen verringerte. Dabei traf eines der Geschosse von “Csepel“ die “Aquila“ und setze sie außer Gefecht.

Als die Gruppe der k. u. k. Kreuzer nach N steuerte, wurde sie um 9.00 Uhr von Acton gesichtet. Der italienische Admiral befand sich in der für ihn vorteilhaften T-Stellung. Überraschenderweise aber änderte er seinen Kurs und lief parallel mit den drei österreichisch-ungarischen Kreuzern. Die k. u. k. Einheiten nebelten sich nun ein und gingen unter dieser Tarnung näher an den Feind, um ihre schwächere Artillerie zum Tragen zu bringen. Nachdem sich der Nebel verzogen

Eine Salve aus den Drillingstürmen des „Prinz Eugen“.

hatte, betrug die Entfernung der beiden Gegner voneinander nur mehr 4500 m. Die Alliierten lagen steuerbord von den Horthy-Kreuzern. Da nun die „Carlo Mirabello“-Gruppe von den k. u. k. Schiffen achteraus, die „Marsala“-Gruppe noch unter der Kimm backbord vor ihnen lag, waren die drei österreichisch-ungarischen Spähkreuzer so gut wie eingekreist.

Der Ring um sie schien aber doch noch nicht so fest geschlossen zu sein, wie es im Anfang ausgesehen hatte. Der „Carlo Mirabello“ und der französische Torpedobootszerstörer „Commandant Rivière“ hatten Maschinenschaden – was allem Anschein nach bei den Schiffen der Westmächte häufig vorkam –, und die Geschwindigkeit der „Bristol“, die für 25 kn gebaut war, fiel infolge des stark bewachsenen

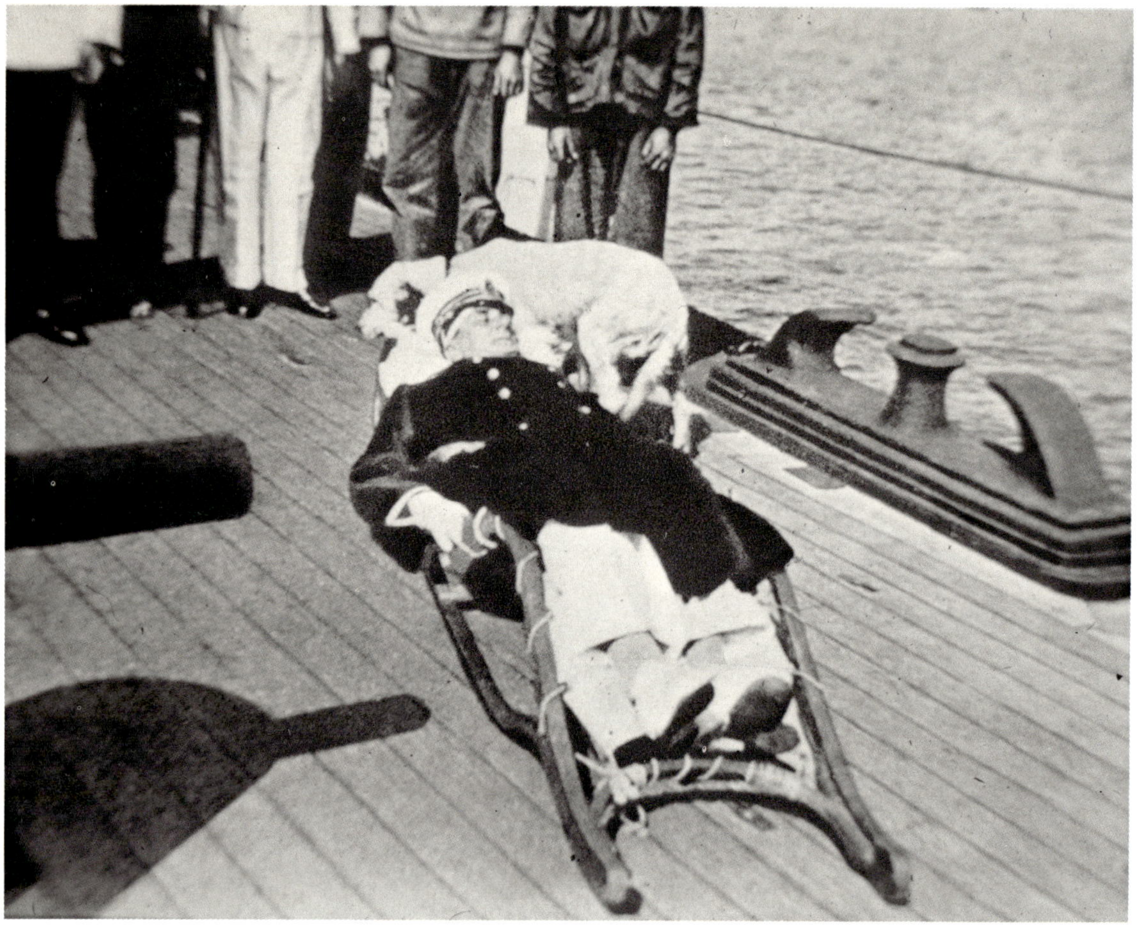

Der verwundete Linienschiffskapitän Nikolaus von Horthy auf der Tragbahre an Deck der „Novara“.

Schiffsbodens ab, so daß der Kreuzer hinter seinen Kameraden zurückblieb. Die k. u. k. Kreuzer, die 27 kn machten, feuerten aus allen Rohren. Seeflugzeuge von Cattaro und von Durazzo gingen über sie in den Tiefflug und leiteten das Feuer aus der Luft.

Zwei Stunden nach dem Beginn der Aktion wurde die „Novara“ durch einige Treffer im Maschinenraum bewegungslos. Ihr Erster Offizier war gefallen. Linienschiffskapitän von Horthy war durch Granatsplitter an den Beinen verletzt worden. Er behielt jedoch, auf einer Tragbahre liegend, die Schiffsführung, bis er infolge eines durch Gasvergiftung hervorgerufenen Ohnmachtsanfalles gezwungen war, das Kommando der „Novara“ dem Artillerieoffizier, Linienschiffsleutnant Stanislaus Witkowski, zu übergeben. An Stelle des durch einen Granatsplitter schwer verwundeten Steuermannes bemannte der Navigationsoffizier, Fregattenleutnant Pany, obwohl selbst erheblich verletzt, das Steuer.

Die „Saida“ unter Linienschiffskapitän Ferdinand von Purschka, die hinter der „Novara“ und der „Helgoland“ etwas zurückgeblieben war, preschte nun vor und nahm das hilflose Führerschiff in Schlepp, während sich die „Helgoland“ unter

Ein Luftbild vom Seegefecht an der Otrantosperre: österreichisch-ungarische Einheiten setzen sich im Schutze einer künstlichen Nebeldecke vom Feind ab. Der künstliche Nebel, eine deutsche Erfindung, wurde erstmals 1916 in der Seeschlacht am Skagerrak angewendet. Bald darauf wurde die österreichisch-ungarische Marine mit Nebelapparaten versehen. Die Ententemächte verwendeten Nebeleinrichtungen erst später.

Linienschiffskapitän Erich Heyssler zwischen sie und den Feind setzte. Damit ging die Gruppenführung an Linienschiffskapitän von Purschka über.

Die Alliierten bemerkten wohl, daß sich die „Novara" in Not befand, erfuhren aber gleichzeitig, daß der Panzerkreuzer „Sankt Georg" und andere Einheiten sich aus dem Golf von Cattaro zur Unterstützung der Kreuzergruppe näherten. Anstatt nun die Vorteile seiner Lage auszunützen (die österreichisch-ungarische Hilfsdivision war noch Stunden vom Kampfplatz entfernt), brach Acton die Aktion ab und befahl die Rückkehr der Alliierten nach Brindisi. Auf dem Wege wurde die „Dartmouth" von einem Torpedo des deutschen U-Boots „UC 25" getroffen, so daß sie abgeschleppt werden mußte. Der französische Zerstörer „Boutefeu" war weniger glücklich, denn er geriet auf eine von „UC 25" gelegte Mine und sank.

Um 18.40 Uhr waren die österreichisch-ungarischen Kreuzer in Cattaro zurück. Sie hatten wohl Beschädigungen erlitten, besonders die „Novara", aber auch sie war in wenigen Wochen wieder gefechtsbereit. Ihre Gesamtverluste betrugen 15 Tote und 31 Verletzte; hingegen hatten die Alliierten 42 Tote und 45 Verletzte zu beklagen, wobei die Verluste auf den Fischdampfern nicht mitgezählt sind.

Obwohl der Krieg noch eineinhalb Jahre dauerte, war diese Unternehmung eine der letzten, an der sich Oberwasserschiffe beteiligten. Der Erfolg dieser Aktion trat am deutlichsten für die deutschen und die k. u. k. U-Boote in Erscheinung, die während der nächsten Wochen damit rechnen konnten, die Straße von Otranto zumindest in der Nacht unbewacht vorzufinden. Die Enge dieses Seeweges hörte für kurze Zeit auf, den Handelskrieg im Mittelmeer zu behindern. Als Auswirkung des Kreuzervorstoßes vom 15. Mai 1917 ist auch anzusehen, daß die Division der neuen großen italienischen Zerstörer vom Typ „Guglielmo Pepe“ von Venedig nach Brindisi verlegt und die britischen Kreuzer um „Weymouth“ und „Newcastle“ vermehrt wurden.

DIE VERTEIDIGUNG VON TRIEST

Schon Ende 1916 war dem k. u. k. Flottenkommando vom Armeeoberkommando mitgeteilt worden, daß sich das italienische Heer, dessen Erfolge in den bisherigen neun Isonzoschlachten äußerst gering gewesen waren, für eine neuerliche Offensive vorbereitete. Am 12. Mai 1917 setzte der Angriff in voller Stärke ein.

Obwohl sich der Hauptstoß der königlichen Truppen, die in einer 40 km breiten Front vorwärtsstürmten, hauptsächlich gegen Görz und dessen Umgebung richtete, war doch auch Triest in Gefahr. Ein Durchbruch der Italiener hätte vor dem Haupthafen der Donaumonarchie nicht haltgemacht. Wäre Triest gefallen, dann hätte der Gegner fast ungehindert bis Pola vordringen können. Die altersschwachen Befestigungen auf der Landseite des Kriegshafens hätten dem Ansturm eines siegreichen Feindes wohl kaum widerstanden. Wäre aber Pola in die Hand der Italiener geraten, dann wäre die heimatlos gewordene k. u. k. Flotte gezwungen gewesen, nach dem einzigen in Betracht kommenden Zufluchtshafen, in den Golf von Cattaro, auszulaufen und fast das ganze österreichische und ungarische Litorale preiszugeben. Es ist fraglich, ob es ihr überhaupt gelungen wäre, nach Cattaro durchzubrechen, denn ein strategisch richtig denkender Gegner hätte sich mit der ganzen ihm zur Verfügung stehenden materiellen Übermacht einem solchen Ausbruchsversuch in den Weg gestellt. Aber auch in Cattaro wäre die österreichisch-ungarische Flotte wegen des Mangels an Nachschub, vor allem an Heizmaterial, und des Fehlens von entsprechenden Einrichtungen auf dem Lande zu einem langsamen, aber sicheren Hinsterben verurteilt gewesen.

Triest war aber auf einen Angriff der Italiener vorbereitet. Dem Seebezirkskommandanten Vizeadmiral von Koudelka unterstanden folgende Streitkräfte zur See:

vier Torpedoboote, ein U-Boot, vier Minensucher sowie die Lagunenflottille;

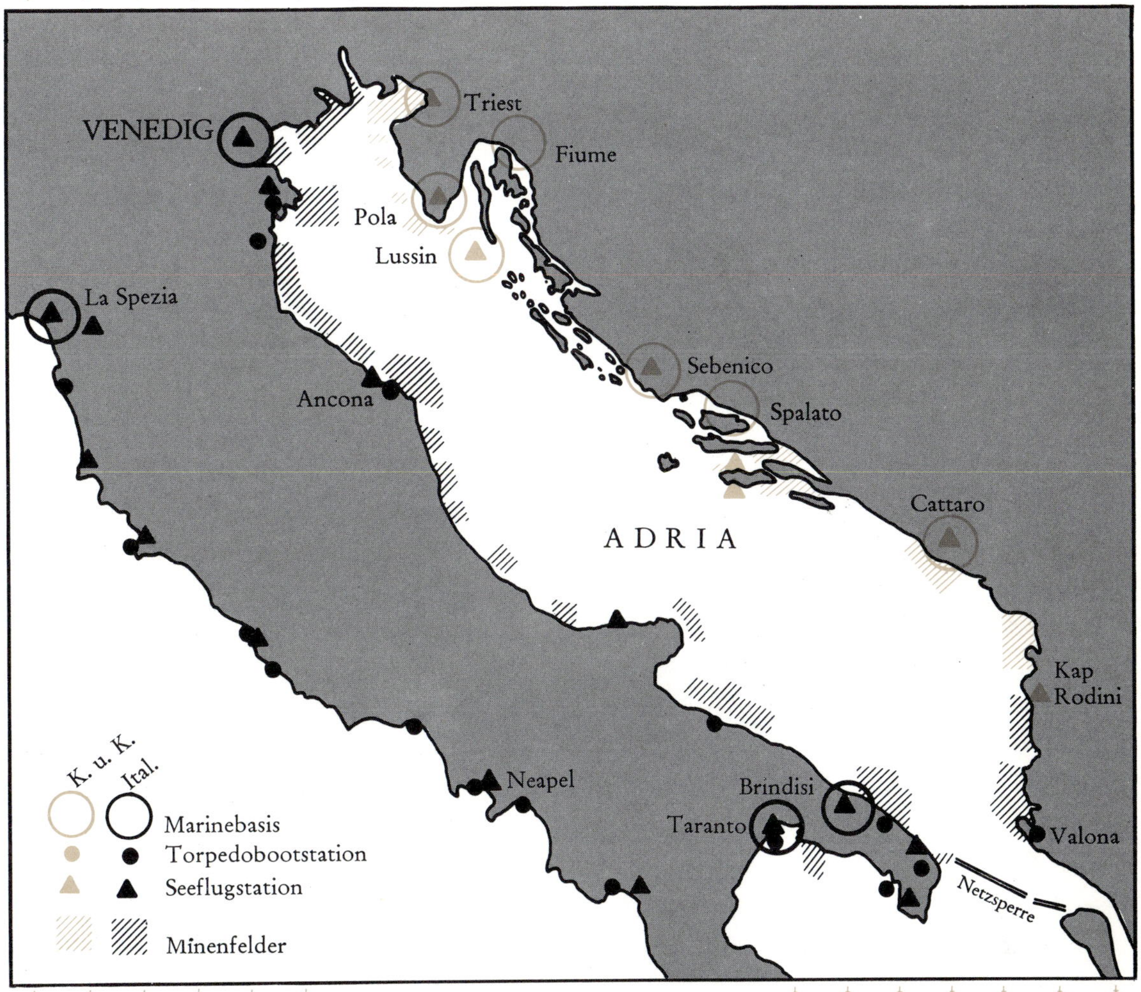

MARINESTÜTZPUNKTE 1914–1918

in der Luft: die Seeflieger unter dem Kommando von Linienschiffsleutnant Banfield;

zu Lande: das Seebataillon Triest mit 3 Kompanien und einer Radfahrkompanie, zahlreiche Marinebatterien, Luftabwehrbatterien und Marine-Scheinwerferabteilungen sowie die 187. Infanteriebrigade.

Während der italienische Angriff von See aus vor allem durch die beiden britischen Monitore „Earl of Peterborough“ und „Sir Thomas Picton“ unterstützt wurde, oblag die Verteidigung des Küstenstreifens den Seefliegern, die sowohl gegen die Seeziele wie auch gegen die Truppen des Gegners in pausenlosem Einsatz standen.

Die Tätigkeit der feindlichen Schiffe im Golfe von Panzano ließen es dem Flottenkommando rätlich erscheinen, zwei Schiffe mit schweren Geschützen und weitere

Torpedoeinheiten nach Triest zu entsenden, womit auch einem allfälligen Landungsversuch des Gegners vorgebeugt werden sollte. Deshalb wurden die alten Küstenverteidiger „Wien“ und „Budapest“ mit den Torpedobooten „4“ und „6“ nach Triest detachiert. Die alten Schlachtschiffe kehrten jedoch, als die Offensive abflaute, wieder nach Pola zurück.

Am 24. Oktober 1917 begannen die Mittelmächte mit einer großen Offensive gegen die italienische Front, die zwei Monate später zu der katastrophalen Niederlage der Italiener bei Caporetto führte. Jede der beiden Flotten unterstützte ihre Armeen durch Geschützfeuer von See aus und durch kleine Angriffe. Keine der beiden Seiten ließ es aber zu einer größeren Aktion auf See kommen.

Um so wichtiger wurde die Tätigkeit der in Triest aufgestellten Lagunenflottille. Dieser aus kleinen und kleinsten Einheiten bestehende Verband (am Ende ihrer Tätigkeit umfaßte die Flottille: 3 Kanonenboote, 3 Patrouillenboote, 6 Kreuzungsdampfer, 7 Zivildampfer, 3 Tender zu 100 t, 12 kleine Tender, 10 Motorbarkassen, 3 Pionierschleppboote, 5 Motortrabakel, 1 Motorleichter, 2 Eisenlastboote, 1 500-t-Leichter, 5 Chalands, 21 Penichen, 33 Trabakel, 4 Lagunenschleppdampfer, 47 Ruderboote, 4 Eisenboote, 3 Holzleichter, mehrere Centen und Flachboote – insgesamt etwa 180 Einheiten) hatte vielfältige Aufgaben zu bewältigen. Die zurückweichenden Italiener hatten Brücken und Eisenbahnen zerstört, so daß der gesamte Troß der vordringenden eigenen Armee auf die Beförderungsmittel der Lagunenflottille angewiesen war. Diesem Verband oblag aber auch die Entladung der in den Freihafen von Triest einrollenden Schleppzüge und der Dienst der Schiffsstationskommandanten und Hafenkapitanate in den kleinen Häfen des Gebietes.

Am 30. Oktober 1917 trafen die alten Schlachtschiffe „Wien“ und „Budapest“ neuerlich in Triest ein. Sie liefen mehrmals aus und beschossen dabei die Stellungen der Italiener an der Küste, doch kam es nie zu einer Gefechtsberührung mit größeren feindlichen Einheiten. Die „Wien“ fiel, wie schon berichtet, am 10. Dezember 1917 dem Torpedo einer MAS zum Opfer.

Im Gefolge des Vormarsches der eigenen Truppen bis zum Tagliamento stellte sich die k. u. k. Kriegsmarine durch die Tätigkeit der Lagunenflottille, der Seeflieger und der Minensuchboote vorwiegend in den Dienst der Landarmee.

MEUTEREIEN

Nach drei Kriegsjahren und den damit verbundenen Entbehrungen machten sich Anzeichen von Kriegsmüdigkeit nicht nur in der Bevölkerung, sondern auch in der k. u. k. Kriegsmarine bemerkbar. Im Juli 1917 ereigneten sich im Arsenal in Pola sowie auf einigen der großen Einheiten verschiedene Kundgebungen der Unzufriedenheit, die aber sogleich unterdrückt werden konnten.

Ernster war ein anderer Zwischenfall: Am 5. Oktober 1917 überwältigte während einer Ausfahrt des Torpedobootes „11“ ein Teil der 20köpfigen Bemannung ihre zwei Offiziere, schüchterte ihre Kameraden ein und überführte das Boot nach Ancona. Doch dieselben Männer, die sich eben der Meuterei und der Desertion schuldig gemacht hatten, halfen nun ihren Offizieren bei der Vernichtung aller geheimen Dienstsachen, um sie nicht in die Hände des Feindes fallen zu lassen. Das gab dem ganzen Unternehmen eine fast rührend menschliche Note: Die Leute waren keine Hochverräter, sie hatten einfach genug vom Krieg.

Am 1. Februar 1918 brach auf den alten Panzerkreuzern „Sankt Georg“ und „Kaiser Karl VI.“, dem Wachschiff „Kronprinz Erzherzog Rudolf“, dem Depotschiff „Gäa“ und einigen kleineren Einheiten, die im Golf von Cattaro stationiert waren, eine echte Meuterei aus. Diese Schiffe waren im Krieg an fast keiner Aktion beteiligt gewesen.

Die Meuterer verlangten gleiches Essen für alle, mehr Schuhe, mehr Urlaub und sofortige Waffenstillstandsverhandlungen. Sie sperrten alle Offiziere in die Kabinen, versprachen aber, im Falle eines feindlichen Angriffs sogleich zur alten Disziplin zurückzukehren. Die russische Revolution, die im Vorjahr begonnen hatte, wirkte sich in den meisten kriegführenden Staaten aus, und obwohl die k. u. k. Kriegsflagge noch geehrt wurde und man auf einigen Schiffen allabendlich noch immer die Kaiserhymne spielte, gingen doch auf einigen Einheiten auch schon rote Flaggen hoch.

Die kleinen Einheiten nahmen bald wieder den normalen Dienst auf; weder die Bemannungen der hart in Anspruch genommenen Flottillen noch die Angehörigen der Landarmee im Golf von Cattaro beteiligten sich an der Meuterei. Tatsächlich hatten die Meuterer bis zu dem Augenblick, da ein slowenischer Seefähnrich der Reserve die Führung an sich riß und die Bewegung deutlich in ideologisches Fahrwasser geriet, weiter nichts getan als zu drohen.

Kontreadmiral Alexander Hansa, der Marinebefehlshaber im Golf von Cattaro, ließ sich durch die Ereignisse nicht einschüchtern. Die Landbatterien wurden angewiesen, im Notfall auf auslaufende Schiffe das Feuer zu eröffnen. Tatsächlich wurde der „Erzherzog Kronprinz Rudolf“, als er seinen Ankerplatz verließ, von Land aus beschossen, getroffen und zum neuerlichen Ankern gezwungen.

Am Morgen des 3. Februar wurde den Meuterern ein Ultimatum gestellt: alle Einheiten, die sich bis 10.00 Uhr dieses Morgens nicht ergeben würden, müßten mit ihrer Torpedierung rechnen. Innerhalb weniger Stunden brach die Meuterei zusammen. Kurz danach traf eine Schlachtschiffdivision, die zur Wiederherstellung der Ordnung von Pola in den Golf entsendet worden war, ein, und das Zwischenspiel hatte ein Ende.

Drei Rädelsführer, darunter der slowenische Reserve-Seefähnrich, entkamen mit einem Seeflugzeug nach Italien, vier Aufrührer wurden standrechtlich erschossen, die sonstigen Hauptbeteiligten erhielten Gefängnisstrafen. Um die unzuverlässigen Mannschaften von ihren Einheiten abziehen zu können, wurden einige alte Schiffe, deren Verwendungsmöglichkeit ohnehin schon fraglich geworden war, abgerüstet. Die Meuterei war niedergeschlagen worden, noch bevor der Feind daraus hatte Nutzen ziehen können.

Diese Geschehnisse führten zu personellen Veränderungen in der Marineleitung. Admiral Njegovan wurde am 1. März 1918 in den Ruhestand versetzt und das Marinekommando geteilt: Linienschiffkapitän Nikolaus Horthy de Nagybánya, der im Mai 1917 den Kreuzervorstoß gegen die Otrantosperre geführt hatte, wurde bei gleichzeitiger Beförderung zum Kontreadmiral Flottenkommandant; Vizeadmiral Franz Holub, zum Kriegsbeginn Kommandant des „Viribus Unitis" und später Stabschef von Admiral Njegovan, trat an die Spitze der Marinesektion in Wien. Vizeadmiral Franz Ritter von Keil wurde Marineberater des Kaisers, dessen Zustimmung vor einer jeden wichtigen Unternehmung eingeholt werden mußte.

Das militärische Gefüge der österreichisch-ungarischen Seemacht war von den Ereignissen im Golf von Cattaro unberührt geblieben und die Mannschaft fest in der Hand ihrer Führer.

DIE VERSENKUNG DES „SZENT ISTVAN"

Im Jahre 1918 wurde die Überwachung der Straße von Otranto durch den Feind immer schärfer, und wieder war es für die U-Boote der Mittelmächte sehr schwierig, durchzukommen. Die Sperre war nun durch Minenverlegungen und Dauernetze verstärkt worden; außerdem ließen die Alliierten dauernd U-Boote, Flugzeuge und kleinere Einheiten, darunter 36 hölzerne, 33 m lange amerikanische U-Boot-Jäger in diesem Gebiet patrouillieren. Die Jagdboote besaßen neue Ortungsgeräte, hauptsächlich Hydrophone, und Unterwasserbomben.

Der neue Flottenkommandant, Konteradmiral von Horthy, beschloß nun, gegen die Otrantosperre und ihre Verteidiger einen großangelegten Angriff zu unternehmen. Auf Grund der Erfahrungen aus dem Gefecht vom 15. Mai 1917 und da er wußte, daß in Brindisi Panzerkreuzer stationiert waren, wollte er mit den großen Schlachtschiffen, Spähkreuzern und großen Zerstörern angreifen. Seit dem Angriff auf die ostitalienische Küste vom Mai 1914 war es das erste Mal, daß die Schlachtschiffe, die so viel Geld gekostet hatten, zum Einsatz kommen sollten.

Am Abend des 8. Juni 1918 verließ Horthy mit dem Dreadnought „Viribus Unitis" und dessen Schwesterschiff „Prinz Eugen" den Hafen von Pola. Statt inmitten der Adria zu steuern, benützte er die Fahrrinnen zwischen den dalmatini-

Der sinkende „Szent István“

schen Inseln und fuhr nur bei Nacht, um nicht vorzeitig vom Feind gesichtet zu werden. Die anderen beiden Dreadnoughts, „Tegetthoff“ und „Szent István“, verließen Pola am Abend darauf. Die wenigen verfügbaren Zerstörer und Torpedoboote wurden zwischen den beiden Schlachtschiffgruppen aufgeteilt.

Um 3.00 Uhr des 10. Juni wurde der „Szent István“ nach der Rundung der Insel Sansego und zirka 9 Seemeilen südwestlich der Insel Premuda von zwei Torpedos eines MAS, das vom italienischen Linienschiffsleutnant Luigi Rizzo (der sechs Monate vorher in Triest die „Wien“ versenkt hatte) geführt wurde, getroffen. Ein zweites MAS feuerte auf den „Tegetthoff“, traf ihn aber nicht. Während die beiden MAS von den Torpedoeinheiten gejagt wurden, versuchte der „Tegetthoff“ den „Szent István“ in Schlepp zu nehmen, doch es war klar, daß das weidwund geschossene Schlachtschiff verloren war, also unterließ man Schleppversuche.

Der Bordkaplan segnete das sinkende Schiff, und die Bemannung des „Tegetthoff“ verharrte schweigend, als sich der gewaltige Schiffskörper zur Seite neigte und in die Tiefe versank. Die auf seiner Brücke versammelten Offiziere wurden mitgerissen und nicht allen gelang es, sich vom Wrack freizumachen. 90 Mann gingen mit ihrem Schiff zugrunde. Es war wenige Minuten nach 6.00 Uhr.

Der Untergang des „Szent István“ wurde von Bord des „Tegetthoff“ gefilmt. Nach dem Kriege wurde der Film zugunsten hungernder österreichischer Kinder

S. M. S. „Szent István“ mit schwerer Schlagseite knapp vor dem Untergehen.

verkauft. Später geriet er in die Hände von Filmproduzenten und ist seither immer wieder verwendet worden, wenn es galt, ein untergehendes Kriegsschiff in Großaufnahme auf der Leinwand darzustellen.

Es war für die Italiener nur logisch und vernünftig gewesen, ihre MAS bei Kap Promontore (Kamenjak) zu postieren, da alle Schiffe, die an der dalmatinischen Küste weiterfuhren, dieses Kap umrunden mußten und dabei beobachtet werden konnten. Der Flottenkommandant war aber überzeugt, daß sich diese beiden MAS dort nicht auf normaler Wartestellung befunden hatten, sondern daß der Angriffsplan verraten worden war. (Tatsächlich hatten sich im Verlauf des Krieges mehrere österreichische Untertanen italienischer Abkunft hochverräterisch betätigt. In bezug auf den „Szent István“ freilich dürfte Horthys Verdacht unbegründet gewesen sein.) Auch war anzunehmen, daß die Torpedierung des „Szent István“ die feindlichen Streitkräfte in Brindisi alarmiert hatte. Horthy brach das Unternehmen ab.

Das war der letzte Versuch der k. u. k. Flotte, gegen die Verkorkung der Adria vorzugehen. Nach diesem Fehlschlag standen nur noch jene Einheiten im Einsatz, auf deren Schultern auch schon bisher die Hauptlast der österreichisch-ungarischen Seekriegführung gelegen hatte: die Flottillen und die Seeflugzeuge. Trotz immer größerer Schwierigkeiten setzten sie ihre Tätigkeit bis zum Ende fort.

Dem großen Angriff auf die Otrantosperre folgten nur mehr wenige Vorstöße von k. u. k. Seestreitkräften in die südliche Adria, die aber nur in zwei Fällen zu einer ernsthaften Gefechtsberührung mit feindlichen Einheiten führten.

In der Nacht vom 22. auf den 23. April 1918 trafen die österreichisch-ungarischen 800-t-Torpedobootszerstörer „Triglav", „Csepel", „Uszok", „Dukla" und „Lika" bei Valona auf die beiden britischen Artgenossen „Jakal" und „Hornet". Die britischen Einheiten wurden mehrfach getroffen, dabei „Jakal" so schwer, daß er bewegungslos und brennend liegenblieb, während „Hornet" abdrehte und auf die Küste zuhielt. Die k. u. k. Zerstörer wurden vom Feuer des Gegners wohl überdeckt, erlitten aber weder Beschädigungen noch Verluste. Die Briten hatten sieben Tote und 25 Verwundete zu beklagen.

Obwohl die k. u. k. Zerstörer von zehn zum Teil weit stärkeren Einheiten des Gegners verfolgt wurden, konnten sie ungehindert Cattaro erreichen.

Im Jahre 1918 begannen die Alliierten ihre großangelegte Offensive auf dem Balkan; im September mußte Bulgarien kapitulieren. Nun waren die Stellungen der k. u. k. Armee in Albanien nicht mehr zu halten, und man ging an die Evakuierung der Truppen. Bevor diese Absatzbewegung aber beendet war, griffen am 2. Oktober drei italienische Panzerkreuzer, vier britische Leichte Kreuzer, zahlreiche Zerstörer und MAS sowie 11 amerikanische U-Boot-Jäger den Hafen von Durazzo an. Während sich die kleineren Einheiten dieser Flottenabteilung gegen die im Hafen liegenden Transportschiffe wandten, begannen die großen Schiffe auf eine Entfernung von etwa 12.000 m Ziele an der Küste zu beschießen.

Zu diesem Zeitpunkt lagen die beiden alten 400-t-Zerstörer „Dinara" und „Scharfschütze" mit dem Torpedoboot „87" im Hafen. Durch ihr Geschützfeuer wurden zwei MAS außer Gefecht gesetzt, sie selbst blieben, obwohl mehrere Torpedos gegen sie abgefeuert wurden und zahlreiche Granaten in ihrer Nähe explodierten, unbeschädigt. Auch die Bomben der feindlichen Seeflieger blieben ohne Wirkung. Trotzdem schien die Lage der österreichisch-ungarischen Einheiten hoffnungslos zu sein.

Zu ihrer Rettung erschien im richtigen Augenblick das k. u. k. Unterseeboot „U 31". Die großen Schiffe nahmen das Boot sogleich unter Beschuß, konnten aber nicht verhindern, daß dem britischen Kreuzer „Weymouth" durch zwei Torpedos das Heck abgerissen wurde; er mußte abgeschleppt werden. (Der Kommandant von U 31, Linienschiffsleutnant Hermann Rigele, bekam dafür den Maria-Theresien-Orden). Auch der erneute konzentrierte Angriff der feindlichen Zerstörer auf die k. u. k. Zerstörer im Hafen hatte nicht den erhofften Erfolg; nur der „Scharfschütze" wurde von Schrapnellen getroffen und hatte zwei Tote und fünf Verletzte zu beklagen. Schließlich mußten die Alliierten den Fehlschlag ihrer Unternehmung gegen Durazzo einsehen und kehrten in ihre Heimathäfen zurück. Alles in allem verursachte das Bombardement ziemlich geringen Sachschaden, der in keinem Verhältnis zu den aufgewendeten Mitteln stand. Was die Räumungsaktion der k. u. k. Armee betrifft, so wurde sie hievon überhaupt nicht berührt.

Der alliierte Angriff auf Durazzo blieb ein moralischer Sieg der Verteidiger. Es war das letzte Seegefecht der k. u. k. Marine. In der Donaumonarchie zeigten sich allenthalben Auflösungs- und Zerfallserscheinungen, doch die Seestreitkräfte harrten auf ihrem Posten aus, obwohl sie wissen mußten, daß es ein siegreiches Ende nicht mehr geben konnte. Nach wie vor war die k. u. k. Kriegsflagge das Symbol für „Viribus Unitis“ – „Mit vereinten Kräften“ –, jenes Motto Kaiser Franz Josephs I., das die Flotte der alten Monarchie beflügelte, die Zerreißprobe des Weltkriegs unbesiegt bis zum letzten Flaggenschuß zu bestehen.

DAS ENDE

Gegen Ende des Jahres 1918 zerstörten das Fehlschlagen der Offensiven der Mittelmächte im Westen wie im Süden, der Zusammenbruch Bulgariens und der Türkei, der Mangel an Nahrungsmitteln, die zunehmenden Lostrennungsbestrebungen der Völker in der Donaumonarchie und nicht zuletzt die Werbearbeit radikaler sozialistischer Gruppen jede Hoffnung der Zentralmächte auf einen noch möglichen Sieg. Überdies schienen die von Präsident Wilson verkündeten Vierzehn Punkte als Friedensgrundlage vernünftig und annehmbar zu sein.

Kaiser Karl I. unternahm noch in letzter Minute den Versuch, sein Reich auf föderativer Grundlage und mit weitgehenden Zugeständnissen für die Autonomie der einzelnen Nationalitäten zusammenzuhalten. Aber es war zu spät. Am 7. Oktober erklärten die Polen ihre Unabhängigkeit, am 28. Oktober wurde die Tschechoslowakische Republik ausgerufen, am 29. der Staat der Serben, Kroaten und Slowenen (Jugoslawien).

In der Hoffnung, daß der neue Staat Jugoslawien sich veranlaßt fühlen könnte, unter der Herrschaft der Habsburger zu verbleiben, übergab der Monarch am 30. Oktober die gesamte k. u. k. Kriegsmarine dem neugebildeten jugoslawischen Nationalrat. Offiziere und Mannschaften wurden ihres Soldateneides entbunden, und am nächsten Tage wurde die Flotte von jugoslawischen Offizieren übernommen. Ein früherer Kommandant des Schlachtschiffes „Prinz Eugen“, Konteradmiral Dragutin Prica, wurde Flottenkommandant. Am 31. Oktober 1918 wurde die rotweißrote Flagge niedergeholt und die rotweißblaue Nationalflagge Jugoslawiens gehißt. Zu gleicher Zeit wurde die Donauflottille nach Budapest zurückbeordert und hißte die ungarische Nationalflagge. Die österreichisch-ungarische Kriegsmarine hatte zu bestehen aufgehört.

Ein Augenzeugenfoto von der formlosen Einholung der k. u. k. Kriegsflagge auf dem Marineflaggenschiff „Viribus Unitis“.

Nachdem Kontreadmiral von Horthy mit seiner Admiralsflagge unter dem Arm die Flotte verlassen hatte, traf die Donaumonarchie der letzte und härteste Schlag: Graf Michael Karolyi hob die dualistische Verbindung Österreichs mit Ungarn auf und setzte eine unabhängige ungarische Regierung ein. Am 1. November wurden die ungarischen Truppen von der italienischen Front abgezogen und durch die damit in der Verteidigungslinie entstandene Lücke drangen die Italiener ein.

Am 3. November wurde zwischen den Alliierten und Österreich-Ungarn ein Waffenstillstand geschlossen. Kaiser Karl verzichtete erst am 11. November 1918 auf die Ausübung seiner Herrscherrechte, aber zu dieser Zeit hatte die Monarchie tatsächlich schon zu existieren aufgehört.

Die Flagge Rot-Weiß-Rot.

EPILOG

Der „Viribus Unitis", das stolze Flaggenschiff der k. u. k. Marine, wurde noch nachträglich ein Opfer des Krieges.

Am 1. November 1918, 6.00 Uhr, als die neuen Herren der ehemaligen k. u. k. Flotte die Übergabe der österreichisch-ungarischen Kriegsschiffe an sie feierten, explodierte an der Bordwand der „Jugoslavia", des früheren „Viribus Unitis", eine italienische Schwimm-Mine. Das Schiff sank und mit ihm der Kommandant, Linienschiffskapitän Janko Vuković.

Nicht lange erfreuten sich die Jugoslawen der übrigen Kriegsschiffe der ehemaligen Donaumonarchie. Einige Tage nachdem die Jugoslawen von ihnen Besitz ergriffen hatten, erschienen in den istrianischen wie in den dalmatinischen Häfen italienische Kriegsschiffe. Am 9. November wurde auf allen früheren k. u. k. Einheiten die italienische Flagge gehißt. Als die Flotte dann später endgültig aufgeteilt wurde, gönnte man den Jugoslawen nur 11 Torpedoboote und einige Donaumonitore, den Rest teilten sich die Sieger untereinander auf.

Als die k. u. k. Kriegsmarine zu bestehen aufhörte, mußten ihre Offiziere und Mannschaften ein neues Leben beginnen. Nur wenige von ihnen konnten ihrem Berufe in den Flotten der Nachfolgestaaten treu bleiben, oder ihre seemännischen Kenntnisse und Erfahrungen in den Handelsmarinen fremder Länder verwerten. Besonders hart traf das Schicksal jene, die in der kleinen und verarmten binnenländischen Republik Österreich beheimatet waren und sich dort einen neuen Beruf suchen mußten. Gleich nach dem Zusammenbruch hieß es, daß die k. u. k. Flotte samt ihren Offizieren von den Vereinigten Staaten übernommen werde. Dieses Gerücht erwies sich bald als unbegründet. Die holländische Handelsmarine allerdings übernahm 50 ehemalige k. u. k. Seeoffiziere für den Dienst in Niederländisch-Indien. Und selbst 1938, nach der Besetzung Österreichs, wurden viele frühere k. u. k. Seeoffiziere trotz ihres Alters in die Deutsche Marine übernommen.

Nach und nach fanden die meisten der im allgemeinen sehr gebildeten und arbeitsfreudigen ehemaligen k. u. k. Seeoffiziere und Techniker neue Beschäftigungen, und manche von ihnen hatten bemerkenswerte Laufbahnen aufzuweisen. Vor allem war Vizeadmiral Nikolaus von Horthy erfolgreich, der nach der Niederschlagung der Kommunistenherrschaft von Béla Kún Reichsverweser von Ungarn, dem Königreich ohne König, wurde.

Viele der jüngeren Offiziere bezogen die Universität oder ergriffen Zivilberufe. Einige wanderten aus und erreichten in der Welt der akademischen Lehrtätigkeit oder in Handel und Industrie sehr beachtliche Stellungen.

Wo sie heute auch sein und was immer sie auch tun mögen – alle, die einst unter der rotweißroten Kriegsflagge dienten, sind ihr in der Erinnerung treu geblieben und tragen unverkennbar den Stempel dieses hehren Symbols in sich.

Nachwort

EINE ENGLISCHE AUSGABE DIESES BUCHES WURDE IM AUFTRAG des US Naval Institute, Annapolis, Md., geschrieben. Es ist der einzige Bericht in dieser Sprache über die k. k. und k. u. k. Kriegsmarine, von der man im Ausland viel zu wenig weiß.

Nicht nur im Ausland. Deshalb begrüßte ich es mit besonderer Genugtuung, daß es der Verlag Fritz Molden in dankenswerter Weise übernommen hat, dem deutschsprachigen Leserpublikum Gelegenheit zu geben, sich mit den Leistungen der österreichischen Kriegsmarine vertraut zu machen. Die deutsche Ausgabe wurde inhaltlich erweitert und mit vielen neuen, zum Teil erstmals veröffentlichten Originalillustrationen versehen.

Mein besonderer Dank gilt meinem Bruder, Kapitän a. D. Hans Hugo Sokol, dem Nestor der österreichischen Marinehistoriographen, der mir bei der vorliegenden Fassung mit Rat und Tat zur Seite stand, so daß man füglich von Mitautorschaft sprechen kann; ferner Herrn Dr. Friedrich Fritz (Heeresgeschichtliches Museum, Wien) und Herrn Franz Bilzer (Kriegsarchiv, Wien), der auch die technischen Zeichnungen schuf, für ihre Hilfsbereitschaft und fachmännische Unterstützung, sowie dem Lektorat des Verlages Fritz Molden, Cheflektor Johannes von Eidlitz und Dr. Günter Treffer, die sich um die Gestaltung des Werkes höchst verdient gemacht haben.

Wien/Palo Alto, Calif., im Sommer 1972 — A. E. Sokol

Professor Anthony Eugene Sokol, geboren 1897 in Wien, trat 1915 als Kadett in die österreichisch-ungarische Marine ein und rüstete nach deren Auflösung 1918 als Fregattenleutnant ab. Nach dem Ersten Weltkrieg diente Sokol in der niederländischen Handelsmarine in Ostindien.

Im Jahre 1929 ging er an die Stanford University, erwarb 1930 den M. A. und 1932 den Dr.phil. Bis zu seiner Emeritierung im Jahre 1962 war A. E. Sokol Dekan des Instituts für Ostasiatische Sprachen und Professor für Internationale Sicherheit am Institut für Politikwissenschaften der Stanford University.

Sokol ist Mitarbeiter des Hoover-Institutes und leitet Forschungsprojekte auf dem Gebiet der Rüstungskontrolle und Abrüstung für die Regierung der Vereinigten Staaten.

A. E. Sokol ist Autor zahlreicher Veröffentlichungen zum Thema Landesverteidigung und Seekriegführung im Atomzeitalter.

BILDQUELLENNACHWEIS

FARBBILDER

Heeresgeschichtliches Museum, Wien
Buchdecke, Seite 8, 33, 97, 117, 120/121, 128

Österreichische Galerie, Wien
Seite 57

Aus A. Koudelka, „Unsere Kriegsflotte“, Laibach 1908
Seite 16, 24, 169

Privatbesitz
Seite 72/73, 80, 144, 176

SCHWARZWEISSBILDER

Heeresgeschichtliches Museum, Wien
Seite 22, 39, 48, 77, 92, 111, 136, 138, 149, 150, 155, 159, 163, 164, 181, 190

Kriegsarchiv, Wien
Seite 19, 26, 29, 38, 46, 47, 51, 53, 58, 75, 94, 101, 104, 108, 114, 134, 165, 170

Österreichische Nationalbibliothek, Wien
Seite 11, 23, 37, 43, 49, 95, 103

Aus Nikolaus von Martiny, „Bilddokumente aus Österreich-Ungarns Seekrieg 1914–1918“, Graz 1939
Seite 110, 133, 137, 141, 142, 152, 154, 161, 166, 167, 171, 173, 175, 182, 183, 189, 194

Aus A. Koudelka, „Unsere Kriegsflotte“, Laibach 1908
Seite 16, 24, 83, 169

Österreichische Galerie, Wien
Seite 57

Privatbesitz
Seite 87, 116, 193

Aus Karl von Scherzer, „Reise der österreichischen Fregatte Novara“, Wien 1864
Seite 91

Von Franz Bilzer, Wien, stammen folgende Strichzeichnungen im Text:
Seite 66, 67, 74, 106, 107, 124, 125

Anhang

GLOSSARIUM

SCHLACHTSCHIFF, auch LINIENSCHIFF, ist das schwer bewaffnete und gepanzerte, mittelmäßig schnelle Schiff, das für den eigentlichen Flottenkampf bestimmt ist.

KREUZER, eingeteilt in kleine, geschützte, Panzer- und Schlachtkreuzer, der Größe, Bewaffnung und dem Panzerschutz entsprechend. Die Hauptaufgabe im Flottenkampf ist die Aufklärung (daher auch manchmal mit dem englischen Wort „Scout" bezeichnet). Daneben haben sie aber im Krieg und Frieden vielerlei Aufgaben zu erfüllen, wie „Zeigen der Flagge" bei Auslandsreisen, Handelslinien und Schutz der eigenen Schiffahrt, oder den Dienst als Führer von Torpedoflottillen. Sie sind im allgemeinen leichter bewaffnet und gepanzert als Schlachtschiffe, dafür aber schneller.

TORPEDOFAHRZEUGE. Schon vor der Erfindung des mobilen Torpedos gab es kleine Fahrzeuge, die eine Sprengladung an feindliche Schiffe heranführen sollten, um sie damit zu versenken. Der mobile Torpedo brachte den Bau von vielen kleinen, aber verhältnismäßig schnellen Booten, die ein oder mehrere Rohre zum Lanzieren des Unterwassergeschosses führten. Um sie zu bekämpfen, wurden größere und geschwindere Fahrzeuge gebaut: die Torpedobootszerstörer, daneben auch Torpedokanonenboote verschiedener Art.

UNTERSEEBOOT. Im Anfang eigentlich kein reines Unterwasserfahrzeug, sondern für das Fahren an der Oberfläche gebaut, doch mit der Möglichkeit, im Bedarfsfall auch für kurze Zeit getaucht fahren zu können, um so ungesehen an den Feind heranzukommen.

HILFSSCHIFFE: Eine Flotte braucht eine Anzahl von Hilfsschiffen verschiedener Art, wie Kohlendampfer, Werkstattschiffe, Mutterschiffe für Torpedofahrzeuge und Unterseeboote. Hebeschiffe für die letzteren, Schulschiffe, Jachten und eine Reihe von Tendern für verschiedene Zwecke.

FREGATTEN: Sie entsprachen den späteren großen oder Panzerkreuzern, waren kleiner als die Linienschiffe, schwächer bewaffnet, aber etwas schneller.

FLAGGENSCHIFF: In der k. u. k. Kriegsmarine die Bezeichnung für ein Flaggschiff.

KORVETTEN: Entsprachen den späteren kleinen Kreuzern.

KANONENBOOTE: Kleiner als Korvetten, dienten sie hauptsächlich dem Küstenschutz und der Seepolizei.

STAPELLAUF: Das Alter eines Kriegsschiffes wird gewöhnlich nicht vom Datum der Kiellegung oder der Indienststellung gerechnet, sondern von dem des Stapellaufs, wenn das noch unfertige Schiff von der Helling abläuft, um dann vollkommen ausgebaut zu werden.

BESTÜCKUNG: Diese umfaßt die am Bau befindlichen Kanonen, wobei zwischen schwerer Artillerie (ab 24 cm Kaliber), mittlerer Artillerie (10–24 cm) und leichter Artillerie (unter 10 cm) unterschieden wird. Dazu kommen die Torpedolanzierrohre, bei größeren Schiffen meist unter Wasser eingebaut, bei kleineren in Lanzierrohren auf Deck aufgestellt.

PANZER: Bei neueren Schiffen aus gehärtetem Stahl. Man unterscheidet den horizontalen und den vertikalen Panzer, der erstere hauptsächlich das Deck schützend, der letztere am Gürtel angebracht. Nicht die ganze Schiffslänge und -höhe ist gleich stark gepanzert, nur die lebenswichtigen Teile haben vollen Panzerschutz.

KÜSTENVERTEIDIGER: Eine Art von kleinen Schlachtschiffen, schwächer armiert und gepanzert und langsamer als gleichartige Schlachtschiffe. Sie dienen hauptsächlich dem Küstenschutz und werden meist nur von den kleinen Marinen gebaut. Da der Kampfwert eines Schlachtschiffes etwa mit dem Quadrat der Größe ansteigt, hatten Küstenverteidiger im Kampf gegen die meist mehr als doppelt so großen, richtigen Schlachtschiffe keine Aussicht auf Erfolg. Im Ersten Weltkrieg kamen aber auch Schiffe dieser Art auf, die besonders für die Beschießung der feindlichen Küsten bestimmt waren und als Monitore bezeichnet wurden.

SCHIFFSGRÖSSE: Bei Kriegsschiffen wird die Größe in Tonnen des von ihnen verdrängten Wassers (Deplacement) gemessen, gewöhnlich bei halber Zuladung von

Kohle oder Öl, Munition und Vorräte, da die Wasserverdrängung bei voller Zuladung größer ist. Bei Handelsschiffen wird nicht das Gewicht des Schiffes, sondern der Rauminhalt in Tons von je 100 Kubikfuß angegeben. Bruttotonnengehalt bezieht sich auf den gesamten umschlossenen Schiffsraum, Nettogehalt ist der Raum, der für Ladung oder Passagiere übrigbleibt nach Abrechnung des für den Betrieb des Schiffes benötigten Raums, also Maschinenraum, Offizierskabinen und Mannschaftsräume etc. Neuerdings wird aber, besonders bei Frachtdampfern, die Größe in Tonnen „deadweight" angegeben, d. i. die Ladefähigkeit in Gewichtstonnen.

SCHIFFSGESCHWINDIGKEIT: Diese wird in Knoten angegeben, wobei ein Knoten einer Geschwindigkeit von einer Seemeile, das sind 1852 m/h, entspricht. Ein Schiff, das 20 Knoten fährt, legt also in einer Stunde 37 km zurück. Distanzen auf See werden in Seemeilen gemessen. Diese Einheit entspricht einer Minute (ein Sechzigstel eines Grades) am Äquator.

DIE DIENSTGRADE DER k. u. k. KRIEGSMARINE

	Entspricht dem Dienstgrad im Landheer
Großadmiral	Feldmarschall Generaloberst
Admiral	General (d. Inf., d. Kav.) Feldzeugmeister
Vizeadmiral	Feldmarschalleutnant
Kontreadmiral[1]	Generalmajor
Linienschiffskapitän	Oberst
Fregattenkapitän	Oberstleutnant
Korvettenkapitän	Major
Linienschiffsleutnant	Hauptmann
Fregattenleutnant	Oberleutnant
Seefähnrich	Leutnant
Seekadett[2] Seeaspirant[2]	Fähnrich

[1] Die Schreibung Kontreadmiral, anstelle der ansonsten üblichen Form „Konteradmiral", war der k. u. k. Marine eigentümlich.
[2] Auch zum Seeoffizierskorps gehörig.

SCHLACHTORDNUNG DER ÖSTERREICHISCHEN FLOTTE BEI LISSA
Oberkommandierender: Kontreadmiral Wilhelm von Tegetthoff

ERSTE DIVISION (Panzerschiffe) Kontreadmiral Tegetthoff	Erzherzog Ferdinand Max *Flaggenschiff*	Panzerfregatte 1. Klasse	5.130 t
	Habsburg	Panzerfregatte 1. Klasse	5.130 t
	Kaiser Max	Panzerfregatte 2. Klasse	3.588 t
	Prinz Eugen	Panzerfregatte 2. Klasse	3.588 t
	Don Juan d'Austria	Panzerfregatte 2. Klasse	3.588 t
	Drache	Panzerfregatte 3. Klasse	3.065 t
	Salamander	Panzerfregatte 3. Klasse	3.065 t
	Kaiserin Elisabeth	Erkundungs-Raddampfer	1.470 t
ZWEITE DIVISION (Holzschiffe) Commodore Anton von Petz	Kaiser *Flaggenschiff*	Linienschiff	5.194 t
	Novara	Fregatte 1. Klasse	2.497 t
	Fürst Felix Schwarzenberg	Fregatte 1. Klasse	2.514 t
	Graf Radetzky	Fregatte 2. Klasse	2.198 t
	Adria	Fregatte 2. Klasse	2.198 t
	Donau	Fregatte 2. Klasse	2.198 t
	Erzherzog Friedrich	Korvette	1.474 t
	Greif	Erkundungs-Raddampfer	1.260 t
	Stadion (unbewaffnet)	Erkundungsdampfer	1.400 t
DRITTE DIVISION (Kanonenboote) Korvettenkapitän Ludwig Eberle	Hum *Flaggenschiff*	Kanonenboot	869 t
	Dalmat	Kanonenboot	869 t
	Vellebich	Kanonenboot	869 t
	Wall	Kanonenboot	852 t
	Reka	Kanonenboot	852 t
	Seehund	Kanonenboot	852 t
	Streiter	Kanonenboot	852 t
	Narenta	Schoner	501 t
	Kerka	Schoner	501 t
	Andreas Hofer	Erkundungs-Raddampfer	770 t

Insgesamt: 27 Schiffe, 57.344 t, 10.360 PS, 532 Kanonen (davon 115 gezogene 24-Pfünder), 7.871 Mann.

SCHLACHTORDNUNG DER ITALIENISCHEN FLOTTE BEI LISSA
Oberkommandierender: Admiral Carlo di Pellion Conte di Persano

ERSTES GESCHWADER (Panzerschiffe) Admiral Persano	Rè d'Italia *Flaggschiff* Rè di Portogallo Maria Pia San Martino Ancona Castelfidardo Messagero	Panzerfregatte Panzerfregatte Panzerfregatte Panzerfregatte Panzerfregatte Panzerfregatte Erkundungsraddampfer	5.700 t 5.700 t 4.250 t 4.250 t 4.250 t 4.250 t 1.000 t
ZWEITES GESCHWADER (Holzschiffe) Vizeadmiral Giovanbattista Conte Albini	Maria Adelaide *Flaggschiff* Duca di Genova Carlo Alberto Gaeta Garibaldi Principe Umberto Vittorio Emanuele San Giovanni Guiscardo	Fregatte Fregatte Fregatte Fregatte Fregatte Fregatte Fregatte Korvette Korvette	3.459 t 3.515 t 3.200 t 3.980 t 3.680 t 3.501 t 3.415 t 1.780 t 1.400 t
DRITTES GESCHWADER (Panzerschiffe) Konteradmiral Giuseppi Vacca	Principe di Garignano *Flaggschiff* Affondatore Terribile Formidabile Palestro Varese Esploratore	Panzerfregatte Panzerrammboot Panzerkorvette Panzerkorvette Panzerkanonenboot Panzerkanonenboot Erkundungsraddampfer	4.086 t 4.070 t 2.700 t 2.700 t 2.000 t 2.000 t 1.000 t
FLOTILLE abkommandiert zum Ersten Geschwader	Vinzaglio Montebello Confienza Sirena	Kanonenboot Kanonenboot Kanonenboot Erkundungsboot Transportdampfer	262 t 262 t 262 t ? ?

Insgesamt: 12 Panzerschiffe, 14 Holzschiffe, 5 Erkundungsboote, 3 Transportschiffe; 86.022 t, 14.160 PS, 645 Kanonen (davon ca. 300 mit gezogenem Lauf, Kaliber 15—25 cm), 10.886 Mann. Österreichische Aufstellungen führen noch einige weitere kleinere Einheiten an, die in den italienischen Aufstellungen fehlen.

NEUERWERBUNGEN DER ÖSTERREICHISCH-UNGARISCHEN FLOTTE, 1866—1894

Name (Jahr des Stapellaufs)	Wasserverdrängung in t	Geschwindigkeit in kn	Bestückung: Artillerie und Torpedorohre	Panzerstärke		
				Deck	Gürtel	Geschütz
KASEMATTSCHIFFE						
Lissa (1869)	6.680	13,3	12 23 cm 6 47 mm	37 mm	152 mm	127 mm
Erzherzog Albrecht (1872)	5.994	13,0	8 23 cm	37 mm	203 mm	178 mm
Kaiser (1871)[1]	5.194	12,0	10 23 cm	37 mm	203 mm	178 mm
Custoza (1872)	7.100	14,0	8 23 cm 6 9 cm 9 47 mm	37 mm	229 mm	178 mm
Don Juan d'Austria (1875)[1]	3.588	9,0	8 21 cm	25 mm	203 mm	157 mm
Kaiser Max (1875)[1]	3.588	11,0	8 21 cm	25 mm	203 mm	157 mm
Prinz Eugen (1877)[1]	3.588	11,0	12 18 cm 2 Vierpfünd.	25 mm	203 mm	157 mm
Tegetthoff (1878)	7.500	16,0	6 21 cm 6 9 cm 2 67 mm[2]	75 mm	356 mm	356 mm
TURMSCHIFFE						
Kronprinz Erzherzog Rudolf (1887)	6.870	16,0	3 30,5 cm 6 12 cm	68 mm	305 mm	254 mm
Kronprinzessin Erzherzogin Stephanie (1887)	5.100	17,0	2 30,5 cm 6 15 cm	68 mm	229 mm	283 mm
FREGATTEN						
Radetzky (1872)		14,0	15 15 cm			
Laudon (1873)	3.430	13,2	15 15 cm			
Helgoland (1867)	1.830	10,7	2 18 cm 4 Achtpfünd. 1 Vierpfünd.			
KORVETTEN						
Fasana (1870)	1.970	12,0	2 18 cm 4 Achtpfünd.			
Zrinyi (1871) Frundsberg (1873) Aurora (1873)	1.350	11,0	4 15 cm 2 Vierpfünd.			
Donau (1874)	2.440	12,0	13 15 cm			
Saida (1878)	2.510	12,0	11 15 cm			

[2] Umgebaute und modernisierte ältere Schiffe
[1] Ursprüngliche Bestückung; später geändert

NEUERWERBUNGEN DER ÖSTERREICHISCH-UNGARISCHEN FLOTTE, 1866—1894

Name (Jahr des Stapellaufs)	Wasserverdrängung in t	Geschwindigkeit in kn	Bestückung: Artillerie und Torpedorohre	Panzerstärke Deck	Panzerstärke Gürtel	Panzerstärke Geschütz
GESCHÜTZTE KREUZER						
Kaiser Franz Josef I (1889) Kaiserin Elisabeth (1890)	4.050	19,0	2 23 cm 6 15 cm 5 47 mm 10 37 mm 4 Torpedorohre[2]	37 mm		90 mm
PANZERKREUZER						
Kaiserin und Königin Maria Theresia (1893)	5.200	19,0	2 23 cm[2] 6 15 cm 18 47 mm 4 Torpedorohre[2]	57 mm	100 mm	100 mm
TORPEDOSCHIFFE						
Zara (1879) Spalato (1879)	840	14,0	5 leichte Kanonen 5 Torpedorohre[2]			
Sebenico (1882)	890	14,0	5 leichte Kanonen 2 Torpedorohre[2]			
Lussin (1883)	1.000	14,0	5 leichte Kanonen 1 Torpedorohr[2]			
Panther (1885) Leopard (1885)	1.530	18,0	2 15 cm 10 47 mm 6 Torpedorohre[2]			
Tiger (1887)	1.680	18,0	4 12 cm 10 47 mm 4 Torpedorohre			
TORPEDOFAHRZEUGE						
Meteor (1887)	350	21,0	8 47 mm 3 Torpedorohre			
Komet (1888) Blitz (1888)	360	21,0				
Planet (1889)	490	20,0	2 70 mm 3 Torpedorohre			
Trabant (1890)	540	20,0	1 70 mm 3 Torpedorohre			
Satellit (1893)	530	23,0	1 70 mm 3 Torpedorohre			

[2] Ursprüngliche Bestückung; später geändert.

NEUERWERBUNGEN DER ÖSTERREICHISCH-UNGARISCHEN FLOTTE, 1866—1894

Name (Jahr des Stapellaufs)	Wasserverdrängung in t	Geschwindigkeit in kn	Bestückung: Artillerie und Torpedorohre	Deck	Panzerstärke Gürtel	Geschütz
TORPEDOBOOTE						
I (1875)	10	13,0	2 Spieren-torpedos			
II—VIII (1878—1881)	27-29	15,0-18,0	2 Torpedorohre			
IX, X (1881)	47	17,0	2 Torpedorohre			
XI—XXXII (1883—1887)	56-64	17,0	1 *37* mm 1 Torpedorohr			
XXXIII—XXXIX (1887—1891)	64-70	18,0	2 *37* mm 2 Torpedorohre			
22 Einheiten der Habicht-Klasse (1886—1892)	78	19,0 (für beide)	2 *37* mm 2 Torpedorohre (für beide)			
2 Einheiten der Adler-Klasse (1886)	95					
MONITORE						
Maros (1871) Leitha (1871)	310	8,0	2 *15* cm[2]			
Körös (1892) Szamos (1892)	448	10,0	2 *12* cm 2 *70* mm			
(Monitore und Kanonenboote)				*25* und *19* mm	*50* mm	*75* mm
KANONENBOOTE						
Nautilus (1873) Albatros (1873)	570	10,0	2 *15* cm 1 *70* mm			
RADDAMPFER						
Miramar (1872) Kaiserliche Jacht	1.830	17,0	2 *9* cm			
Andreas Hofer (1873)[1] Kanonenboot	560	10,0	1 *15* cm			
Triton (1875) Hafenboot	194	10,0	2 *70* mm			
Taurus (1877) Kanonenboot	560	11,0	1 *15* cm 2 *10* cm 1 *7* cm			
Greif (1883) Admiralitätsjacht	1.370	13,0	2 leichte Kanonen			
HILFSSCHIFFE						
Pola (1870)	910	10,0	2 leichte Kanonen			
Cyklop (1871)	2.150	11,0				

[1] Umgebaute und modernisierte Schiffe.
[2] Ursprüngliche Bestückung; später geändert.

NEUERWERBUNGEN DER ÖSTERREICHISCH-UNGARISCHEN FLOTTE, 1866—1894

Name (Jahr des Stapellaufs)	Wasserverdrängung in t	Geschwindigkeit in kn	Bestückung: Artillerie und Torpedorohre	Deck	Panzerstärke Gürtel	Geschütz
TORPEDODEPOTSCHIFFE			2 *15* cm			
Pelikan (1891)	2.470	18,3	2 *70* mm			
			8 *47* mm			
Gäa (1891)	13.000	19,0	4 *12* cm			
			4 *70* mm			
SCHLEPPTENDER						
Hippos (1888)	97	12,0	3 leichte			
Büffel (1888)			Kanonen			
PUMPENTENDER						
Gigant (1889)	260	11,5	1 *47* mm			
WASSERTENDER						
Najade (1891)	620	9,0				
Nymphe (1894)	230					
MINENTENDER						
Dromedar (1891)	175	10,0	3 *47* mm			
Salamander (1891)	268		2 *47* mm			
PETROLEUM-TANKSCHIFF						
Vesta (1892)	2.130	10,0				

VERGLEICH DER WEHRAUSLAGEN IN K.

	Großbritannien	USA	Italien	Deutsches Reich	Österr.-Ungarn
1905					
Einwohner	43,0 Mio.	83,0 Mio.	33,3 Mio.	60,6 Mio.	47,4 Mio.
Heer	581,0 Mio.	506,0 Mio.	237,0 Mio.	697,0 Mio.	419,0 Mio.
Marine	676,3 Mio.	467,0 Mio.	105,5 Mio.	231,5 Mio.	96,6 Mio.
total	1.257,3 Mio.	973,0 Mio.	342,5 Mio.	928,5 Mio.	515,6 Mio.
pro Kopf	29,2	11,7	10,3	15,3	10,8
1910					
Einwohner	45,0 Mio.	92,0 Mio.	34,5 Mio.	64,9 Mio.	51,5 Mio.
Heer	560,0 Mio.	672,0 Mio.	381,0 Mio.	831,0 Mio	461,0 Mio.
Marine	824,5 Mio.	503,7 Mio.	191,6 Mio.	426,2 Mio.	83,6 Mio.
total	1.384,5 Mio.	1.175,7 Mio.	572,6 Mio.	1.257,2 Mio.	544,6 Mio.
pro Kopf	30,7	12,8	16,7	19,4	10,6
1914					
Einwohner	46,4 Mio.	98,6 Mio.	35,3 Mio.	68,4 Mio.	53,3 Mio.
Heer	589,0 Mio.	400,5 Mio.	369,0 Mio.	1.700,0 Mio.	576,0 Mio.
Marine	1.051,6 Mio.	610,2 Mio.	260,2 Mio.	476,0 Mio.	150,7 Mio.
total	1.640,6 Mio.	1.010,7 Mio.	629,2 Mio.	2.176,0 Mio.	726,7 Mio.
pro Kopf	35,4	10,3	17,9	32,9	13,2

STÄRKEVERGLEICH DER FLOTTEN, MAI 1914
(in Tausenden von Tonnen Wasserverdrängung)

		Großbritannien	Deutschland	USA	Frankreich	Japan	Italien	Rußland	Österr.-Ungarn
Schlachtschiffe[1]	Anzahl	60	43	44	24	18	17	12	15
	Tonnage	1,030	590	598	382	257	254	156	181
Panzerkreuzer[2]	Anzahl	43	13	15	22	15	10	6	3
	Tonnage	605	186	190	215	197	81	65	19
Kreuzer	Anzahl	73	41	17	12	18	11	8	9
	Tonnage	373	157	70	55	76	32	50	25
Zerstörer und Torpedoboote	Anzahl	289	219	67	234	79	121	125	86
	Tonnage	166	87	38	51	25	30	49	33
U-Boote	Anzahl	77	28	38	55	15	20	28	6
	Tonnage	33	10	14	29	4	5	8	2
Geschütze über 21 cm		550	273	212	188	140	94	56	109
Gesamttonnage		2,207,000	1,030,000	910,000	732,000	559,000	402,000	328,000	260,000

[1] Einschließlich der „Küstenverteidiger".
[2] Einschließlich der Schlachtkreuzer.
Dazu sind noch die im Bau befindlichen und projektierten Einheiten mit folgender Gesamttonnage zu zählen: Großbritannien 593.000, Deutschland 326.000, USA 229.000, Frankreich 346.000, Japan 182.000, Italien 202.000, Rußland 429.000, Österreich-Ungarn 156.000. Nicht alles davon wurde bis Kriegsende fertiggestellt, dafür kamen andere, bei Kriegsbeginn nicht vorgesehene Einheiten hinzu.

DIE STÄRKE DER KRIEGSFLOTTEN IM MITTELMEER (1914)

		Österreich-Ungarn	Deutsches Reich	Italien	Frankreich	Großbritannien	Insgesamt
Schlachtschiffe	Anzahl	15	—	12	20	—	47
	Tonnage	177.000	—	184.400	337.600	—	699.000
Panzerkreuzer	Anzahl	2	1	9	7	7	26
	Tonnage	13.600	23.000	76.500	92.100	108.500	313.700
Leichte Kreuzer	Anzahl	4	1	8	1	4	18
	Tonnage	10.500	4.550	22.100	5.700	21.300	64.150
Zerstörer und Torpedoboote	Anzahl	48	—	59	84	16	202
	Tonnage	16.400	—	20.500	35.600	15.200	87.700
U-Boote	Anzahl	6	—	14	62	6	88
	Tonnage	1.400	.	3.600	27.000	1.900	33.900
Insgesamt	Tonnage	218.900	27.550	307.100	498.000	146.900	1,118.450
		Mittelmächte		Westmächte			
		246.450		952.000			1,198.450

Anmerkung: Großbritannien und Frankreich verfügten über beträchtliche Seestreitkräfte, die im Notfall ins Mittelmeer verlegt werden konnten. Österreich und Italien hatten nur diese Flotten.

DIE ÖSTERREICHISCH-UNGARISCHE KRIEGSMARINE 1914—1918

Name (Jahr des Stapellaufs)	Wasserverdrängung in t	Geschwindigkeit in kn	Bestückung: Artillerie und Torpedorohre	Panzerstärke		
				Deck	Gürtel	Geschütz
SCHLACHTSCHIFFE						
Szent István (1914)[1] Prinz Eugen (1912) Tegetthoff (1912) Viribus Unitis (1911)	20.000	20,0	12 *30,5* cm 12 *15* cm 18 *7* cm	*50* mm	*275* mm	*275* mm
Zrinyi (1910) Radetzky (1909) Erzherzog Franz Ferdinand (1908)	14.500	20,0	4 *30,5* cm 8 *24* cm 20 *10* cm	*50* mm	*225* mm	*250* mm
Erzherzog Ferdinand Max (1905) Erzherzog Friedrich (1904) Erzherzog Karl (1903)	10.600	20,0	4 *24* cm 12 *19* cm	*75* mm	*212,5* mm	*237,5* mm
Babenberg (1902) Arpad (1901) Habsburg (1900)	8.300	19,0	3 *24* cm 12 *15* cm	*68,75* mm	*225* mm	*212,5* mm
Budapest (1896) Monarch (1895) Wien (1895)	5.600	17,0	4 *24* cm 6 *15* cm	*62,5* mm	*262,5* mm	*250* mm
GROSSE KREUZER						
Sankt Georg (1903)	7.300	22,0	2 *24* cm 5 *19* cm 4 *15* cm	*62,5* mm	*212,5* mm	*212,5* mm
Kaiser Karl VI (1898)	6.300	20,0	2 *24* cm 8 *15* cm	*62,5* mm	*225* mm	*200* mm
Kaiserin und Königin Maria Theresia (1893)	5.200	19,0	2 *19* cm 8 *15* cm	*55* mm	*100* mm	*100* mm
KLEINE KREUZER						
Novara (1913)[1] Helgoland (1912)[1] Saida (1912)[1]	3.500	27,0	9 *10* cm	*20* mm	*60* mm	*25* mm
Admiral Spaun (1909)	3.500	26,0	7 *10* cm	*20* mm	*60* mm	*25* mm
GESCHÜTZTE KREUZER						
Kaiserin Elisabeth (1890) Kaiser Franz Josef I (1889)	4.050	19,0	8 *15* cm 8 *15* cm	*55* mm		*87,5* mm
KLEINE KREUZER						
Szigetvár (1900) Aspern (1899) Zenta (1897)	2.300	20,0	8 *12* cm	*50* mm		*50* mm

[1] Erst nach Kriegsausbruch fertiggestellt.

DIE ÖSTERREICHISCH-UNGARISCHE KRIEGSMARINE 1914—1918

Name (Jahr des Stapellaufs)	Wasserverdrängung in t	Geschwindigkeit in kn	Bestückung: Artillerie und Torpedorohre	Deck	Panzerstärke Gürtel	Geschütz
TORPEDOKREUZER						
Panther (1885) Leopard (1885)	1.530	18,0	4 *70* mm			
ZERSTÖRER						
Warasdiner (1913)[1, 2]	386	28,0	6 *70* mm 4 *45*-cm-Rohre			
Tátra (1912) Triglav (1913) Orjen (1913) Lika (1913) Csepel (1912) Balaton (1912) Dukla (1917)[1] Uszok (1917)[1] Lika (1917)[1, 3] Triglav (1917)[1, 3]	850	33,0	2 *10* cm 6 *70* mm 4 *45*-cm-Rohre			
Csikós (1909) Reka (1909) Velebit (1909) Turul (1908) Uskoke (1907) Huszar (1905) Dinara (1909) Pandur (1908) Scharfschütze (1907) Ulan (1906) Streiter (1906) Wildfang (1906)	400	28,0	6 *70* mm 3 *45*-cm-Rohre			
HOCHSEE-TORPEDOBOOTE						
Magnet (1896)	510	26,0	6 *47* mm 3 *45*-cm-Rohre			
Satellit (1893)	530	23,0	1 *70* mm 8 47 mm 3 *45*-cm-Rohre			
Trabant (1890) Planet (1889)	540 480	20,0	2 *70* mm 8 *47* mm 2 *45*-cm-Rohre			
Blitz (1888) Komet (1888) Meteor (1887)	360	21,0	8 *47* mm 2 *45*-cm-Rohre			

[1] Erst nach Ausbruch des Krieges fertiggestellt.
[2] Auf österreichischer Werft für China gebaut, von der k. u. k. Kriegsmarine übernommen.
[3] Diese Einheiten ersetzten die bei Durazzo 1915 versenkten Schiffe gleichen Namens.

DIE ÖSTERREICHISCH-UNGARISCHE KRIEGSMARINE 1914—1918

Name (Jahr des Stapellaufs)	Wasserverdrängung in t	Geschwindigkeit in kn	Bestückung: Artillerie und Torpedorohre	Panzerstärke Deck	 Gürtel	 Geschütz
TORPEDOBOOTE						
74—100[4] (1913—1914)	250	28,0	2 70 mm 4 45-cm-Rohre			
50—73 (1905—1909)	200	25,0	4 47 mm 3 45-cm-Rohre			
1—12 (1909—1910)	110	28,0	2 47 mm 2 45-cm-Rohre			
13—18 (1896—1899)	125	26,0	2 47 mm 3 45-cm-Rohre			
19—40 (1886—1892)	78	19,0	2 37 mm 2 45-cm-Rohre			
41, 42 (1886)	95					
43—45 (1887—1891)	65					
				Aktionsradius (in km)		
					ober Wasser	getaucht
UNTERSEEBOOTE						
U 1, U 2 (1909)	230/270	10,3/5				40,0
U 3, U 4 (1908, 1909)	240/300	12,1/8,7			2.400	96,0
U 5, U 6 (1909)	236/273	11,5/10			1.600	44,0
U 10, U 11 (1915)[5]	128/141	7,5/6,2			1.900	104,0
U 12 (1914)[1]	236/273	11,4/8			1.600	44,0
U 14 (1915)[6]	400/550	13/6,9			10.900	184,0
U 15—U 17 (1915)	128/141	6/4,9			1.900	104,0
U 20—U 23 (1916, 1917)	164/204	13,5/7,3				
U 27—U 32, U 40, 41, 43, 47 (1916, 1917)	275/305	9,5/5,5			10.500	208,0
DONAU-MONITORE						
Bosna[7] (1915) Sava (1915)	600	13,0	2 12 cm 2 12-cm-Haub.			
Inn (1915) Enns (1914)	536	12,0	2 12 cm 3 12-cm-Haub.			
Bodrog (1904) Temes (1904)	440	13,0	2 12 cm 1 12-cm-Haub.			
Körös (1892) Szamos (1892)	448	10,0	2 12 cm			
Leitha (1871) Maros (1871)	310	8,5	1 12 cm			

[1] Erst nach Ausbruch des Krieges fertiggestellt.
[4] 22 Einheiten wurden erst nach Ausbruch des Krieges fertiggestellt.
[5] Von Deutschland auf dem Bahnwege geliefert.
[6] Das frühere französische U-Boot „Curie".
[7] Ursprünglicher Name: „Temes II".

DIE ÖSTERREICHISCH-UNGARISCHE KRIEGSMARINE 1914—1918

Name (Jahr des Stapellaufs)	Wasserverdrängung in t	Geschwindigkeit in kn	Bestückung: Artillerie und Torpedorohre	
HILFSSCHIFFE*				
Kronprinz Erzherzog Rudolf (1887)	6.900	16,0	3 *30,5* cm 6 *12* cm	für lokale Verteidigung
Mars[8] (1878)	7.500	16,0	6 *24* cm 5 *15* cm	für lokale Verteidigung
Pola[1] (1914) Teodo (1915)	13.200	14,0	2 *47* mm	Kohlentender
Lussin (1883)	1.000	14,0	4 *47* mm	
Taurus (1904)	1.300	15,0	2 *47* mm 2 *37* mm	Jachten
Miramar (1872)	1.840	17,0	2 *9* cm	Jachten
Lacroma[9] (1887)	1.680	18,0	6 *12* cm	Jachten
Dalmat (1896)	260	12,0		
Cyklop (1871)	2.150	11,0	2 *9* cm	Werkstättenschiff
Gäa (1891)	13.000	19,0	4 *12* cm 4 *70* mm	Torpedo-Depotschiff
Pelikan (1891)	2.430	18,3	2 *15* cm 2 *70* mm 8 *47* mm	Depotschiff für Unterseeboote
Vesta (1892)	2.130	10,0		Petroleumtankschiff
Herkules (1910)	1.500	10,0		Bergungsdampfer
Delta (1870)[10]	1.340			Minen-Depotschiff
Aurora (1873)	1.360			Minen-Depotschiff
Chamäleon[1] (1913)	1.100	21,0		Minenleger
Dromedar (1891)	175	10,0	3 *47* mm	Minentender
Salamander (1891)	268	10,0	2 *47* mm	Minentender
Basilisk (1902)	314	11,0	2 *47* mm	Minentender
Nixe (1904)	250	8,3		Wassertender
Najade (1891)	620	9,0		Wassertender
Nymphe (1894)	230	9,0		Pumpentender
Gigant (1889)	260	11,5		Pumpentender
Pluto (1897)	99	11,0		
Hippos (1888) Büffel (1888)	97	12,0		Schlepptender

* Im Laufe des Krieges stieß eine Anzahl von kleinen Tendern und anderen Einheiten zur österreichisch-ungarischen Flotte.
[1] Erst nach Ausbruch des Krieges fertiggestellt.
[8] Der ehemalige Kleine Kreuzer „Tegetthoff", Stapellauf 1878.
[9] Der ehemalige Kleine Kreuzer „Tiger", Stapellauf 1887.
[10] Die ehemalige Schraubenkorvette „Zrinyi", Stapellauf 1871.

FLOTTENVERLUSTE IN DER ADRIA 1914—1918

KÖNIGLICH ITALIENISCHE MARINE (Gesamtverluste)

	Name	Wasserverdrängung in t	Datum des Verlustes
Schlachtschiffe	Benedetto Brin	13.000	September 1915
	Leonardo da Vinci	22.000	August 1916
	Regina Margherita	13.000	Dezember 1916
Panzerkreuzer	Amalfi	10.000	Juli 1915
	Giuseppe Garibaldi	7.000	Juli 1915
Zerstörer	Turbine	370	Mai 1915
	Intrepido	680	Dezember 1915
	Audace	680	Mai 1916
	Impetuoso	680	Juli 1916
	Nembo	370	Oktober 1916
	Borea	370	Mai 1917
	Cairole		April 1918
	Garibaldino	388	Juli 1918
	Rossarol	1.028	November 1918
Torpedoboote	5 PN	120	Juni 1915
	Serpente	200	Juni 1915
	17 OS	120	Juli 1915
	Perseo	200	Februar 1917
	Scorpione	200	Mai 1917
	36 PN	120	November 1918
U-Boote	Medusa	250	Juni 1915
	Nereide	225	August 1915
	Jalea	250	August 1915
	Giacinto Pullino	345	Juli 1916
	Balilla	250	Juli 1916
	Guglielmotti		Mai 1917

K u. k. MARINE

	Name	Wasserverdrängung in t	Datum des Verlustes
Schlachtschiffe	Wien	5.600	10. Dezember 1917
	Szent István	20.000	10. Juni 1918
Kreuzer	Zenta	2.300	16. August 1914
	Kaiserin Elisabeth	4.050	2. November 1914
Zerstörer	Lika	850	29. Dezember 1915
	Triglav	850	29. Dezember 1915
	Wildfang	400	4. Juni 1917
	Streiter	400	16. April 1918
Torpedoboote	26	78	23. August 1914
	11	110	5. Oktober 1917
U-Boote	U 12	236	8. August 1915
	U 3	240	12. August 1915
	U 6	236	Mai 1916
	U 16	128	Oktober 1916
	U 30	275	März 1917
	U 23	164	Februar 1918
	U 20	164	Juli 1918

FRANZÖSISCHE KRIEGSMARINE (von der k. u. k. Marine verursachte Verluste)

Panzerkreuzer	Léon Gambetta	12.500	April 1915
Zerstörer	Dague	730	Februar 1915
	Renaudin	800	März 1916
	Fourche	730	Juni 1916
	Boutefeu	715	Mai 1917
U-Boote	Curie	400	Dezember 1914
	Fresnel	400	Dezember 1915
	Monge	400	Dezember 1915
	Foucault	400	September 1916
	Circe	350	September 1918

DIE ÖSTERREICHISCH-UNGARISCHE MARINELUFTWAFFE 1915—1918

A. GEFLOGENE EINSÄTZE

	1915	1916	1917	1918	Insgesamt
Anzahl der kampfbereiten Maschinen	64 (Jänner)	119 (Jänner)	300 (Mai)	264 (Sept.)	
EINSÄTZE					
Bombenangriffe	101	154	153	55	463
Luftkampf	8	44	61	44	157
Patrouillen- und Begleitdienste	38	47	77	86	248
Aufklärung	33	101	34	27	195
Insgesamt	180	346	325	212	1.063
ANGRIFFE AUF SCHIFFS-EINHEITEN ZUR SEE					
Schlachtschiffe und Monitore	3	—	13	—	16
Aufklärer	6	—	2	—	8
Torpedoboote	11	81	39	13	144
U-Boote	7	43	1	9	60
Hilfseinheiten	3	15	7	—	25
Insgesamt	30	139	62	22	253

Im März 1917 waren 112 Offiziere und Techniker und 2.030 Mannschaften den Einheiten der Marineluftwaffe zugeteilt.

B. GESAMTSTÄRKE UND VERLUSTE

Maschinen im Einsatz	662	
Verloren durch Kriegseinwirkung	132	20%
durch Unfälle	109	16%
Verluste insgesamt	241	36%
Aus technischen Gründen außer Dienst gestellt	189	29%
Bestand bei Kriegsende	232	35%

DIE ITALIENISCHE MARINELUFTWAFFE 1915—1918

	1915	Zugang während des Krieges	Bestand bei Kriegsende	Verluste
Wasserflugzeuge	15	1.472	552	114*
Landflugzeuge	—	158	86	7
Flugschiffe	3	46	15	5
Personalstand	139		3.325	

* Die Verbündeten Italiens verloren in der Adria durch Feindeinwirkung 32 Marineflugzeuge.

ÖSTERREICHISCH-UNGARISCHE LUFTANGRIFFE AUF VENEDIG

Anzahl	36
Beteiligte Maschinen	209
Bombenwürfe	736

ITALIENISCHE LUFTANGRIFFE AUF POLA

Anzahl	41
Beteiligte Maschinen	391
Bombenwürfe	677

SCHIFFSTRANSPORTE IN DER SÜDLICHEN ADRIA

	1914	1915	1916	1917	1918
Fahrten von Frachtern und Transportern nördlich/südlich der Bucht von Cattaro	73/—	181/—	845/370	536/933	592/336
Fahrten von Begleitfahrzeugen nördlich/südlich der Bucht von Cattaro	—/—	—/—	500/400	256/843	772/943
Zahl der beförderten Kranken	742	—	12.388	60.286	55.345
Schiffsverluste	—	—	6	1	2

QUELLEN- UND LITERATURVERZEICHNIS

Attlmayr, Ferdinand von: Über maritime Kriegführung. Wien 1884.

Attlmayr, Ferdinand von: Der Krieg Österreichs in der Adria im Jahre 1866. Pola 1896.

Bayer von Bayersburg, Heinrich: Die k. u. k. Kriegsmarine auf weiter Fahrt. Wien 1958.

Bayer von Bayersburg, Heinrich: Schiff verlassen! 1914–1918. Wien 1965. („Bergland", Österreich-Reihe 316–318)

Bayer von Bayersburg, Heinrich und Khuepach, Artur von: Die österreichisch-venezianische Kriegsmarine 1814–1847. Wien 1966.

Bayer von Bayersburg, Heinrich, et al.: Österreich in der Arktis. Wien 1949.

Benko von Boinik, Jerolim: Geschichte der k. k. Kriegsmarine von 1848–1849. Wien 1906.

Bergmann, Josef: Erzherzog Friedrich von Österreich und sein Anteil am Kriegszug in Syrien im Jahre 1840. Wien o. J.

Bienaimé, N.: La Guerre navale 1914–1915. Paris 1920.

Candy, Courtlandt: Geschichte der Schiffahrt. Lausanne 1962.

Cappeletti, G.: Storia della Republica di Venezia dal suo principio sino al giorno d'oggi. O. O. 1848/1851.

Cattalinich, Giovanni: Memorie degli avvenimenti successe in Dalmazia. Spalato 1841.

Cattalinich, Giovanni: Storia della Dalmazia. Zara 1834/35.

Dahlerup, Hans Birch von: In österreichischen Diensten. Berlin 1911/12.

Daveluy, N.: Les Enseignements maritimes de la Guerre antigermanique. Paris 1919.

Escher, Alfred: Triest und seine Aufgaben im Rahmen der österreichischen Volkswirtschaft. Wien 1917.

Fleischer, Josef: Geschichte der k. k. Kriegsmarine im Jahre 1866. Wien 1906.

Gabriel, Erich: Der Seekrieg in der Adria. In: „1866". Gedenkschrift, hg. vom Heeresgeschichtlichen Museum, Wien 1966, S. 56–66.

Ginocchetti, A.: La Guerra sul Mare. Rom 1930.

Gogg, Karl: Österreichs Kriegsmarine 1848–1918. Salzburg – Stuttgart 1967.

Handel-Mazzetti, Peter von: Österreich-Ungarns Flotte im Weltkrieg. Innsbruck – Wien 1924.

Handel-Mazzetti, Peter von: Die Auslandsmissionen der einstigen k. k. Kriegsmarine von ihren Anfängen bis zur Auflösung der Donaumonarchie. In: „Nauticus", 25. Jg., Berlin 1943.

Handel-Mazzetti, Peter von, und Sokol, Hans Hugo: Wilhelm von Tegetthoff. Linz 1952.

Hurd, A.: Italien Sea Power in the Great War. London 1918.

Khuepach, Artur von: Geschichte der k. k. Kriegsmarine von 1802–1814. Wien 1942.

Klimburg, Robert von, und Lengnick, Artur: Unsere Wehrmacht zur See. Wien 1904.

Koudelka, Alfred von: Unsere Kriegsmarine 1556–1908. Laibach 1908.

Koudelka, Alfred von: Unsere Kriegsmarine. Wien 1899.

Laurens, Adolphe: Le Commandement naval en Mediterranneé 1914–1918. Paris 1931.

Laurens, Adolphe: Histoire de la Guerre sous-marine allemande, 1914–1918. Paris 1930.

Laurens, Adolphe: Précis d'Histoire de la Guerre navale 1914–1918. Paris 1929.

Lehnert, Josef Ritter von: Die österreichisch-venezianische Kriegsmarine während der Jahre 1797–1802. o. J.

MacIntyre, Donald und Bathe, Basil W.: Kriegsschiffe in 5000 Jahren. Bielefeld o. J.

Manfroni, Camillo: Storia della Marina Italiana durante la Guerra mondiale, 1914–1918. Bologna 1923.

Manfroni, Camillo: I nostri Alleati Navali. Milano 1927.

Martiny, Nikolaus von: Bilddokumente aus Österreich-Ungarns Seekrieg 1914–1918. Graz 1939.

Moerl, Anton von: Das Ende des Kontinentalismus in Österreich. Saaz 1913.

Oedl, Franz: 50 Jahre Otranto. „ÖMZ", 5. Jg. (1967), S. 244 ff.

Oesterreicher, N.: Die österreichische Küstenaufnahme im Adriatischen Meer. Triest 1873.

Payer, Julius von: Die österreich-ungarische Nordpol-Expedition in den Jahren 1872–1874. Wien 1876.

Pisani, N.: La Dalmatie de 1797 à 1815. Paris 1893.

Po, Guido: La Guerra maritima dell' Italia. Milano o. J.

Rechberger, Josef von: Österreichs Seewesen in dem Zeitraum von 1500–1797. Wien 1882.

Regensberg, Friedrich: Lissa. Stuttgart 1907.

Ressl, Josef: Denkschrift. Herausgegeben vom Comité für die Centenarfeier Josef Ressels. Wien 1893.

Rohrer, Paul: Als Venedig noch österreichisch war. Stuttgart o. J.

Rottauscher, Max von: Als Venedig österreichisch war. Wien 1966.

Scherzer, Karl von: Reise der österreichischen Fregatte Novara um die Erde. 2 Bde., Wien 1864.

Sokol, A. E.: Naval Strategy in the Adriatic during the World War. Annapolis 1937.

Sokol, A. E.: Vor hundert Jahren – Das Seegefecht von Helgoland. In: „Deutsche Marine-Rundschau", 61. Jg. (1964), S. 77–85.

Sokol, Hans Hugo: Österreich-Ungarns Seekrieg 1914–1918. Wien 1933.

Sokol, Hans Hugo: Überblick über die Geschichte der k. k. Kriegsmarine, in „Nauticus", 22. Jg., Berlin 1939.

Sokol, Hans Hugo und Wulff, Olaf von: Die österreichisch-ungarische Donauflottille im Weltkrieg. Wien 1934.

Steinrück, Heinz: Tegetthoffs Briefe an eine Freundin. Wien 1926.

Thomazi, A.: La Guerre navale dans la Mediterranneé. Paris 1929.

Wagner, Anton: Die k. u. k. Kriegsmarine im letzten Jahr des Ersten Weltkrieges. In: „Österreichische Marine-Zeitung", 6. Jg. (1968), S. 409–415.

Wallisch, Friedrich: Die Flagge Rot-Weiß-Rot. Graz 1956.

Wallisch, Friedrich: Das Abenteuer von Ancona.In: „Österreichischer Soldatenkalender für das Jahr 1968. Wien 1967, S. 94–99. – Siehe auch Nr. 1395.

Winterhalder, Theodor von: Kämpfe um China. Wien 1902.

Zingarelli, Italo: Il Dominio del Mare nel Conflitto anglo-germanico. Milano 1915.

Register

Die Bezeichnung k. k. (kaiserlich-königlich) galt bis zum Jahre 1889 für alle Heereskörper Österreichs; nach diesem Jahr waren die gemeinsamen Heereskörper (k. u. k. Heer und k. u. k. Kriegsmarine) k. u. k. (kaiserlich und königlich), während die österreichische Landwehr k. k. verblieb.
Der Dienstgrad „Kontreadmiral“ war nur in der k. u. k. Kriegsmarine eingeführt, in der deutschen Marine hieß er „Konteradmiral“. Diese Bezeichnung wird in der Übersetzung auch für den gleichen Dienstgrad in den anderen Kriegsflotten gebraucht.

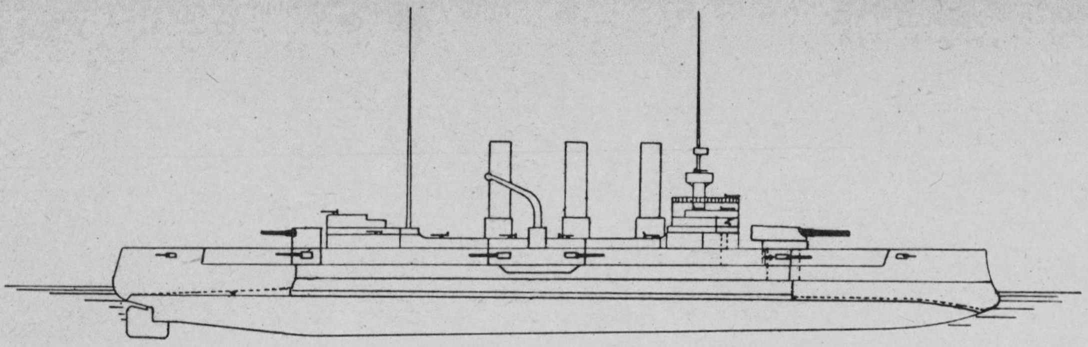
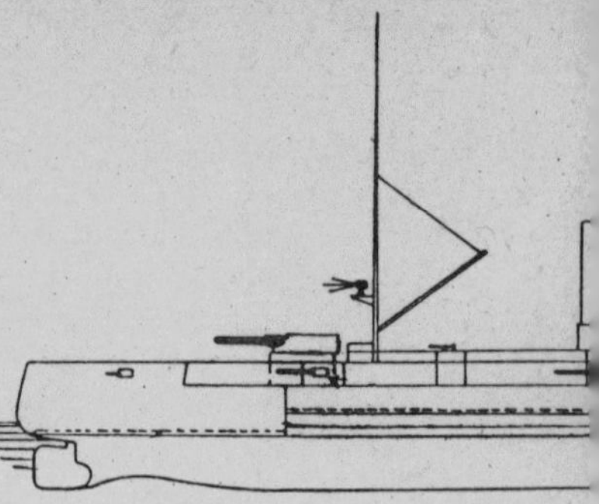
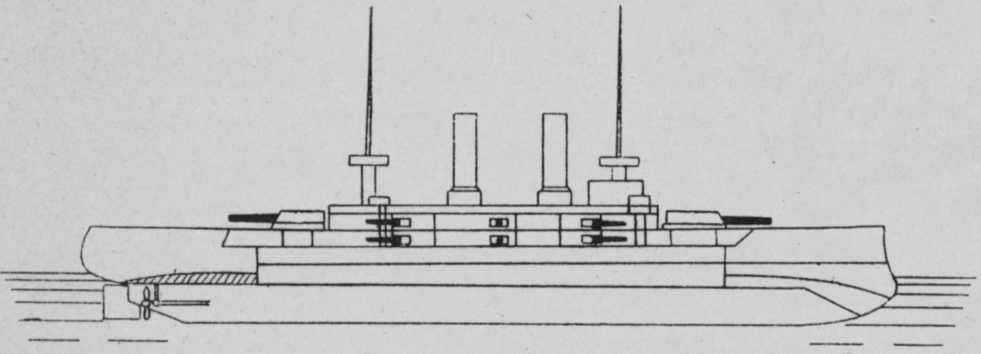
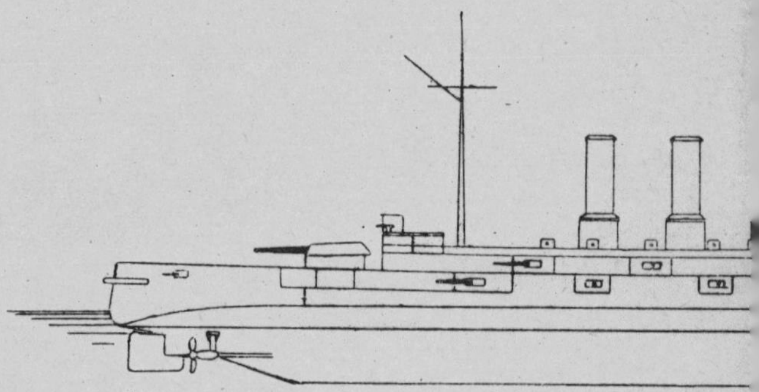
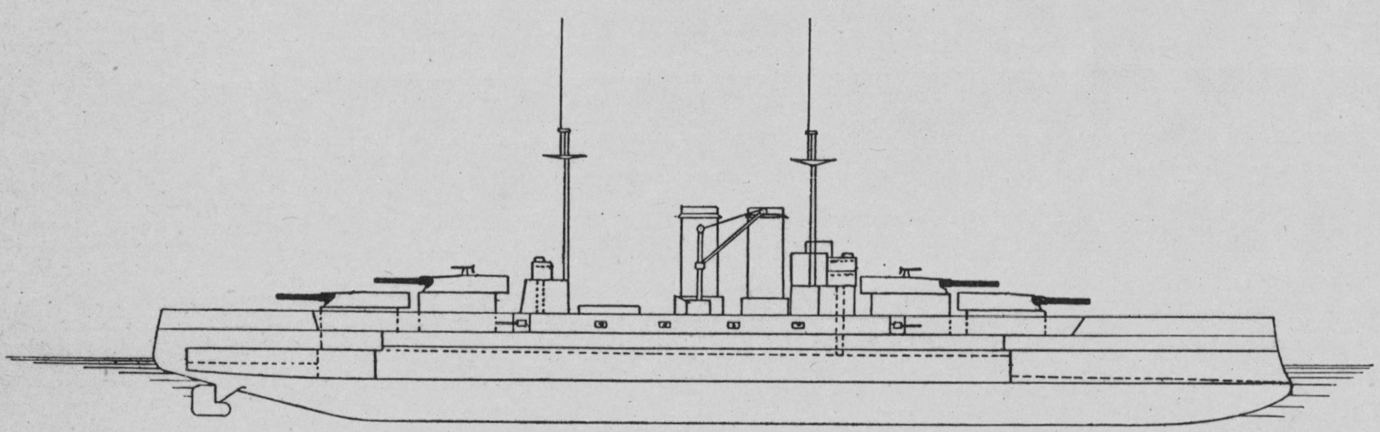
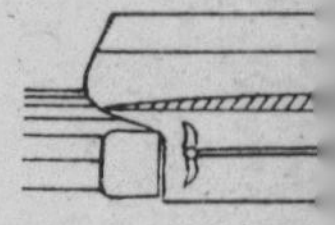
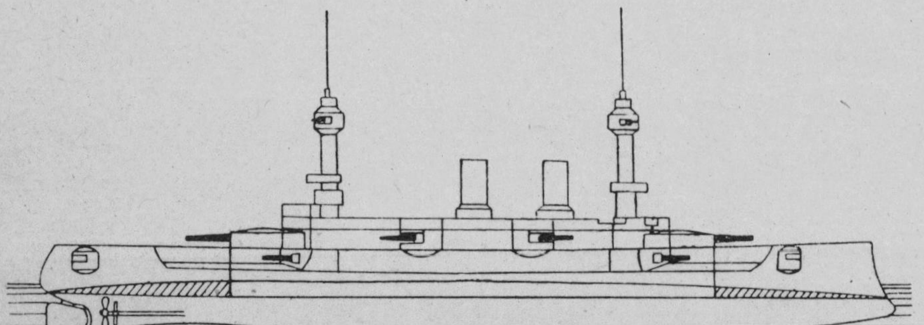
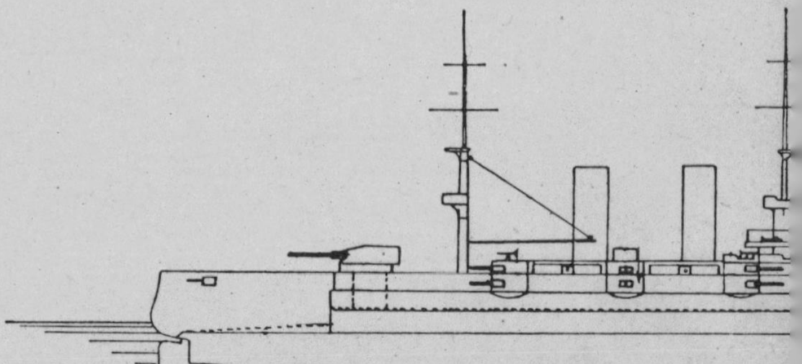